JN066523
マスカレード・
コンフィデンス2
詐欺師は少女と
仮面仕掛けの旅をする

Character

「この旅の終わりは、私たちが決める」

記憶が失われていく少女

クロニカ

「嘘とは、相手の望みを叶えるものでなければならないから」

詐欺師

ライナス

「ええ、もちろん許しますよ。私は優しい、善人ですからね」

「善」の教えを信じる巫女

アナーヒトゥー＝フワラティ

『波』を操る双子の刺客

プルト&ウルナ

「……よくも、舐めた真似をやってくれたな、平民（にんげん）」

「ここで殺す。今殺す。私が決めた、決めました。ぶい」

「あー、すいません寝坊しました。
……お邪魔しますよっと。
俺にも一杯、コーヒーくれませんか？」

銃が使えないダメダメ駐在武官

ロストム

「走るぞ、クロニカ!」

VS. プルト&ウルナ

「「〈波廻天光〉振幅放射！」」
ハローリイーン

クロニカ
「……何とか、言いなさいよ」

「ふふーん！
お待たせいたしましたわ！　ライナス！」
パトリツィア

Contents

masquarade confidence. 2

マスカレード・コンフィデンス 2
詐欺師は少女と仮面仕掛けの旅をする

滝浪酒利

MF文庫J

口絵・本文イラスト●Roitz

Prologue

この世で確かなものは一つ。

それは、善だ。

善とは、努力した者が正しく報いられることなのだと、彼に教えられた。

頑張りは、努力は、正当に評価され、それに見合った報酬を受けなければならない。

そうでない世の中は間違っていると、教えられた。

そして、人の努力をないがしろにする者は、罰を受けなければならないとも。

だから、お前の母と父は死ぬべくして死んだのだと、教えられた。

生き残った私は、母が犯した罪と、父が犯した罪を償わなければいけないのだと、教えられた。

だから、私の目は光を失い。

「僕と結婚して、お前は幸せになるんだよ」

それこそが善であり正しさなのだと、彼は私に言ったのだ。

あと数日で、私は十八歳になる。

そして、善の導くまま、正しい道理に従って、私は彼と結婚する。

よって、今日もこの世は正常であり、努力が報いられる善い社会なのだろう。

だから私は、よく晴れた日の朝に、能天気な小鳥のさえずりを聞きながら、爽やかな海からの風と太陽の温もりを一身に浴びて、曇り一つない心で祈るのだ。

あーあ。

「何もかも、滅びてしまえばいいのに」

……我ながら、俗っぽいというか、大雑把で子どもじみた言い回し。

そのせいではないだろうが。側仕えの侍従たちに聞かれぬよう、事あるごとに口の中だけで呟くささやかな願いが、これっぽっちも通じた例はない。

いまの、今までは。

ある日、にわかに正門の方が騒がしくなった。

何事でしょうと、丁度やって来た武官らしき足音の者に訊ねると、彼は言った。

「現地人の侵入です。危険ですので、巫女様、いえ、大使閣下はお部屋へお戻りを」

「いいえ。折角のお気遣いですが、お断りします」

さらりと言ってから、反論を説き伏せる様に、私は声を重ねた。

「その侵入者とやらの処遇を決めるのも、私の仕事の内ですから。直に見て判断します。付いてきなさい、護衛を頼みましたよ」

そうして、私は数名の護衛に先導されながら、正門へ向かった。

ああ、どうか願わくば、まだ見ぬ侵入者さん。ここに何をしに、何の因果を連れてこられたかは存じ上げませんが、お願いです。

どうか、ここにおります私のために、どこまでも正しく善良で、同時に、間違っていて醜悪なこの世界を、滅ぼしてはくれないでしょうか？

しかし、もしも、それさえ出来ないというのならば仕方ありません。

せめて、世界一幸福で不幸な私を慰める、気晴らしぐらいにはなりなさい。

そのためなら、地獄にだって落として差し上げますから。

歩きながら、期待というには投げやりすぎる、八つ当たりじみた絶望を胸に抱いて。

私は、その二人と出会ったのだ。

第一章　Embassy of Albion

1

俺の名はライナス＝クルーガー。

職業は、詐欺師だ。

「くそ、タバコが湿気（しけ）ってやがる……」

風味を欠いた苦い煙が、都会の喧騒（けんそう）を乗せた潮風に細くたなびいた。

風を受けて傾いた、黒い帽子を目深に被（かぶ）り直す。朝日を眩（まぶ）しく反射する青い海原（うなばら）は、俺達の歩く、丘上街区（アポナヒル）の大通りから容易に見渡せた。

「素敵な風！　お魚の匂いもするわ！」

紅紫（マゼンタ）と銀白の諧調（かいちょう）が織りなす紅雪（あかゆき）の長髪が、俺の行く先の少女の頭で躍（おど）る。

クロニカは青い海に面した丘下から吹き寄せる、巨大な魚市場の匂いに鼻を鳴らすと、上機嫌に髪を揺らして呟（つぶや）いた。

ここは、共和国（コロニアルズ）西部海岸、最大級の港湾都市、ランストン。

貿易自由化解禁から、ますます拡大してゆく貿易額と輸出入量。それらは日々埋め立てられ拡張されつつある港によって受け入れられ、鉄道輸送路によって国内に拡散してゆく。

今や、この共和国随一の港町は、内陸首都のパリントンより経済的重要性が高い。

そうした背景からか、今朝方に到着した丘の上の街並みは見事の一言だった。海側にひらけた背の高い黄土レンガの建物群は、どいつもこいつも景気の良いオレンジの屋根色をしている。少し前までの俺ならば、さぞかし腕の鳴る光景だろうが……。

白い石畳を軽やかに踏んで前をゆく、クロニカが興奮しながら言った。

「思った通り、面白そうなお店が一杯！　まずはご飯にしない？　それから私、洋服屋（ブティック）にも寄りたいわ。あとね、丘の下の港に下って、大きな船も見物したいし——」

「落ち着けアホ。……ったく、何しに来たか、分かってんだろうな？」

「ええ勿論（もちろん）。外国へ、逃げるためでしょう。私とあなたで」

少女、クロニカはその身柄を狙われ、追われている。騎士団と名乗る、革命を生き延びた残党貴族どものテロ組織と、恐らくはこの共和国の政府からも。

それは彼女の正体が癌細胞（ドローキャンサー）。かつて、千年間この国に君臨していた不死身の〈王〉を殺して生まれた、同じく不死身の眼細胞であり、その左眼（ひだりめ）に〈王〉を復活させるカギを握っているからである。

そのために、必然的に生じたあの浜辺での死闘から丸二日ほど、俺たちは国外への逃亡を目指して、この港湾都市にやって来た。という割と抜き差しならない状況なのだが。

良いのか悪いのか、少女はその背に負う過酷な運命に反して、悲壮感も緊迫感も無い調子で、こんなことを言うのだった。

「それはさておき——まずは、ライナス。アイス買って」

「はあ？」

細く白い指先が広場の屋台、市庁舎横の小さな行列を指し示した。

「だから、アイスクリームよ。さっきから、ずっと気になってたんだから」

クロニカが通行人の瞳から仕入れた情報によると、蒸気船と鉄道輸送が可能とした、北部の永年氷山から氷の安定供給。それによって生み出された最新の氷菓子は、流行人気取りの港の住人の間で大好評らしい。

「海に出てしまったら、きっともう会えないもの。それに、蒸気帝国（エルビオーン）行の船だって、すぐに出航って訳じゃないでしょう？」

「いや、まあ、そうなんだけどよ。……わざわざ並んでまで食いたいか？　たかが氷だぞ」

「風情の分からない男ね。それに、さっきの口直しも兼ねてよ。あなたが頼んだ泥みたいなコーヒー、すっごく苦かったんだからね」

「お前が、一口くれって言ったんだろうが」

海外への船路は、蒸気帝国（エルビオーン）行きの移民船を利用することにした。

理由は、船賃が最も安価だった、からではなく。移民募集が盛んで、船便の数もそれなりに多いからだ。追われている身で紛れ込むのにはちょうどいい。

先ほど、船舶仲介業を兼ねているコーヒーショップで船の席を取った。出航は明日だ。

余談だが、コーヒーショップも件（くだん）の蒸気帝国（エルビオーン）の発明だ。それと無料の新聞と週刊紙の備え付け。あとは薄いコーヒーに文句を言う俺の様な客用の、蒸気式豆抽出機（スチームドリップマシン）も。

「ともかく、今はアイスよ！　折角（せっかく）時間もあるんだし、一緒に食べましょ」

　屈託のない微笑（ほほえ）みに、俺は観念した様に頷（うなず）いた。

　通りがかった新聞売りの少年からタバコといつもの大陸週報（ウィークリー）と……。

「外国の新聞もあるのか……読めねえけど一応それもくれ」

「毎度、旦那。こっちの週刊紙もどうです？　先日の運河都市で起きた大騒動の裏側が」

「いらん」

　それから、クロニカと一緒にアイスクリーム屋の行列に並んだ。

　大陸週報（ウィークリー）には、特段に面白い記事はない。帝国語らしき新聞には、ありがたいことに、落書きの様な共和国語（コロニアルズ）の注釈がついていた。

「会社……株式、集会、選挙、近い。クソ、翻訳の独学ついでかよ、全然分からん」

「あ、ジャムを選んで上に乗っけられるみたい……イチゴ、オレンジ、セサミ、スナップ、ブラックペッパー……。あなたはどれにする？」

　俺は早々に無駄な努力に見切りをつけて、畳んだ新聞を脇に挟んだ。

　そのうちに順番が回ってくる。氷の詰まった桶（おけ）に埋まる様にして、ハンドルのついた金属の円筒が白いモヤの中で冷やされていた。

「お嬢さんは可愛（かわい）いから、一段オマケしておくよ」

「ありがとう！」

金属容器の内壁から削り取られた乳白色の氷菓が、焼き菓子の持ち手に乗せられる。

礼を言ってアイスを受け取る、少女のほころんだ笑顔が、なぜだか妙に眩しく感じた時。

――頭の奥で、コインの音が鳴った。

全くもって、詐欺師には似合わない感情だ。不適切で、相応しくない。

そんな風に、心の傷を守ってくれていた仮面は、あの浜辺で剥がされてしまった。

だからこそ、俺にとってクロニカの存在はどうしようもなく直接的に、あの日からずっと穴を空けられたままの、胸の真ん中に響いてくる。

それは痛みと切なさを伴いながらも、けして不快なものではないはずなのに。

――ふと、刺される様な鋭い痛みを覚えたのは、どうしてだろう?

「？　どうかしたの、ライナス」

「何でもない。あの暴力メイドにやられたトコに、潮風がしみただけだ」

彼女の視界に入らないよう、顔をそむけて誤魔化した。

「そう、あまり無理しないでね。痛みが辛い様だったら言ってくれれば何とかするから。ところで、あなたは注文しなくてよかったの？　すっごく美味しいのに」

「俺はいい。つか、絶対それ食いづらいだろ」

「別にいいのよ。見た目がかわいいことが一番大事なんだから」

そして小さな唇がほころんで、三段に重なった氷菓子の頂上へ口をつけた。

……今日という日のこの瞬間を、彼女の記憶はどれぐらい留めていられるのだろうか。

騎士団から逃げる。それ以外にもう一つの目的を、俺はまだ見ぬ海の先へ期していた。

不死身かつ、〈王〉によって記憶を徐々に消化されていく、癌細胞（ドローキャンサー）の宿命。

そんな呪いから、俺は彼女を解き放ってやりたいと思う。具体的にどうすればいいかなど、全く分からない。しかし、やるべき事は決めていた。

協力者が必要だ。騎士団から逃げ続けるにも、彼女を救うにも、ただの人間に過ぎない俺一人の力ではどうしようもない。

国内の、共和国政府（コロニアルズ）には期待できないだろう。革命の成果を守りたいお偉方は、そもそもクロニカを抹殺しようとするはずだ。あのイヴリーンと同じ様に。

ちらりと、俺は通りがかった白亜の建物を盗み見た。

「？　ここは、なに？　何だか雰囲気が違うけど」

「気にするな。用もないし、怪しまれたら面倒だ」

浅黒い肌に、白いウールの制服を着た、屈強な守衛が俺たちをじろりと睨（にら）んでいる。

触らないに越したことはない。話を戻そう。

よって俺たちの行く先は、蒸気帝国（エルビオーン）でなければならないのだ。

正式には、神聖アクワルタ朝エルビオーン帝国。世界で最初に、蒸気機関を実用化させた最強の先進国家であり、十二年前にこの国の革命を後援した恩人でもある。

無論、それは新たな貿易市場の開拓に、閉鎖的な旧王国体制が邪魔だっただけだろうし、これから俺たちが出会う相手が素直な善人なんて保証はない。そんな事は分かっている。

だが、たとえどんな奴でも構わない。嫌でも協力させてやるだけだ。

何をしてでも、俺は彼女に消えない思い出を贈りたいと、あの海辺で思ったのだから。

そんな事を考えていた、矢先。不意に振り返った紫水晶の瞳が、内心の俺と目を合わせて。

「……ありがとう」

少女のはにかみから顔をそむけたのは、断じて、照れたからじゃない。

2

「ねえ……私のアイス、消えちゃったんだけど」

「食べたんだろ」

「いいえ。消えたのよ。口の中で溶けて。だからもう一回、次は違う味で試したいわ」

「はいはい、また今度な。氷ばっか食ってると腹壊すぞ」

「むう……」

隣で小さく唸る様な抗議を無視して、ひとまず今日の宿を目指して歩く。

それから数歩先の街角を過ぎた所で、ふと横合いから、何かが俺にぶつかってきた。

「うおっ!?　……なんだ？」

「きゃー」

その正体は、クロニカより、さらに背の低い少女だった。

「いたた……ぶつかってしまいました、ごめんなさい、見知らぬお兄さん」

どこかの給仕見習いか。他所行き（よそゆき）の様な小洒落（こじゃれ）たメイド服に、白いキュロット（半ズボン）。黄金をした麦穂色の髪を石畳に広げたまま、少女は棒読みの謝罪を宙に吐き出す。

少女の片手には、あの屋台のアイスクリームがあった。そして右足の脛（すね）あたりの冷たさに再び視線を下げると、もう一つの氷菓が、俺のズボンを汚したまま足元に潰れていた。

「あ、お兄様のアイスがダメになってしまいました。でも私のは無事ですＯＫ。ぱくぱく」

立ち上がってさっそく一息に、無事だったアイスをぱくつく少女。いっそ清々（すがすが）しいほどに反省の色を欠いた童顔に、俺はこめかみが静かに脈打つのを感じた。

「おいクソガキ、俺の膝が一体いつ出前（デリバリー）を頼んだ。……保護者はどこのどいつだ。クリーニング代で破産させてやる」

「やめなさいライナス、大人気ないわよ」

咎（とが）める様に、クロニカが俺の手のひらを指でつつく。それから少女へ向けて言った。

「ごめんね。この男、心が恐ろしく狭いの。……でもあなたも不注意だったのだから、きちんと謝らないと、ね？」

「はい、お姉さん。では、不注意にもぶつかってごめんなさいでした、お兄さん」

変わらず棒読み気味だが、今度はきちんと頭を下げた少女に、俺は溜息（ためいき）一つ。

「仕方ねえな……」

許しの気配を感じ取ったのか、メイド少女はゆっくりと顔を上げて。

俺はその顔面に、全力の前蹴りを叩き込んだ。

「っ!!」

そして再び仰向けに、路上に吹き飛ぶいたいけな姿も、あっと驚く周囲の通行人の顔も、もうどうでもいい。事態は、既に一刻を争うのだから。

「走るぞ、クロニカ！」

――先程、クロニカの指が俺の手のひらに、その単語だけを伝えていたのだ。

騎士団、と。

来た道を引き返す様に、俺達は走る。しかし程なく前方にさっと立ちはだかったのは、同じく麦穂色の髪をした小さな人影だった。

驚きと同時、足を止めざるを得ない。もう追いつかれたのか？……いや違う、よく見ればこっちは執事服だし髪が短い。もしや兄妹、双子か？

内心の疑問に応える様に、生意気そうな面の少年が口を開いた。

「ふふ、よくぞ妹の色仕掛けを見破ったな！　詐欺師と癌細胞！」

「……あれのどこが色仕掛けだ」

思わず呆れを返すが、刺客らしき少年は意に介した風もなく。

「だがしかし、お前たちの旅はここで終わりだ。なぜならば!!　この騎士団守護士第二列、プルトと――」

「オマケのお兄様と、超絶可愛い(かわい)ウルナが殺しますからです。ぶい」

はっと見上げた頭上を飛び越えて、少年の横に、先ほどの少女が着地した。

当然、無傷。そして、こちらに手の甲を向けたVサインの意味は言わずもがな。

「いやオマケじゃない——って違う違う！　殺しちゃダメなんだって！　男はともかく、癌細胞(ドローキャンサー)の方は生かして捕えろって」

「でもお兄様、癌細胞は殺しても死なないからお得です。私は殺したい気分です、きるきる」

……物騒だが、どこかアホらしいやり取りを叫ぶ兄妹を他所(よそ)に、俺は考える。

どこに逃げ込むべきか。奴(やつ)らの力量は知らないが、適当な建物程度なら丸ごと吹き飛ばしてくる化物具合でも不思議はない。

かつて王国だったこの国を支配していた貴族とは、そういう生き物なのだ。

以上を踏まえて、俺には一つだけ逃亡先のアテがあった。が、ソコに逃げ込んだところで助かる保証は一切ない。むしろ、よりのっぴきならない大事になる確信しかない。

けれど紫苑(しおん)の眼光が、いつもの様に俺を読んで、そして少女は微笑(ほほえ)んだ。

「上出来よ。そうと決まれば行きましょう、ライナス」

それからクロニカは前方に立ちはだかる双子へ向けて、言葉をつくった。

「旅は終わりと言ったわね、お二人さん」

その声は、目前の敵へと叩きつける様な意思を含んでいた。

「でもお生憎(あいにく)、従う気はさらさらないの。この旅の終わりは、私たちが決める」

返答は無く、獰猛な二つの嘲笑に乗せて、不吉な気配が膨らむのが見えて。

俺はクロニカの手を取って、入れ替わる様に前に出た。

羽毛を固めた様な体重の少女を抱き上げて、一歩、二歩と。紡ぐステップは、早くもなく、遅くも無い。ただ、対敵の意識の間隙を突くための拍を踏む。

「なに」「まさか」

驚愕が、双子の声をそろえた。

宮廷舞闘。かつてあのメイドから俺へと、クロニカの左眼が写し取った戦闘技術。かつての貴族階級のみに伝わってきた、伝統的な決闘作法だ。

しかし今回は、戦うためではなく、むしろその逆。

双子の反応が顕著に遅れた。まさか、ただの平民が自分たちの作法で挑んできたことに驚いたのか。

僥倖、俺は咄嗟に出された様な蹴りと拳を躱し、そのまま双子の脇を駆け抜けた。

「あっ！　クソ」「逃げられました」

クロニカを抱えたまま、脇目もふらずに雑踏に肩をぶつけながら、構わず走り抜ける。

ふと背中に、じりじりと焦げる様な熱さを感じた。

直感する。真昼になりかけた陽射しのせいでは決してない。もっと獰猛な熱量が狙いを定めたかの様な悪寒に、俺は咄嗟にクロニカもろとも街路樹の陰へ飛び込んだ。

「「〈波廻天光〉振幅放射！」」

声を揃えた宣言は、貴族がその血に宿す、常識を超えた異能の行使に他ならない。

何かを弾く様な音とともに、一瞬前まで走っていた街路が赤熱し、湯気を立て、沸騰した様に爆発した。ぶちまけられた爆風と熱波が周囲を砕いた。

身をかがめて帽子を押さえた俺の頭上へ、道々のガラス戸が砕け散って降り注ぐ。

「畜生、やっぱりかよ！　……相変わらずメチャクチャやりやがる」

「路地へ入って！　このままだと、巻き添えが」

その呼びかけに、視線を合わせた途端、俺の脳裏に伝えられたのは——。

判断は一瞬。爆風が巻き上げた砂塵に紛れて、クロニカと一緒に裏路地へ逃れる。

そしてひた走る俺たちへ、背後から二つの靴音が迫り来る。振り返ってみるとふざけた事に、双子は片手を繋いだまま、左右の壁を足場に駆けていた。

そして空いた方の、二人分の片手が、まるで花束を差し出す様に指を鳴らして。

「っ!!」

咄嗟に、俺は通り過ぎた勝手口のドアを、後ろ手に開け放った。

左吊りのドアは都合よく施錠されておらず、しかし、ペンキ塗りの木板程度が有効な遮蔽物になり得るか？　答えはもう知っている。ついさっき、紫苑の左眼が教えてくれた。

正解は瞬時に明らかに。不可視の何かを受け止めたドアが風船じみて膨らみ、弾け飛ぶ。

しかし、見えない威力はそれ以上貫通せず、焦げた破片が俺の頬を裂いたに留まった。

「む、やられましたねお兄様、私たちの『波』は当たれば必殺、けどカーテンだけは勘弁な。瞳を見つめて一秒で、まさかそこまで見抜かれるとは」

「なんで言葉にして全部言っちゃうかなあっ!?」

再度、音をそろえて指が鳴り、不可視の『波』が放たれる。それを、俺は側にあったガラクタ板を投げて防いだ。そして次はゴミ箱、次は路上生活者のテント布。

「……っし！　何とかいけるぞ、クロニカ。こいつら」

「ええ、馬鹿みたい」

「お兄様の悪口を言わないで下さい」

「いや、それどっちかって言えばウルナの方じゃないかっ！　ボクは真面目に——」

「シャラップ、お兄様。逃げられます」

「ああもう！　お前ちょっとマイペース過ぎるぞ、妹よ！」

「勝手にやってろアホ兄妹！」

捨て台詞とともにクロニカの手を引き、一気に路地を駆け抜けた。勢いのまま、走る。

目的地は近い。目立つ建物だから、一度通り過ぎても忘れていなかった。

息を切らして走る先に、周囲の景観から浮いた、白亜の門扉が見えた。あと少し。距離にして数歩の土壇場に踏み込んだ途端。

唐突に差し込まれた恐怖が、思考を真っ白に焼いた。

俺はもう、一人じゃない。だからこそ、もしも、この選択が間違いだったら。

胸に抱いた少女の、存在の重みに思わず足が止められた、その時。

「大丈夫よ、ライナス」

ふわりと俺の腕から降りたって、前に歩き出した微笑(ほほえ)みは、するりと心に入り込み。

「私はきっと大丈夫――何があっても、あなたと一緒なら、ね」

そっと優しく、撫(な)でてくれた様な気がした。

気付けば、足は動いてくれていた。

白亜の門前、屈強な浅黒い肌の守衛が立ちはだかるのを、先ほど双子にしたのと同じ要領で、クロニカの手を取ってすり抜ける。そして敷地内へ、二人そろって飛び込んだ。

そういえば、この建物と敷地の正体を、言い忘れていただろうか。

蒸気帝国、在共和国大使館(エンバシーオブエルビオーン)。

世界最大の軍事帝国の、国外向け出先機関だ。

鳴り響く守衛の警笛。無数の靴音が即座に続き、白い軍服を着た帝国兵たちが、無断で敷地を踏み越えた不法侵入者(おれたち)を、隊列組んだ銃剣先で出迎えてくれた。

「さて、どうしようかしらね」

どこか歌う様なクロニカの声は、俺が何をするのか、当たり前に知っている。

よって俺は、いつもの様に口先を軽くして、自棄(やけ)と覚悟を相半ばに言ってのけた。

「もちろん、連中がお気に召すまで、言い訳を並べてみるさ」

そう、見得を切ったところでそういえば。

俺は一つ、重大な問題を忘れていた。

「……あー失礼、どなたか、言葉が通じる方はいらっしゃるでしょうか」

一様に褐色の肌と暗色の瞳をした、帝国人種の兵士たちは口々に早口で何かを喋(しゃべ)っているが、俺には全く聞き取れない。出先機関である以上、通訳がいないという事はないだろうが、どうやら訪問が急過ぎたか。

その時、門を乗り越え、追いついて来た双子の刺客。二人は眼前に広がる完全武装の異人たちの隊列に目を丸くして、俺とクロニカのすぐ横に駆けてくる。

丁度いい、言い訳と弾避(よ)けが一緒になって来てくれた。

「なっ、なんだよ、ここはっ⁉　どういうことだ、説明しろ詐欺師！」

「説明プリーズ。ウルナに優しくわかりやすく」

「うるせえぞ、クソガキども。見りゃわかるだろ、後数秒で俺たちは仲良く蜂の巣だ」

横目で見れば、帝国兵たちは、よくよく了解している様だった。

言葉の通じない相手への対処方法は、古今東西一つしかないと。

見れば横列の両翼には、忘れもしない、あの汽動式機関砲(スチームガトリングキャノン)を両肩に備え付けた、巨大な甲冑(かっちゅう)じみたものまで立っている。

そして冷徹な判断をたたえた、指揮官らしき男が手を振り上げるのに合わせて。

「それが嫌なら――死ぬ気で防いでくれ」

「へ？」「いやん」

そして隣に立つプルトとウルナ、片手ずつで双子の首根っこを掴(つか)み、さながら檻(おり)の中の猛獣に生贄(エサ)をやる様に、前方に放り投げた直後。

「ぐっ!?　ぉぉおおおおっ!!」

銃兵の隊列が火を噴き、近代兵器による恐ろしい暴力が吹き荒れた。

しかしながら、にわかなる鉄の雨は、少年少女の肉体を引き裂くには足らず。

というか、あろうことか、兄のプルトは銃弾を素手で弾(はじ)いていた。

「あ、でもこれヤバい!　妹よ、ちょっと手を貸して――」

「じゃあ私は先に帰りますね、お兄様。囮(おとり)に夢中で死なないで下さい」

「ってもう逃げてる!?　ああもうお前ホントさあっ!」

怒った様に地団太を踏んだ、プルトの足元で石畳が沸騰する。咄嗟(とっさ)にクロニカを抱きかかえて身をかがめた直後、閃光(せんこう)と爆発が大使館前の中庭を揺るがした。

衛兵たちの怒号が響き、銃声が一時途切れる。見上げると、双子はそろって白亜の門扉の上に立っていた。

「今日はここまでだ!　命拾いしたな、詐欺師と癌細胞(ドローキャンサー)!」

「捨(す)て台詞(ぜりふ)は置き土産です。燃えないゴミに出しておいて下さい」

踵(かかと)を揃(そろ)えた一礼とともに、双子は宙返りして門から飛び去り、見えなくなった。

……これにて、騎士団という危機はひとまず去った、が、本命はこれからだ。

視線を戻すと、周囲は殺気立った白い軍服たちに囲まれていた。

そこで、俺は袖を引くクロニカに気が付いた。

「どうした。悪いが手短に頼む。現状、控えめに言って絶体絶命だからな」

「ええ、瞬(まばた)き一つで済むわ。——いま、読み取れたから。ライナス、目線をちょうだい」

応じて視線を下げると、絡み合った紫水晶(アメジスト)が、何かを脳髄へ流し込んだ。

それは感覚であり、経験であり、認識する能力そのものだった。

〈真理の義眼(アイオブザプロヴィデンス)〉第三眼(サードアイ)——叩(たた)き込(こ)まれた言語野能力が、この土壇場で俺にもたらしたのは言うまでもない。

弁明、釈明、即(すなわ)ち、あらゆる言い訳を口にする力だ。

よって俺はいつもの様に、指の先に見えない仮面を作り上げた。存在しない人生の設定を、自分自身として演じるための、想像上の仮面。

ずり落ちた黒い帽子をクロニカに預け、入れ代わりに、顔に張り付けた役を生きる。

かつての仮面(これ)は、どうしようもないほどに弱く、情けない、消し去りたいほど憎いあの日の「俺」自身を庇(かば)いたて、目を逸(そ)らすためのものだった。

だが、今は違う。

「皆様、お騒がせして申し訳ありません。折悪く、テロリストに狙われておりまして」

こんな俺を、信じてくれた少女とともに、この旅を歩くと決めたから。

前を向いて、どうしようもない現実とどうにか戦うために、俺は仮面を身に着ける。

「私の名はライナス＝クルーガー。共和国(コロニアルズ)政府から内密に派遣されました外交官です。どうか、身柄の保護を願いたい」

3

……本名を名乗ったのは、名を偽る意味がないからだ。俺の懐に政府外交官の名簿でも入っていたら話は別だが、生憎この上着に、そんな都合のいいポケットはついてないらしい。

余計な部分まで偽ると、かえってボロを生む原因にもなる。

偽りは必要最小限。これはコツその五、ということにしておこう。

（一応、私の眼なら全員今すぐどうにかできるけど……やる？）

（提案どうも。やらなくていいぞ。もうこの街には騎士団の連中が来てたんだ。どうにか、しばらく匿ってもらわなきゃマズいだろ。手荒なのは最終手段だ）

クロニカとの目配せは一秒以下、俺は視線を前に戻した。

「外交官、だと」

あからさまな不信感を発したのは、先ほどの射撃命令を下した、指揮官らしき男だった。

眼鏡をかけた、俺と同じ様な背丈、つまり長身の男。いささか現場性を欠いた、要は小綺麗な白色の制服は、大使館においてそれなりの地位である証拠だろう。

「初めまして。改めて、お騒がせしたことをお詫び申し上げます」

俺の声を、彼はにらみつけたまま黙殺してきた。随分な外交儀礼だが、まあ文化の違いだと受け取ろう。文句を言ってもはじまらない。

まずは取り付く島にこぎつけるための、会話の取っかかりを探そうとした、その時。

横合いから響いた一声は、緊迫の中を、鈴の音の様に通り抜けた。

「皆様、これは一体、何事でしょうか」

全員が動きを止める。巫女様、大使閣下、そんな単語の連続が俺の耳に届いた。

いつの間にか、俺とクロニカを取り巻く兵士たちの輪の隅に、侍従を伴った一人の女性が立っていた。

ほのかに桃色が差した様な、艶やかな褐色の肌。清廉な白衣。銀の髪を覗かせた覆い帽子。腰元の白色聖紐。だが、それら全てを、決定的に背景にしてしまう一要素が、彼女の目元を覆っていた。

黒い、暗幕の様な目隠しが、外的に彼女の両目を閉ざしていたのだ。

「初めまして、お客様」

その声は不思議なほど的確に、俺とクロニカの方へ向けられていた。

ゆったりと、胸元で手を組んだ帝国式の一礼をして、彼女は名乗る。

「私は皇帝陛下より、大賢位巫女の聖職、並びに貴国との外交における特命全権大使を仰せつかっております。アナーヒトゥー＝フワラティと申します。

発音が難しいようでしたら、どうぞご遠慮なく、アナヒトと、お呼び下さい」

穏やかな挨拶に、面食らったのは周囲の兵士たちであり、そして眼鏡の男だった。

巫女の件は不明ながら、特命全権大使というのは、詳しくはないが、外交においてそれなり以上に高位の役職だろう。

そんな立場の人間が、顔を合わせたばかりのこちらを扱って、客人だと述べたのだ。

眼鏡の男が、この場の不信感を代表する様に言った。

「……お言葉ですが、大使閣下。この者たちは単なる不法侵入者です。その上、仮にも帝国領土たるこの場に争乱を持ち込んだ咎もある。にもかかわらず客人扱いとは、いささか博愛が過ぎるのでは」

男の言葉に、褐色の口元がくすりと笑んだ。

「あら、あらあら、いけませんよ、カルマン。そんな薄情な物言いは教えに反します。彼らの事情は聞こえてきました。何か、のっぴきならない困難に追われて、この場の門を破ってしまったのでしょう。

汝、人を愛せよ。そして人に愛されよ。我々は外地にて、畏れ多くも皇帝陛下の御稜威を代行し、善の教えを体現する者。つまり、困っている人は、助けねばなりません」

恐らく、用意していた反駁だろう。女――アナヒトの言葉はどこか愉快気で、綺麗ごとめいた内容とは裏腹に、悪戯心の様なものを感じられた。

カルマンと呼ばれた男は口を噤んだ。建前上、そうせざるを得ない、という沈黙だった。

「では、お二方。そこの石頭メガネが失礼いたしました。ただいま一席設けさせますので、詳しいお話は、そちらでお伺いいたしましょう」

そうして、柔和な微笑みが下した裁可に、カルマンも渋々追従する。

以上のやり取りを観察した、俺の所感を述べよう。

「ようこそ。善の帝国、エルビオーンへ。ささやかながら、歓迎いたします」

一番信用ならないのは、この女だ。

――対話の場は、大使館の中庭に即席のテラスが設けられた。

素直に、見事な景観だった。大理石の柱と、純白の外壁が四方を囲んだ庭園は広く、計算された陽射しがよく取り込まれ、背の高い噴水の音が森のせせらぎの様に、植えられたオリーブの木漏れ日と穏やかに調和していた。

土地の狭い、ランストンの丘上街区において、庭一つにこれだけの敷地面積だ。実に金満で鼻持ちならないという点は、ひとまず措いておこう。

細かな意匠の透けたリネンのテーブルクロスを挟んで、俺とクロニカに向かい合うのは先ほどの二人だった。周囲には帝国製ライフルを肩に提げた護衛たちもいるが、俺の心臓の健康のためにも、そちらは気にしない事にする。

「改めて、大使補佐を務める、一級公使のカルマン＝バクトリだ」

彼の自己紹介は、事務的で、かつ冷ややかだった。

不信と警戒と、少々の面倒くささ、そんな感情があからさまに伝わってきた。

「私の紹介は、先ほど申しあげたとおりです。それでは、お二人について、お聞かせいただいてもよろしいでしょうか？」

彼女の声音は、カルマンとは対照的に、興味と関心と、親切心とを含んでいた。

勘だが、嘘をついているのではないだろう。引っかかるのは、その薄っぺらい親切心のすぐ下に、どんな思考が張り巡らされているのか、だ。

無思慮な善意は迷惑だが、思慮を伴った善意は、狡猾だ。

こんな時こそ、クロニカの左眼が便利なのだが、しかし。

「……ああ、そういえば、私の目が気になりますか？」

「ええ、まあ。無粋な詮索をするつもりはありませんが、差し支えなければお聞きしても宜しいでしょうか」

いいですよ、とアナヒトは気安く頷いた。

「昔の話です。事故に巻き込まれて、眼球こそ無事でしたがそれ以来、両目の視力をほとんど失いました。そして、光が目に入ると痛むので、こんな風に人前で無礼をさせていただいております。お見苦しいとは思いますが、どうかご容赦を」

見苦しい、の部分に少しだけ、アナヒトは諧謔を乗せて言った。

そのまま、とても盲目とは思えないほど自然に、彼女は手前のコーヒーカップを持ち上げて、口元に運ぶ。しっとりと湯気に濡れた唇が、無言で俺を促した。

「では改めまして、この度は不躾な訪問にて大変失礼いたしました。

私はライナス＝クルーガー。共和国政府筋のさるお方から派遣されました、私的な外交特使の様な身の上でございます」

そのまま暫(しば)し会話を回り道して、俺は現職の大臣の名を出さないまま、しかしその使いであることを暗に示した。

「——私の任は、その御方(おかた)のご息女であらせられる、こちらのお嬢様を、国内の政治的な敵対勢力から逃がすことです」

つまりは、ひそかに蒸気帝国(エルビオーン)へ亡命したい。意図が伝わったらしいカルマンが、俺とクロニカを交互に見て言った。

「成程、要求は理解した。先ほどの子供らは、噂(うわさ)に聞く貴族とかいう化物で……差し詰め、お前たちに差し向けられた刺客ということか」

すんなりと、仄(ほの)めかした筋道に先回りしてくれた。話が早くて助かる。

「で、我々への、非公式の見返りはなんだ？」

「私が預かっております、主(あるじ)の財産少々と、共和国(コロニアルズ)政府筋の情報でしょうか」

思案する様に、カルマンは沈黙した。

そこで口を挟まず、ただ微笑(ほほえ)んでいたアナヒトが声をかけたのは、俺ではなく。

「そちらのお嬢さんのお名前は、お聞きしても？」

いくばくかの困惑を示した視線がこちらを見る。俺は目で頷(うなず)いた。

「ええと……私の名前はクロニカ。その、言葉がまだあまり上手(うま)くなくて、黙っていたの。失礼だったわね。ごめんなさい」

「……いや、普通にすごいお上手ですよ。クロニカさん。それに綺麗な声で羨ましい、どうか自信を持って下さいね」

（お前も、喋れる様になってたのか……というかホントに何でもありだな）

（そこまで万能じゃないわ。言語能力ぐらいなら、読み取った情報を私でも再現できるけど……あなたみたいに、誰かの人生そのものに成りきるのは流石に無理よ）

そこで、カルマンが口を開いた。

「亡命の要請だが、お断りする」

「え？」

声をあげたのは、意外にもアナヒトだった。

「カルマン、困っている人たちを助けるのは、我々の義務ですと申し上げましたよ」

「おっしゃる通りです、大使閣下。しかし、この者らを信用する確証がありません。そして、何より御身の安全のためにも、刺客に狙われている状況の人間を、ここに招き入れるべきではありません」

「……あなたも知っている通り、ここの警備はかなりの重武装ですが、それでも不安だと」

「武力とは、使用の想定を、想定のままにしておくことが最上なのです、閣下」

「はあ、まあ、そうでしょうね……では」

「捨て犬は、捨てられたままに。どうかご理解を」

二人のやり取りを聞いて、俺は何となく理解した。

立場というか身分は、アナヒトの方が上。だが、実務的な決定権を握っているのはカルマンなのだろう。いわば、わがままなお嬢様と家令の執事という関係か。

しかしこのままでは、目論見(もくろみ)通り匿(かくま)ってもらえそうもない。俺は懐から愛用のコンパクトを机の下で開いて、そこに映った紫水晶(アメジスト)と、視線で意見を交わし合った。

(クロニカ、出番だ)

(？　どういう意味かしら)

(この眼鏡野郎をどうにかしてくれ。具体的にはそうだな。涎(よだれ)垂らして喜んで、俺の言うことを何でも聞く犬野郎にしてくれればそれでいいんだが)

(絵面が想像したくなさ過ぎるわね……さておき、それも無理よ。私の第二眼(セカンドアイ)は、視線で精神に干渉できるけど、あまり都合よくはいかないの。精々、簡単な命令を入力したり、記憶や感覚を切り貼りするのが限界。人格そのものを改変したり、長期的な行動を操ると……人間の心って、結構脆(もろ)いのよ。このコーヒーに垂らしたミルクみたいに、ヘタにかき混ぜると、すぐ壊れてしまう)

現実で、クロニカの指先がティースプーンをかき混ぜる真似(まね)をした。

(その割には、俺はお前から大分乱暴にされた気がするんだが)

(……さあ、覚えてないわ。それはそうと、結構まずいわよ、ライナス)

(何がだ)

(そのメガネさん、どうやら悪い人よ。こっそりお金の帳簿を書き換えたり、色々してる

みたいなの）

（不正会計か。なら横領と贈収賄もセットだろうな。真面目ぶった顔して、汚職役人かよ。案外、安月給で苦労でもしてるのか？）

（それと、あともう一つ）

（……誰か殺して、海に捨てたとか言うんじゃないだろうな）

（いいえ。でもこれから、私たちをそうするみたい）

「マジかよ」

「何か言ったか」

つい、現実で口を動かしてしまった。適当に取り繕い、今度はカルマンと目を合わせる。大方、自分の不正行為が何かの拍子にバレるのを恐れているのだろう。余計な面倒を引き受けてボロを出すより、手っ取り早くなかったことにしてしまおうという腹積もりか。

「分かりました。カルマン殿、ご無理を申し上げて大変失礼を。ですがせめてもう少々ここに居させては頂せんか。先ほどの刺客がまだこの辺りにいるやもしれません」

「いいだろう。……では大使閣下はお戻り下さい、後の事は私にお任せを」

「ああ、はい。ええと、ご期待に沿えず、本当に申し訳ございません。お二方。どうか、幸運を」

アナヒトの声は、何かを諦めた様に薄く響いた。それはどこか、手慣れた様な口ぶりでもあった。

そうして彼女を体よく追い払ってからすぐ、カルマンは本性を現した。

さっと手をあげ、周囲の兵士たちに銃を構えさせる。

「お前たちはここに現れなかった。先程の戦闘の流れ弾で死んだことにしておこう。まったく、余計な面倒を増やしてくれたものだ。この国の教育制度は、他人の迷惑になるなということを教えないのか？」

俺は過剰なぐらい落ち着き払った動作で、椅子を傾けテーブルの上に足を組んだ。懐から取り出したタバコに火をつける。

「悪いが俺は成績不良児でね、でも一つだけなら、アンタに教えられる。

今からでも、考え直した方がいいぜ」

「命乞いなら、もう少し相応（ふさわ）しい態度を取るものだぞ、礼儀を知らぬ下等国家の下級国民が。それとも死ぬ前に一通り、学んでおくか？」

「折角（せっかく）だが遠慮しとく。――クロニカ、やれ」

片手で弄んでいたコンパクトを開いたまま机の上に放る。俺以外の全員がそれに注目し。

あとは、少女の一瞥（いちべつ）ですべてが片付いた。

――顔面から、飲みかけのコーヒーカップに突っ込んで気絶してるカルマンの頭を持ち上げ、眼鏡を奪う。度はややきついが、我慢できない事もない。

「……それで？　やっちゃった訳だけど、これからどうするの？」

クロニカの声に、大丈夫だと短く答える。

「とりあえず兵士連中は今の記憶でも消しといてくれ。で、問題はコイツだが、しばらく目を覚まさない様にしとくのはできるか？」

「ええ、三日ぐらいなら出来ると思うけど……目を覚ました後にもう一度かけ直したりはできないわよ。それまで飲まず食わずで衰弱した体がきっと耐えきれないもの」

「そうか。なら頼む……あと、コイツの記憶も転写(うつ)してくれ」

三日、それが一先(ひとま)ずのリミットだろう。延長するなら、それは本人を殺すということだ。べつに惜しむ様な命ではないが、クロニカの手を血で汚したくはなかった。

これから三日、俺は。

「コイツに成りすまして、俺たちの亡命手段を用意する」

コンパクトの胴乱(ファンデ)に茶色を混ぜて肌に塗り、奪った服を着て、眼鏡をかける。幸い背丈に大きな差は無く、準備はそれで十分だった。

そしていつもの様に、俺は見えない仮面を身に着けた。

4

「では改めてようこそ、蒸気帝国(エルビオーン)へ。歓迎いたします。クロニカさん」

中庭でのひと悶着(もんちゃく)から小一時間ほど。

私は盲目の巫女(みこ)兼大使、アナヒトとその護衛に連れられて、立派な建物の中を案内されていた。それよると、大使館の敷地は蒸気帝国（エルビオーン）の領地らしい。国際的な慣例、だそうだ。

さておき、大使館の内装に、私は目を奪われていた。赤い絨毯（じゅうたん）から白い壁紙、そして黒漆喰（しっくい）の天井にまで、精緻でデコラティブな金細工の意匠が、花や草木、動物など様々なモチーフを幾何学的に施しているのを見ると、歩くことをついつい忘れてしまう。

「素敵な内装でしょう？　まあ、私には見えませんが……本国から職人をわざわざ呼びつけたらしいので、感銘を受けてもらわねば困ってしまいます」

廊下を先導するアナヒトの両目には、例の黒い目隠しがあった。にもかかわらず、その足取りは危なげなく、本当に見えないのかと勘ぐってしまう。

ふと、こちらへ振り返ったアナヒトが言った。

「私の目なら、問題ありません。今では結構慣れてしまって、何となく気配や肌感覚で周囲が分かるので、勝手知ったる屋内を歩くぐらいなら全く支障はないのです。ですからご心配なく、しっかりご案内させて頂きますね」

「ええ、ありがとう」

とは言っても、私の方には少々問題があった。言わずもがな、彼女の魂が見通せない事である。別に、好きで覗（のぞ）き見（み）をしているワケでもないけれど、普段なら見えるものが見えないというのは、何となく落ち着かない。

「お連れの、ええと、ライナスさんでしたでしょうか、その方についてはごめんなさい。うちのカルマン、頭が固くて融通が利かないのです。あなたの滞在について心変わりしただけでも奇跡です。今度、彼の眼鏡をこっそり叩(たた)き割(わ)っておきますので、それで勘弁を」

「いいのよ、気にしないで。あと割らないであげて。ライナスも、自分の事はどうにかするって言ってたから」

カルマン、に成りすましたライナスとは別行動だ。大方、執務室とかを物色しているのだろう。気絶したカルマン本人は、適当な物置に幽閉されている。

「……でもよかった、私、心配だったのです。あなたの様な女の子が、悪い人たちに追われて、必死に助けを求めてきたのに門前払いなんて、いくら何でも善の道に反しますから。一信徒として、カルマンの対応は非常にどうかと思っていたのです」

「信徒……？」

聞き返すと、アナヒトは立ち止まり、薄く笑んだ。

「共和国(コロニアルズ)の人たちには馴染(なじ)みがないかもしれませんが、平たく言えば、善を信じ、その教えを実行する人々の事です。蒸気帝国(エルビオーン)では、大半の人々がそうですよ」

「善を、信じる……？　悪い事や、他人に意地悪しない人たちってことかしら？」

概(おおむ)ねそうですねと、彼女は頷(うなず)いた。

「間違ってはいません。私たち独善教(デーンカルド)を信仰する者にとって、不正や中傷といった、七大悪に与(くみ)する行為はご法度ですから」

彼女は立ち止まったまま、講釈を始める。

「この国は、かつて一人の絶対君主を崇(あが)めていたとお聞きしました。それと同じ様に、私たちは私たち自身の善を崇拝しているのです。見えず、触れられず、しかしそこに確かに存在する絶対の指針として」

彼女の声と活舌はさながら模範的な教師のようで、とても聞きやすかった。

「では善とは何か。それは七大悪……誤解、虚偽、乱暴、色悪、渇望、熱情、そして怠惰に対称する七つの道徳のことです。

正解、正直、理性、純真、清貧、沈静、そして努力……これら、人としての正しい道徳を実践することで、我々はこの世の悪を皆殺し、勝利しなければならない――とまあ、これが信徒全てに求められる聖戦の義務の要約ですね。

という訳で、クロニカさん。あなたも善の勝利に貢献し、死後の天国へ行けるよう、今から入信されませんか？　人種性別関係なく、善とは遍く人々が歩める道なのですよ」

勧誘は咄嗟のことで、私は思わず返答に窮してしまった。

「え、ええと……」

するとアナヒトは一転、声を軽やかにかぶりを振った。

「ふふ、ごめんなさい。別に無理強いするつもりはありません。私たち蒸気帝国大使館職員の使命の一つに、善を知らぬ土地への布教活動というのが定められているのです。

だから今のは、その義務を果たしただけの話。信仰を選ぶのは、あなた自身の良心の話です。ですからどうか煙たがらないで下さいね、折角、齢の近い友達ができそうなのに、こんなことで嫌われてしまっては悲しくて仕方ありません」

「か、閣下。い、今の発言は些か、善の教えを軽んずるものかと……」

恐る恐るたしなめる様な侍従の言葉に、アナヒトは口元を押さえて言った。

「あら、そう聞こえましたか？」

「は、はい」

「私は大賢位巫女。信仰省より認定された、帝国に十人といない最高位の巫女です。つまり私の口から出た言葉は、全てが教えに適うものです。故に私の否定は善の否定と同義です。以上を踏まえて――もう一度聞きましょうか。そう、聞こえましたか？」

侍女はさっと顔を青くして、消え入りそうな声で呟いた。

「……い、いいえ。申し訳ありません、ど、どうかお許しを」

「ええ、もちろん許しますよ。私は優しい、善人ですからね」

……別れ際、カルマンの姿をしたライナスが言っていたのを思い出した。

『あの目隠し女には気をつけろよ。十中八九、性格悪いぞ』

「――こちらがお部屋になります。賓客用のものをご用意させて頂きました。

つくりはこちらの文化風になっているので、そう不便はないかと思いますが、何かあれば遠慮なく仰って下さい。毎朝掃除していますし、使用頻度も低いので綺麗ですよ」

「ありがとう。えと……アナヒト、さん」

赤い絨毯の敷かれた廊下の中程、色とりどりの簾が降りた入口の前まで、アナヒトは丁重に案内してくれた。

礼を述べると、彼女は腕を組み、うーん、と不服そうに唸(うな)った。

「やっぱり、「さん」付けは距離を感じますね。齢(とし)も近そうですし、同性ですし、立場の違いは措(お)いておいて……私のことは呼び捨てで構いませんよ。というか私もそうします。ではクロニカ、お部屋の中もご案内しますね」

そう言うと、アナヒトはそっと私の手を取った。彼女の方が、一回り背が高い。私は姉に連れられる妹の様に、簾(すだれ)を割って部屋の中に入っていく。

世話焼きというか、強引というか。目が合わせられないから、彼女についての本当の所は分からない。でも私には、ライナスの言い様ほど、底意地の悪い人間には見えなかった。あるいは単に、私がそう思いたいだけなのかもしれない。

答えの出ない思考を続ける暇もなく。アナヒトはさっとカーテンを開けて、部屋に光を迎え入れた。

気遣いに感謝しつつ、部屋を見回す。彼女の言った通り、ガラス窓に、机やベッド、衣装棚などが配された間取りに異国らしさは薄かった。

けれど一つ、私の目に新鮮に映ったのは、壁にかけられた掛織物(タペストリ)。

それは色とりどりに編まれた糸で、一枚の場面絵を表現していた。

興味を引かれて近くに寄ると、私の動きに気付いた様に、アナヒトは織物にすっと手指を当てた。表面の僅かな凹凸からか、驚くべきことに描かれた内容を言い当てる。

「こちらにご興味が？　ふむ……ああ、これは、三つの願いの昔話ですね」

「三つの願い？」

聞き返すと、アナヒトはええと頷いた。

「独善教の聖典に収録されている、道徳についての寓話の一つです。多くは子どもでも親しめる様に、絵本や絵画の題材としても採用されていますので、この壁掛けもその一つですね。よろしければ、お話ししましょうか？　とても、面白い話ですよ」

そう言うと、アナヒトは止める間もなく私に椅子を勧めて、腰を下ろすと同時に咳払い一つ。滔々と、語り聞かせる様に話し始めた。

「昔々、あるところに二人の兄弟がいました。兄は剣の天才で、物心つくころには大人を打ち負かし、成人して戦に出れば敵の誰も太刀打ちできず、真っ先に敵将の首を取って来ました。そんな彼は、もちろん領主の信頼も厚く、領主の娘をお嫁に貰う程でした。

その一方で、弟は兄とは対照的に、とても凡庸な男でした。同じ様に剣の道を志しており、とても勤勉な努力家でしたが、兄の足元にも及びません。

兄は常々、そんな弟に、向いていない、もっと楽にできることを探せばいいのにと言っていました。しかし弟は、楽な道を行くと、結局何も積み上げられない。でも努力して苦しさを積み上げれば必ず善は報いてくれると返しました。

兄は、そんな弟を馬鹿だと思いました」

……朗々と語るアナヒトの声は、覆い隠された目元を補う様に起伏豊かで、情緒に溢れていて、私はいつの間にか、その声の先に聞き入っていた。

「そんなある日、兄の剣士は、風の噂で、どんな願いも叶えるという精霊の住む洞窟の話を聞きました。それを聞いて兄はそれだと思いました。精霊に願いを叶えてもらえば、自分は楽にもっと強く、最強になれると。

兄は冒険に出て、ついに噂の洞窟に辿り着きました。暗い洞窟の闇の奥で、精霊は兄に言いました。よくぞここに辿り着いた、褒美として願いを三つ、何でも叶えよう。ただし、願いを増やすことと、私を害すること以外なら、と。

兄はその場で三つ、飛びつく様に願いました。

一つ目、どんな状況でも怯えずくじけない、無敵の心が欲しい。

二つ目、どんな武器が相手でも勝てる、無敵の技が欲しい。

三つ目、どんな攻撃を受けても倒れない無敵の体が欲しい。

無敵の心と技と体をそれぞれ願い、最強になろうとしたのです。

精霊は言いました。お安い御用だ」

紡がれる物語の佳境に、私は思わず息を呑んだ。

「精霊は約束通り、兄に何が起こっても動じない鋼の心を与えました。次に、この世のどんな武器でも及ばない剣の技量を与えました。そして最後に、指を一つパチンと鳴らします。すると、兄の体は、煙となって消えてしまいました。約束通り、どんな攻撃を受けても倒れない、煙の体を与えられて。

もう剣も握れず、口もきけない煙に向けて、精霊は笑いました。精霊は、願いを叶えるためにここに来たものを、それにかこつけ生きて返さない、邪悪な悪魔だったのです。

そして時が過ぎ、弟が帰ってこない兄を探して、兄よりも遥かに苦労しながら洞窟にやってきました。同じ様に、精霊は弟に三つの願いを叶えようと言いました。弟はすぐ、この精霊の謀りで兄は死んだのだと悟り、こう言いました。

一つ目、兄を元に戻してほしい。

精霊は渋々、兄の体を元に戻しました。そして、二番目の願いを言えと要求する精霊に、弟は、願いはもうないと言いました。

なぜなら、努力し、自分の手で掴むことでどんな願いでも何個でも叶えられるから、お前に頼むことは何もないと。

そう言って兄とともに洞窟を去っていく弟を見送って、精霊は悔しさのあまり怒り狂い、その熱で、自分自身が煙の様に蒸発してしまいました。

それから兄とともに故郷に帰った弟は、やがてその言葉通り、努力を重ねて兄を超える剣の達人になり、敵国の王を倒し、その娘を嫁にして、一国を征服しました。……というお話です。このお話の教訓は、努力が一番。楽をしてもロクな事にはならない。

……どうでしたか？　反吐が出るほどありきたりで、凡庸で、面白かったでしょう？」

一転、皮肉気に感想を求めるアナヒトに、私はお茶を濁す様に聞き返した。

たぶん意図的に省かれていた、登場人物たちの名前を。

「ああ、申し訳ありません。聞き慣れぬ名の響きが耳の妨げになるやと思い、ワザと省いていました。お教えしますね、弟の名はシャガルド、そして愚かな兄の名は……」

そこでアナヒトは唐突に、びくりと肩を震わせた。

何事かと、唐突に振り向いた彼女につられて、私はベッドの方を向いた。

気付けば白いシーツの下には、いつの間にか、いやどうやら最初から室内に存在していたらしき人間大の何かが、もぞもぞと動いていた。

そこで、私は目を逸らすべきだったのだろう。

「ふわーぁ、ぁあア……あー、もう朝か？　いや、昼かな。すーげえ、寝ちまってた」

間もなく、のそりとベッドから起き上がったのは、大きな欠伸をしながら、齢老いた寝起きの猫の様に伸びをする……全裸の中年男性だった。

「……ん？　誰だアンタ、見ねえ顔だな、嬢ちゃん」

固まった私の前で、ベッドに胡坐をかいたまま、男はぼりぼりと後頭部を掻いて——いやそれより何より前を隠しなさい。

私は兎の様にアナヒトの側に駆け寄り、両目を閉じて声を荒らげた。

「なんなの、アレ」

アナヒトに、彼の姿は見えない。しかし、何者かだけは分かっているようで。

「ああ、そう言えば朝の騒ぎでも気配を感じないと思っていましたが、まさかここに潜り込んでいたとは。……驚かせたようですね、ごめんなさい、クロニカ」

アナヒトは言った。彼の名はロストム。大使館の駐在武官。飲酒と賭博に明け暮れ、勤務態度は不良。しかも古傷が原因とかで銃を扱えないため、普段は訓練にも参加せずフラフラしているそうだ。

「……見た目には不愉快この上ないかもしれませんが、直接的な実害は有りませんよ、多分。……ですからクロニカ、私の背中から出てきてくれませんか」

するとこちらのやり取りに気付いた様に、ロストムは言った。

「おや、巫女様もいらっしゃいましたか？　すいませんね、こんな格好で。昨日、守衛の奴らと一緒に博打しながらしこたま飲んでたんですがね。負けが込んで身包み剝がれちまって、そんで、どこか寝られる場所を探してたら鍵開いてたんでここに……それと申し訳ありませんが、服を持って来て下さいます？」

「……あなた、まさか今、何も着ていないのですか？」

「恐縮です」

「謹んで申し上げます。一度死んで下さい」

程なく、アナヒトが命じた侍従に服を渡された男が、だらしなく着替えを終えた。

「どうも。さっきは失礼、嬢ちゃん。俺はロストム。ここの駐在武官だ。ってか、見た感じここの現地人っぽいけど、言葉は通じてるかい？」

「彼女は帝国語に堪能ですよ、ロストム。むしろあなたの方こそ常識が通じておりません。所かまわず酔っ払って全裸で寝るなと、何度も注意していますよね」

「……すいません、反省しております。ですがね、適度に羽目を外すのも武官の務めでして、酒の席での交流は、聖典サマも推奨しておりますでしょう」

「確かに、飲酒は悪ではありませんが、酒による酩酊（アエーシュマ）は悪の一つ、そして賭博はその眷属（けんぞく）です。という訳であなたには、賭博及び酩酊（めいてい）全裸、何よりこの私相手に言い逃れを試みた大罪を償ってもらいます。具体的には当分禁酒の上、今月の給料はナシで」

「え、いや、それだと俺、来月は塩と水だけで生きてくことに――」

「何か問題でも？　真に固き信仰心を持つなら、不可能ではありませんよ」

さらりと断言するアナヒトに、ロストムは抵抗の意思を失（な）くした様に項垂（うなだ）れた。

そしてすぐ、気を取り直した様に、私の方を向いて。

「ところで、名前を聞きそびれてたな、お嬢ちゃん。
俺はロストムだ。この大使館付きの護衛武官、ってことになってる」

ずいっと、太く浅黒い手が、握手を求めて私の前に差し出された。

「お、よく見りゃすげえ可愛（かわい）い顔してんな、どう？　十年たったらオジサンの嫁に来ない？」

即座に拒否して、私は言った。

「クロニカよ、この変態。せめて三十年若返ってから出直して」

ところで。

「ねえ、アナヒト。悪いけど一つお願いがあるの」

「？　何でしょうか。私にできる事なら、なんなりと」

ならば遠慮なく、私はベッドを指さして言った。

「もうあれで寝たくないから、別の部屋にしてくれない？」

5

俺の仕事が一段落したのは、日が落ちてからだった。

蒸気帝国(エルビオーン)大使館、一級公使カルマン＝バクトリの私室。

几帳面(きちょうめん)に整理された、裏帳簿やらの書類を物色していた折、控えめなノックが木霊した。

「客部屋で、大人しくしてろって言わなかったか？」

「別にいいじゃない。あなたが……上手にやってるか気になったんだもの。

ああ、そう言えば……はい、お土産よ」

小さな手から渡されたのは、一冊の本だった。

「何だこりゃ」

「アナヒトから貰(もら)ったの、二冊。だから、あなたにもあげる。面白いわよ、意外と」

渡された聖典を、ペラペラとめくる。内容自体は、転写されたカルマンの知識にもあるが。

「……俺への当てつけかよ。悪いが今更、善だの道徳だのに合わせる顔は無くてな」

部屋の端のくずカゴへ放り投げて、俺は話題を変えた。

「さておき。蒸気帝国(エルビオーン)への船の件だがな、手配するまでも無かったぞ」

これを見ろと、幾つかの指令書を彼女から見える様に、書生机の上に置く。

そこには式典出席のために、ちょうど三日後、ランストンの港へ軍艦がアナヒトを迎えに着て、そのまま外洋のとある島へ出航する旨が記されていた。

「帝国海軍商社……株主、総会？」

意外にも、大使館の恐らくは公的な指図書類のほとんどは、蒸気帝国の政府ではなく、ある会社から送られてきていた。

共和国(コロニアルズ)政府は開国以来、蒸気帝国エルビオーンとの交流を続けている。しかしながら、その相手は蒸気帝国の皇帝でも政府でもなく、一つの巨大な民間会社組織なのだ。

帝国海軍商社(エルビオンネイヴィーカンパニー)。

二国間の貿易、外交、そして軍事に関する一切の権利を、蒸気帝国政府から買い上げることで独占している、巨大会社。

二国間を隔てる、広大な外大洋にある島嶼(とうしょ)を拠点とするこの海軍商社は、どうやら数か月に一度の頻度で両国間の株主たちを一堂に集めた株主総会を行い、そこで経営状況の公表や方針の発表、質疑応答などを行っている様だ、が、そういう題目を抜きにすれば、単なる社交パーティーに違いない。

ともかく、その株主総会に、大使であるアナヒトも招かれている様だった。

俺とクロニカにとっては好都合。便乗させてもらい、そこからさらに蒸気帝国の本国へ、またどうにかして船を乗り継げばいい。

特段の不満もないようで、クロニカはあっさりと頷いた。

「そう。楽しみね。船旅って、どんなご飯が出るのかしら？」

「期待するなよ、どうせクソ不味い保存食だろ。ところでお前、風呂上りか？」

「うん」

書類を見飽きた様に、退屈そうに頬杖をついていたクロニカ。その髪がやや濡れていることに気付く。首元に帝国製らしき絹織りの湯巾が巻かれていた。

仕方ない、俺はポケットから櫛と椿油を取り出した。

「そこ座れ。……ったく、ちゃんと乾かしとけよ」

広げた紅雪の髪からタオルで丁寧に残った水滴を拭い、一房ずつ乾かしながら櫛を入れ、髪油を薄く塗ってやる。

「私の代謝構造は普通の人とは違うから、ここまで丁寧にしなくてもいいのよ」

「なんとなく気になったから、やってるだけだ」

「ふふっ、ありがとう……ねえ、これからもたまにお願いしてもいいかしら」

「気が向いたらな――っと、終わったぞ、そろそろ戻れ」

しかし、少女は静かに首を横に振った。

「ちょっと、ベッドに問題があって……できれば、使いたくないの。運悪く他の部屋も都合が悪かったみたいで、アナヒトは自分の部屋に泊まるかって言ってくれたけど、流石にそこまでは悪いし」

だからね、と前置きを挟んで、クロニカは俺に言った。

「今日は、ここで寝させて」

カルマンが戸棚に隠していたラム酒を水晶椀に注いで、乱暴に喉を焼く。どうも強い酒は、帝国では褒められない嗜好らしい。

顔を酒で赤くしておいてから、俺はクロニカにベッドを譲った。

「ねえ、ライナス」

「何だ。お子様は早く寝ろ」

「あなたの寝る場所がないでしょう。……だから、その」

再び少女は言い淀んだ末に、シーツに包まったまま、ベッドの端を人一人分空けて言った。

「隣で、寝てもいいわよ」

……それから、数十分の後。

両目を閉じて、クロニカはベッドで一人、安らかな寝息を立てている。

俺は椅子に座って腕を組み、四杯目のラム酒を空にして、酔いに任せて目を閉じた。

横になる気はない。寝坊すれば命取りであるし、何より、少女のすぐ側で眠るというのは、なぜだか、ひどく――。

意識した途端、聞きなれた耳鳴りが、頭の奥から木霊した。

コインの音が聞こえる。

存在しない金の音にあわせて、脳にしみ込んだ酒精（アルコール）を溶媒に、俺の過去と現在がごちゃ混ぜに響き合った。

ライナスと、姉さんが俺を呼ぶ。ねえ、と少女が俺の袖を引く。姉弟（きょうだい）で身を寄せ合って暮らしたボロアパートの、藁（わら）敷きの狭いベッド、テーブルは一つ、リネンのテーブルクロスが揺れていたのは、紫水晶（アメジスト）の瞳と出会った列車で、姉さんはいつも俺の朝食にミルクを注いだ。クロニカが、どうせ飲めないくせに俺のブラックを一口欲しがった。

あの浜辺で、詐欺師の仮面は剥（は）がれ落ちた。過去を覆い隠すための見えないコインの音も、もう必要ないはずなのに、どうしてだろう。

俺はクロニカと一緒にいると、どうしてか、ひどく――。

……いつの間にか、座ったまま落ちていた意識が目を覚ましたのは、ちょうど朝方。

ベッドには、もう誰もいなかった。

6

そしてそれから、その日の午前中の話だ。

顔とは、人間の心と外の空気との接点なのだと俺は常々思う。

だからこそ、そこに心からの真実を張り付けることで、俺は容易に他人に成れる。

「では、こちらの資金は押収させて頂きます」

「は、はい……で、ですからどうか、私の関与は何卒ご内密にっ……！　調査官殿！」

「もちろん、捜査に協力頂きましたので、あなたの名前は容疑者から外しておきますよ」

蒸気帝国大使館一級公使、カルマン＝バクトリの汚職資金。

それは主に密貿易によって稼ぎ出されており、発覚を恐れたのだろう、帝国側ではなくランストンの都市銀行へ、担当者との収賄関係を通じて預けられていた。

帝国では近年、海外赴任者が現地業者と結託して不当に懐を肥やす事例が多発している。そして、その腐敗に対処するため、現地政府にも協力させて調査と摘発を行っている。

そういう筋書きを、俺は共和国政府の敏腕税務調査官、ジョナサン＝ヒューイックとして演じ切ったところだった。

押収した金の入ったカバンを手に、銀行の玄関口を堂々と後にした。敷居をまたぎながら、仕事中毒で妻子に逃げられた三十路官吏の顔を、地味な上着の役作りと一緒に剥がす。

いまさらどうして金が必要なのか、無論、それは俺が詐欺師だから。ではなく、今後にまつわる当然の備えとしてだ。これからクロニカと海を渡った後、一文無しでは笑い話にもならない。そして残念ながら、かつてあの左眼に不当に凍結されていた俺の財産は国内各地の隠し口座や証券類に分散されているため、引き出している暇もない。

だから手っ取り早く、手近な銀行に手を伸ばすことにしたのだ。

俺にとっては銀行など、引っ掛けた女の財布（さいふ）とそう変わりはない。

いつでも、いくらでも引き出せる。

仕事の後の一服。タバコに火をつけて、丘下街区（ダウンヒル）の煤煙に紛れて吐き出す。

ランストンは二層構造の街であり、大使館のある丘上の行政区と、貿易港を中心とする丘下の商業区に分かれている。丘下の空気は悪く、それは高度に蒸気工業化された港の設備、主に規格化された木箱を吊（つ）り上げ、船と陸の間の橋渡しをする機関式懸架クレーン、クレーンが吐き出す廃蒸気が、ひっきりなしにモクモクしているからだろう。

だが良くも悪くも、ここは対外貿易の最前線。少し歩けば便利なことに、海の向こうとの為替証券取引所というのがあるらしい。そこで件（くだん）の帝国海軍商社の株式、向こうでも使える有価証券に代えておくつもりで、道を歩いていたところだった。

「ちょっといいかな、そこな道行くお兄さん」

ぎょっとして、俺は振り向いた。頭をよぎったのは、騎士団の、あの双子の顔。

しかし、そこに立っていたのは、まるきりの別人だった。

枯れ草色（カーキ）の短髪、二十歳そこらの背の低い女だった。指先をすっかり隠すほど、大きく袖余りの黒い上着に、同じく黒絹のスカートはほとんど腿（もも）の付け根で切れており、すらりとした脚が黒いタイツに包まれて伸びている。

風変わりだが統一されたシックな印象は、しかし彼女自身の身体的特徴によって、相対的に弱められていた。

顔横の耳が、尖っていた。ぎょっとして目を見開くと、女は気安く笑いかけてきた。

「初めまして、お兄さん。通りすがりの謎のエルフ美女です」

「……誰だ、あんた」

「……エルフ？」

流暢な語り口は共和国語。しかし女の雰囲気は異質だった。その目線や距離感、佇まいが示すのだ。俺とは共有されない、異なる時間と文化からやって来たのだと。

鎖国が解かれて十年以上、色々と海外から異人種が訪れていると噂には聞いていたが、これほど特徴的な民族は初めてだった。

「あ、やっぱ通じないか。ま、海の向こうのずっと遠くから来た民族だと思っててくれりゃいいさ。ところでこの耳、気になる？　触ってみる？　ちなみに硬いよ」

「いや、結構。……で、俺に何の用だよ」

「なんだろうねー。お兄さんがイケメンだったから、ナンパしてみたってのはどう？」

「知るか。男漁りなら別に行け、俺は忙しいんだ」

クロニカより少し高いぐらいの小柄を、俺はしっしと追い払う仕草をした。

変な女には関わりたくない。最近、切実にそう思う。

「冗談冗談、実はね、お兄さん。いい匂いがしたから、仕事のついでに声かけたんだ。イイ感じに薄汚れていて、あくどくて、とても狡猾な……金の匂い」

その時、どくん、と音を立てたのは、俺の心臓だった。

黒い余り袖をすっぽり被せた指先が、俺の手元の鞄を指す。

「その鞄、ずいぶん重そうだね。たぶん貴金属類を入れて業務で持ち運ぶ用だろ。地味すぎて、お洒落な服装と合ってないぜ。そして、さっき出てきたのは都市銀行。けどお兄さん、荒事は苦手そうだから強盗って線はなし、じゃあ……上手いこと、誰かを騙してせしめたってとこかな？」

「…………」

いつかの列車で、どこかの瞳から受けたのと、同種の驚きと屈辱が思い出された。

確かに、今回は手口が多少雑だったか。今後の反省点としよう。

ともかく、俺は逃げ足に意識を向けながら、言った。

「成程、通りすがりにしちゃ大した言いがかりだ。俺はあくまでも仕事で、ちょいと大金を引き出しただけだよ。で……アンタ、その言いがかりにかけて、官憲でも呼ぶ気か？」

するとエルフの女は、芝居がかった仕草でうーんと唸り、腕を組んだ。

「どっしよっかなー。……嘘だよ。どうするかは、声かけた時から決めている。

という訳で本題の問題だ。お兄さんみたいな、悪くて、小賢しく口が回る、そそる感じのかわいいイケメンと出会った時、アタシは一体どうするでしょう？　正解は――」

ゆるりと、差し出された袖口に、俺は一瞬、物理的な予感を警戒して身を固くした。

しかし、細い指先が取り出したのは、予想に反して、一枚のとても小さな紙切れだった。

「――正解は、アタシの名刺をプレゼントでした！　という訳でよろしくね、お兄さん」

「は……？」

一瞬、鼻先に匂った神妙な気配はどこへやら。女はあっけらかんとした顔で、指先を余り袖に隠したまま、小さな紙切れの両端を摘(つ)まんで差し出してきた。

俺は半ば無意識で、渡されるままに受け取ったところ。

「……え？　マジかよ。アタシの名刺、片手で受け取るヤツ初めて見たわ」

「そういうマナーがあるなら早く言え……つか、何だこりゃ」

超国家銀行アンシーン㈱　四十四番行員　フラン

「……おい、全然読めねえぞ、何語だこれ」

そこに書いてあったのは共和国語(コロニアルズ)でもなければ帝国語でもない、角ばったミミズの様な謎の文字が縦書きで記されていた。

「秘密。もしも次に、私と出会えるだけの運命があれば、教えてあげるよ。……ああ、でも、これだけは名乗っておこうか。――アタシは通りすがりの、正義の味方さ」

ひらひらと手を振って、彼女は颯爽(さっそう)と歩き出した。

「じゃ、私はちょいとこれから偉いさんを訪ねる用事があるから、これにて失礼。御機嫌ようお兄さん。くれぐれも、悪い事はほどほどに、さもないと――」

去り際に、ウインク一つと、その言葉だけを残して。

「正義の味方が、黙ってないぞ」

7

カルマン——ではなく、ライナスが朝から出かけた日の午後。

私はアナヒトの私室にて、彼女曰く（いわ）の、お茶会に招かれていた。

「——どうぞ、クロニカ。くつろいでいて下さい。いま、飲み物を淹（い）れますので」

彼女の護衛は部屋の外。二人きりの彼女の私室には、赤を基調とした幾何学図形の絨毯（じゅうたん）と、鏡のない化粧台に天蓋付きの大きなベッド、それと私が座る椅子と机があり、空気には何となく気品ある様な、薔薇（ばら）の香水の匂いが漂っていた、のだが。

ぎゅごごごご、という凄（すさ）まじい音とともに、濛々（もうもう）とした煙が部屋の一角に立ち込めた。

木製のフレームに収まった鉄の箱の様なその器械が、真っ黒い液体をぽたぽたと銅製のマグカップに落す光景は、中々に雰囲気をぶち壊していた。

しばらくして機械の音が止み、満足げな微笑（ほほえ）みを浮かべたアナヒトが言った。

「これ、最新のものを本国から取り寄せた、コーヒー豆抽出機です。ところでご存じでしょうか？　空気の圧力が低いと、水は沸点以下でも蒸発してしまうのです。それを利用して、減圧状態で水を蒸発させることで得られる、通常よりも低温の蒸気でじっくり豆を蒸らすことで風味が豊かに……」

「ええと、よく分からないけど、ありがとう。頂きます」

「お菓子もありますから、お好きなのをどうぞ」

はっきり言えば、少し緊張する。相変わらず、彼女のどこか含みのある言動の正体分からないし、今は側にライナスもいない。

果たして、私はこの人と上手くやれるのだろうか。そんな事を考えつつ、熱い液体を口に含み、舌に感じた強い苦みに、私は思わずむせてしまった。

「あら……もしかしてブラック、苦手でしたか？　大人っぽい喋り方だから、てっきり平気かと思っていたのですが」

「べ、別に平気よ。……でも、ミルクは欲しいわ」

くすくすと笑いながら、アナヒトはミルク瓶を私に差し出してくれた。

瓶のミルクを半分ほど使った時、アナヒトがふとした様に言った。

「私、コーヒーはブラックが好きなんです」

彼女はカップを持ったまま、口元に漂う香りを味わう様にしていた。

「昔、母がよく淹れてくれました。父も私も、最初は苦いのがあまり得意ではなかったのですけど、苦い方が健康にいいって、よく分からない理屈で勧めてくるものだから、その内にすっかり慣れてしまったんです。……ごめんなさい、思い出したついでに、あなたに話したくなって。特に深い意味はありません」

「そう、なの」

相槌を打つ、私の唇は少し乾いていた。

……もしかしたら、人同士の距離感を近づけるというのは、互いの思い出を共有し合うことなのかもしれない。だとしたら、アナヒトが思い出を語ったのは、作為だろうと無意識だろうと、そういう意思表示なのだろう。

でも、私には何もない。直近の、精々一月程度の記憶しか留められないこの身では、誰かと過去を共有することなんて、できっこなくて。

これ以上は、考えるのが苦しい。私はぬるくなった苦みで誤魔化して、話題を変えた。

「明後日の船に、カルマンがあなた方の手配を……？」

頷くと、アナヒトは心底不可解だと首を傾げて、こう言った。

「在り得ません。もしや頭でも打ちましたか……あの冷血動物が他人を助けようなんて、それともまさか、最近眼鏡を新調したせいでしょうか？」

色々と取引をしたみたいよと付け加えると、彼女は納得した様だった。

「まあいいでしょう。私も、クロニカが一緒なら嬉しいですから。——そうと決まったら、一緒に遊べるものを沢山持っていかないといけませんね。盤双六とか騎兵将棋とか。ルールはちゃんと教えますよ。……その上でボコボコにしますけど」

「あの、そういうゲームの相手って、私以外じゃダメなの？」

「ダメですね。ここの皆は、私と遊ぶと例外なく接待を始めてしまうから嫌なのです。特にカルマンとか露骨過ぎて。……本当に、眼鏡叩（たた）き割（わ）ってやりたい」

時折見せる、眼鏡への露骨で異様な攻撃意思は何なのか。

「えーと、なんというか、苦労してるのね。ところで、アナはどうしてその会社の……株主総会？に招待されてるの？　正直、あまりあなたに関係がある様に思えなくて」

「ああ、それはですね。そこの現代表と私の結婚式を兼ねた総会だからですよ」

「……あなた、えっと、結婚するの？」

アナヒトは頷いた。

「はい。帝国海軍商社（エルビオンネイヴィーカンパニー）、代表取締役ラグナダーン＝カブール。私の夫になる人。だから、今回の総会は多分に、社長夫人としての私の紹介も兼ねているのでしょう」

淡々と告げるアナヒトに、いつから、どこで、どんな人なのか、聞きたくなった。

しかし続く言葉に、私の好奇心は機先を制されてしまった。

「ところでクロニカの方は、ライナスさんとは、どういう関係なのですか？」

「え……」

口ごもってしまう。どういう関係と言われても、正直に伝える訳にもいかないし、憶（おぼ）えていない事も多い。かといって、それこそあの詐欺師ほど、私の舌は回らないのだ。というかその点に関しては本当になんなんだろうか、あの男。

でも、こうなっては仕方ない。私もお腹（なか）を括（くく）ってみることにする。

嘘（うそ）を吐（つ）く時のコツ。真実だけを話すこと、だっただろうか。

本人の様に、いきなり他人の設定を演じるのは無理なので、言葉通り、真実だけを端的に話すことにする。嘘はつかない、しかし都合の悪い部分だけは隠す様に。

「私、親とはほとんど会ったことがないの、色々、事情があって……ええと、だからね、ライナスは私の保護者代わりというか、そういう感じの人で」

ここまで言って、私は一呼吸分の間を置いた。

……良かった。詳しく突っ込まれる気配はない。私は、言葉を続けた。

「首都からここまで、二人で旅をしてきて、それで色々あって、一緒に蒸気帝国へ行こうって決めて」

そこでアナヒトが、先導する様に問いをくれた。

「道中、ええと、騎士団でしたっけ、襲われて危なくなった場面もあったのでは」

「ええ。あったわ」

「それで、そういうピンチの時、ライナスさんはどうしました？」

「私を、守ってくれた……」

その時の記憶は、もう何もない。けれど、でなければ私がここにいるはずがなかった。

「つまり彼の、そういうところを好きになったのですか？」

一息、ちょうど口休めに含んだミルクコーヒーを、私は勢いよくむせてしまった。

「けほ……ち、違うわよ。彼は、ただの恩人で、保護者で……旅の仲間、で」

そこで思いがけず、私は口ごもってしまった。

彼と出会った時の記憶はない。その後の事も、ほとんど覚えていない。

なのに、彼を見るたび、日記を読み返すたび、胸がざわめくのだ。

消えてしまったはずの記憶の、温かい名残の様なものが、湧いてくるから。

そんな心境を表せる言葉を、心の引き出しに見つけられなかったせいで。

押し黙ってしまった私へ、アナヒトは頬杖をついたまま、じっと顔を向けていた。

「ふーん、成程なるほど、そういう感じなんですね」

「にやにやしないで、アナヒト」

「していませんよ。クロニカこそ、顔がバラみたいに真っ赤です」

「……嘘つき、見えてないでしょう」

「目で見るだけが、真実ではありません。よって、見えていなくても分かるのです」

そうして盲目の巫女は、微笑みながら断言した。

「今のあなたは、とっても可愛いですよ」

そういうアナヒトの手元、なにかが机の上にあるのを私は発見する。

それは一枚の薄い紙片で、読めない文字が書いてあった。

8

そして、残りの二日は何事もなく経過した。

俺がひねもすカルマンの顔で過ごしている間、クロニカは盲目の巫女とそれなりに交流した様だ。女同士の関係は何かと早い。深まるのも、その逆も。

上手くやれていればいいが。そう、柄にもなく心配してしまったのを、歩きながら咥えたタバコで煙に巻く。

大使館の門前に着くと、ちょうど港までの迎えの馬車が停まっていた。

今日は、三日目。蒸気帝国――ではなく、件の株主総会へ向けて出航する日だ。

再び外交官の仮面を被り、警護の兵士に挨拶する。程なく、俺は彼女らの前に通された。

「おはようございます、アナーヒトゥー大使閣下。この度は、こうして私と彼女を助けて頂き、本当にありがとうございます」

「いえ、こちらこそ大したことも出来ず。ライナスさん、あなたがご無事で何よりです。そう言えばカルマンですが、どうやら物置で寝ていたら風邪を引いてしまったようで、今日は欠席しております……まったく、酔っ払いが二人になってどうするのでしょう」

「そうですか。お大事にと、お伝え下さい」

俺はクロニカから、ずっと預けていた帽子を受け取って、頭に乗せた。

そして、三人そろって高級馬車へ乗り込んだ。

やはり広い。俺たち二人にアナヒトとその従者を含めて五人だというのに、駅馬車の様な窒息感も圧迫感もなく、ゆったりと脚を広げられた。

出発の前、アナヒトは同乗した従者へ、ドリンクサービスを頼んだ。

「今日は少し冷えますね。すみません、私とこのお二人に熱々のコーヒーを持ってきて下さい……あ、一つだけミルクたっぷりで」

程なく、従者が備え付けのキャビンから注文通りの品を持って来た、丁度その折。

「あー、すいません寝坊しました。……お邪魔しますよっと。おはようございます巫女様。俺にも一杯、コーヒーくれませんか？」

「えい」

ずいっと乗り込んできた中年の兵士の顔面目掛けて、アナヒトはためらいとか一切存在しない迅速さで、持ったばかりのコーヒーをぶっかけた。

瞬時に首を傾け回避する、男の名は確か、ロストムだ。

「うおっと！　いやそれ火傷じゃすまないでしょ！」

「チッ。すみません、手が滑りました。というか、どうしてあなたがここに来るのですか」

「いや、巫女様の護衛って事で総会出席まで同行しろと、指令が来たからですが……」

「あなたの様なダメダメ定年待機勢が？　ネコにでも頼むほうが、可愛い分まだ現実味があります。何かの間違いではないでしょうか」

「そう邪険にしないで下さいよ。まあ俺も仕事ですから、ご勘弁下さい」

断りを入れるロストムの声は、くたびれた様に酒焼けしていた。

そして、およそ鏡を見てきたとは思えない身だしなみが、俺の隣の席に座る。

「よう、兄ちゃん。……そこの嬢ちゃんと亡命希望なんだって？

俺はロストム。巫女様、あー、特命全権大使閣下の護衛だ。道中よろしくな」

「どうも、初めまして。私は――」

「やめろやめろ、お互い付き人同士、下っ端同士だ。堅苦しいのは抜きにしようぜ」

そう言って、無精ひげを生やした浅黒い口元がへらりと笑った。着崩した白い制服は茶色気味に褪せており、ロクに洗濯されていないのが分かる。

肩肘が触れないよう距離を空けて、俺は自己紹介を仕切り直した。

「ライナスだ、アンタ一応、護衛の兵士、なんだよな」

「そうだぜ。……つかお前も帝国語上手いな、女口説けるレベルだぞ」

そう言って笑うロストムは、態度と同様にしかるべき装備とは言えなかった。

帝国兵士の標準装備である連発式ライフルどころか、腰には短銃すらもない。付け加えるなら、表皮が擦り切れた手指には火薬カス一つ付いてなかった。

「なんで、銃持ってないんだ」

その代わり、反った剣が一本だけ腰元にぶらりと吊ってあった。しかも革巻きの柄が黒ずんで、大分年季の入っている様に見える。

ロストムは、何のことはない様に答えた。

「いや、おじさんな、正直言って鉄砲ってニガテなんだよ。デカい音なるし、怖いし、当たったら死ぬし。だから向けられるのも嫌だし、暴発恐くて自分が持つのもどうにもできなくてよ。つっても丸腰は流石に怒られるからさ、適当に代わりを持ってんだわ」

「それでよく、クビにならないな……もしかして、実家が権力者か？」

「だったら、海外派遣の軍人なんざ端からしてねぇよ。ま、人には色々あるのさ」

そう言って、ロストムは気安く俺の肩を叩く。

対面の座席では、行儀よく座ったクロニカが、アナヒトと和気あいあいと花を咲かせ始めていた。

それから、決して派手ではない馬車は丘をゆっくりと下り、貿易港の一角に到着した。

到着した埠頭では、大使館の兵士たちが揃って俺たちを、アナヒトを出迎えた。

出航準備も整っていた。係留索を解いた黒い鉄の船が、青空に汽笛をあげている。

「素敵な船ね。ところで蒸気船って、どうやって動いてるの？」

「石炭燃やしてんだろ。中は煤だらけかもな」

「あなたってホント、風情に水を差すことに関しては天才的だわ」

肩に提げたポーチの上から、クロニカはそこに入れた日記を撫でた。

ここ三日間ほど、俺はカルマンの立場を利用して、兵士たちに警戒態勢を敷かせていた。

しかし、あの双子らしき姿が現れる事も無く。怪しい奴なども同様。

この港にも、前もって厳戒態勢を敷くよう、命令しておいた。

が、やはり見える範囲の状況は、無風に凪いだままだ。

「ではお二人とも、私たちの後に続いて下さい」

このまま出航できれば、きっと、大丈夫。

そう、思ってしまったからだろうか。

幾度目かの汽笛の代わりに、蒸気船があげたのは、天高く燃ゆる爆炎だった。

誰もが、オレンジ色の照り返しを受けた顔で、呆気にとられたその時。

二度三度、連続する爆発が船を真っ二つに叩き折る。

そして海風を喰らい、轟々と勢いづく火炎の中から飛び出した人影が、俺たちの前に二人そろって着地した。

「紳士淑女ども、お待たせしましたウルナちゃんです」

「演目は一つ、皆殺しだぞ！　平民ども」

踵を揃えて一礼し、獰猛に笑うメイドと執事の双子。

騎士団の刺客、プルトとウルナの再来だった。

9

居並ぶ兵士たちは、すぐさま迎撃態勢を整えた。

無数の銃口が、機関砲を肩に備えた汽甲兵士が、いつかと同じ様に狙いを合わせる。

炎上する蒸気船を背後に、背中を合わせた双子の兄妹。

先日、鋼の暴力を前に撤退を余儀なくされた二人は、しかし不敵に声を合わせた。

「さあ派手に行くぞ、妹よ！　先日の意趣返しだ！　全員沸かし殺してやる！」

「はい、お兄様。たくさん殺しましょう。死体の山に、お菓子の家を建てるのです」

「それはちょっと不衛生極まりないぞ——って、ああもう鬱陶しい！」

俺は咄嗟にクロニカを、隣にいたロストムはアナヒトを。

それぞれ抱き上げて、一目散に鉄火場から飛びのいた次の瞬間。

指揮官の一斉掃射命令、双子を狙ったガトリングの弾雨が、しかし空中で蒸発した。

指を鳴らす二人を中心に、同心円に放射される不可視の波。その振幅に触れた銃弾が次々と空中で沸騰爆発し、二人に届くことなく消滅していく。

「一昨日は油断しただけだ。あとウルナがやる気なかった！　ちゃんと力を合わせれば、こんな玩具！」

「私たちには通じません。遊べない玩具はしまいましょう。不要の命も片付けましょう」——

ぱちんぱちんと、陽気に鼻歌じみた音が鳴る。諸人の死を祝う双子の指鳴らしが、貴血因子による波に指向性を与えて連射した。

「「〈波廻天光〉振幅放射!!」」

その標的は隊列組んだ兵士たち、彼らの身体が爆裂する。

全身の水分が沸騰し、赤熱した肌が風船じみた膨張を遂げた。そして破裂とともに、溶岩の如く加熱された骨肉と体液が爆風をともない、隊列のあちこちで散華する。

悲鳴と絶叫。瞬く間に近代化された軍隊秩序は崩壊し、阿鼻と叫喚が地獄を奏で始めた。

「あれが、噂の貴族って化物か——冗談じゃねえな、おい、さっさと逃げるぞ」

異様に落ち着いたロストムの声が、いくばくかの冷静さを与えてくれた。

「……捕まってろ、クロニカ」

「落ちるなよ、巫女様」

そしてアナヒトを背負ったロストムと二人して、進行中の惨劇に背を向け逃走する。

胸にしがみつくクロニカの手だけを意識しながら、俺はどうにか恐怖を振り切った。


「よし！　この調子だ妹よ！　どんな武器を持とうが、平民は所詮人間だと、思い知らせてやる！」

「はい、お兄様。でもこの隙に、奴らに逃げられていたらどうしましょう？　ケーキのイチゴはいつ食べましょう」

「分かってるさ。だからアイツに後詰を任せたんだよ。……あと、ウルナはいつも最初に食べるよな、僕の分まで」


そして。

「一旦、大使館まで戻るしかねえな」

「この中年ダメ親父の言う通りです。一時籠城し、帝国軍……いえ、海軍商社からの増援を待ちましょう」

大よそ、半マイルの距離は走っただろうか。俺は死にかけの馬の様な息を整えながら、汗だくの顎を拭った。

ランストン湾に面した貿易港はやたらと広い。俺たちが逃げ込んだ区画は、どうやら税関倉庫を出入りする輸出入品の一時置き場のようで、中身の詰まった木箱があちこちに積み上げられていた。

「ライナス、大丈夫？」

「いやダメだ、禁煙を真剣に検討しちまった」

「……バカ」

不安げなクロニカに軽口を返し、俺は他の二人へ提案した。

「港なら、倉庫の方に輸送馬車があるだろ。そこの厩舎から、馬をパクればいい」

「おっと、名案登場。そうしましょうか、巫女様」

「そうですね。緊急事態ですし、仕方ありませんか。持ち主の名義を控えておいて下さい。後で大使館から馬代を払いますので」

遠くから、爆音と喧騒がここまで響いてくる。

ヘタに見えない分、人よりも敏感に危険を感じているだろうに、アナヒトはまったく平然としていた。それは恐らく、場慣れゆえの反応ではないだろう。

ロストムもまた、彼女を抱えて走ってきた割には、俺よりよっぽど涼し気な様子だった。

こいつら、やはり何か……いや、今はそんな事を考えている場合ではない。

気を取り直して、俺はもたれていた貨物箱の山から身を起こした。クロニカに声をかけ、歩き出そうとした、その瞬間。

ついさっきまで、身体(からだ)を接していた木箱の山が、突如として轟音(ごうおん)とともに崩れ去った。

「――は？」

クロニカと一緒に、俺は呆然(ぼうぜん)と息を呑(の)んだ。ばらばらと断面を晒(さら)して倒壊する質量と、差し込む陽射(ひざ)し。そして、その向こうから現れる人影が、声を発した。

「――よう。初めましてだな。お前らか？　癌細胞(ドローキャンサー)と、そのオマケの詐欺師ってのは」

それは、一人の男の姿をしていた。

短い銀髪。発達した胸筋に、麻のポロシャツを着た長身は、何の気取りも伊達もなく。

ただ、お前たちを殺すという意思を、シンプルに獰猛(どうもう)な眼光で告げてきた。

「俺は騎士団守護士(ファーストガーズ)第一列、ウェルキクス＝ネシルベートだ。

……これでよし。俺の技は今見たよな。俺の名前は今聞いたよな」

足元に散らばる木箱の残骸。その真新しい白っぽい断面が、告知してきた。

それが、数秒先のお前の末路なのだと、声なき声で。

「ならもう、死んでいいぜ」

そしてウェルキクスと名乗った貴族の周囲に、不吉な赤い輝きが閃(ひらめ)いた。

さながら流星に様に、その閃光(せんこう)が、俺の五体を瞬(まばた)きの間にばらばらにする。

その刹那。

「ちょっと伏せてろ」

隣にいた誰かの声と同時、複数響いた金属音で、俺は我に返って、声を失った。

見ればクロニカが目を見開き、アナヒトが口元を押さえている。

そして彼女らと全く同様に、ウェルキクスもまた呆然としていた。

ただ一人、その中年男だけが、何でもない様に頭を掻いた。

「ロストム……あんた、いま、何を――」

「――何者だよ、テメェ」

再び走る赤い閃光、今度のそれは明確に一人の男に狙いを定めていたのだろう。

顔を僅かに逸らして回避し、周囲の断面を一瞥して、中年男性は言った。

「貴族ってのは、何かよく知らねえが、魔法みたいな力を使うんだろ。……運がよかったぜ。炎とか氷とか風とか雷とか、そういうのだったら、俺にゃあどうしようもなかったけどよ」

鋭利に、かつ荒々しく、見えぬ斬撃に切断された断面を靴先で転がして、彼は言った。

「剣なら、多少は心得があるもんでな」

それは一体、いつの間に抜き放たれていたのだろう。誰にも見えなかったに違いない。

鈍く輝く、反り曲がった片手剣を構えて、彼は俺たちを庇う様に、人を超えた化物を前に進み出た。

「ロストム、あなたは……」

「俺は、アンタの護衛ですからね。猫の手ぐらいには役に立って見せますよ、巫女様」

振り返らぬままアナヒトに答えるその背中から、揺らめく煙の様に、しかし鋼の様に硬く冷たい気配が、すらりと抜き放たれるのを錯覚した。

「元、皇帝近衛(シャミュハエル)第十六抜刀連隊、今はただのロストム。——参る」

男の背中からは、物々しさも、血の匂いも漂わない。まるで、そんな無駄はとうに削(そ)ぎ落した様に。研ぎ上げられた刃(やいば)の如(ごと)き気配の凄絶な静けさに、俺は思わず息を呑(の)んだ。

「面白えよ、アンタ」

俺と同じものを感じ取ったのだろうか。ウェルキクスが笑い、そして叫んだ。見えない魔業で周囲を斬り裂く、その貴血の銘を。

「〈瞬殺血閃(ストームブリンガー)〉流血加速！」

そして数にして十を超える、赤い閃光(せんこう)が瞬いて——剣戟(けんげき)の音が、木霊した。

その場を動かず、ロストムはさながら水の羽衣をまとう様に、曲剣を舞う様な流麗さで己の周囲に滑らせた、様に見えた。

無論、飛来する高速斬撃に対応するその切っ先もまた、俺には視認できない速度だったに違いない。しかし、おぼろげな剣の軌跡の残影に、そんな印象を認めずにはいられなかった。

しかして結果だけは明白に、ロストムの太刀筋(たちすじ)に乗せられた様に、矛先を逸(そ)らされた幾筋もの高速斬撃は、明後日の木箱や地面を切り裂くに留(とど)まった。

内の一つが、まさか鋭角に撃ち返されたのか、咄嗟(とっさ)に首をひねった様なウェルキクスの首筋から、赤い飛沫(しぶき)が舞う。

呆然(ぼうぜん)と、ウェルキクスは己から滴る血を指でなぞり、嗤(わら)った。

「ははっ……やべえよオッサン。興奮してきちまった。お前、見えてんのか?」

陶然とした熱を込めた共和国語(コロニアルズ)に、ロストムは嘆息で応えた。

「何言ってるか分かんねえよ、通じる言葉で話せ」

再び輝きが閃(ひらめ)く。剣戟が木霊し、周囲の景色が切り裂かれる。

そしてロストムは、当然の様に無傷のまま言ってのけた。

「俺は生まれつき勘がよくてよ。はっきりとは見えなくても、食らったら危ないってもんは大体わかるし、避(よ)けられる」

はっとして、俺はクロニカと視線を通わせた。その左眼(ひだりめ)が告げる。

知らなかった、読もうとはしなかったけれど、そもそも、視線さえ一瞬も合わなかったと。

ならば、この男はまさか、不可視のはずのクロニカの視線を、その脅威を何となく察知し、無意識で回避していたのか?

驚嘆に耽(ふけ)る暇もなく——空中に、新たに切断された瓦礫(がれき)の断面が無数に舞い上がる。

そのわずかな間に、ロストムは剣の間合いにウェルキクスを捉えていた。

「——遅えよ、アホ」

俺には、迎撃の貫手が、ロストムの顔面を抉(えぐ)り取(と)った、様に見えた。

しかし現実は、血飛沫(ちしぶき)とともに舞い上がった左腕が、ボトリと地面に転がっており。

斬り落とされた己の腕を凝視したウェルキクスが、今度こそ完璧に絶句し立ち尽くす。

そして、ロストムは振り返らないまま俺に告げた。

「そういうわけでだ。おい、ライナス。足止めしてやるからよ。さっさと巫女(みこ)様と嬢ちゃんを連れて逃げろ」

「……あ、ああ」

「あ、そうだ一つ言い忘れてた。巫女様にもし何かあったら——俺はお前を殺す。

そんだけだ、じゃ、上手(うま)くやれよ」

声に乗せられた壮絶な意思の重さを、やはり詮索している暇が、あるはずもなかった。

「アンタこそ、デカい口叩(たた)いといてあっさりやられんじゃねえぞ」

なぜか、ウェルキクスは棒立ちのまま俺たちを見過ごした。いや違う、興味の全(すべ)てが一点へ集中しているのだ。他の何者も、眼中に入らないほどに。

そして視力のないアナヒトを背に負い、クロニカとともに走りだした矢先だった。

「あ！　見つけたぞ！　詐欺師と癌細胞(ドローキャンサー)！　この間はよくも！」

「様子見に来たら案の定。好都合ですから殺しましょう。ぶい」

10

双子の波は、標的を急加熱して爆発させるものだ。しかし幸いにして、どうやら狙いは大雑把(おおざっぱ)にしか付けられないらしい。

初撃で爆裂した木箱群(コンテナ)がまき散らした炎と煙に紛れて、俺はアナヒトを抱きかかえたまま、手近な木箱の集積の裏にクロニカと一緒に身を隠していた。

「くそ、見失った……！　ウルナ、お前がやたら滅多(めった)ら撃ちまくるからだぞ」

「ごめんなさいお兄様。うるせえなあ反省してます」

「なっ、お、お前反抗期か!?　あ、兄に対してなんて言葉遣い——!!」

二人はこちらを見失っているとはいえ、隠れているだけでは手詰まりだ。

俺はアナヒトを隣に降ろして、震える拳を握った。

厩舎(きゅうしゃ)まではまだ距離がある。その上、

「あの子たちに襲われながらじゃ、馬を盗むのも難しいでしょうね」

「そうだな。……不意打ちなら、どうにかなるか？」

幸いにして双子の実力は、これまで出会ってきた貴族の中では、頭の出来は別として、常識を弁(わきま)えた方だと思われた。

ならばもう一度、頼りにさせてもらうしかない。転写された暴力メイドの記憶に、意識を潜り込ませようと目を閉じて——そこで、気付いた。

「……忘れた」

「え」

握った拳を軽く伸ばして、身を潜めたまま舞闘の動きを感覚の上で再現してみる。

が、あの日に俺を導いた達人の感覚は、今や夢から醒めた様に、完全に霧散していた。

思わずクロニカと、その場で顔を見合わせる。少女は即座に察した様に呟いた。

「転写した記憶は本人のものじゃないから……あなたみたいにうまく定着しても期限があるみたいね。ごめんなさい。こういう使い方したの、初めてだったから」

「いま、もう一回やれるか」

「それも無理なの。私も、もう転写元のイヴリーンの記憶を覚えてないから。もう一度の魂魄転写には、この場に本人がいないと」

「すみません。お話は見えませんが……このままだと、私たちは死ぬのでしょうか」

答えは、沈黙で返すしかなかった。

その時、不意に視界を掠めた天啓が、閃きとなって俺の脳裏を焼いた。

首が折れそうなほどの勢いで振り向いて、焼けて崩れた木箱の先に見えたのは、貨物積み降ろし用の、機関式懸架クレーンだった。

——指の鳴る音とともに、貨物の集積が弾け飛び、烈風と炎が巻き上がる。

痺れを切らし、手っ取り早くあぶり出そうと周囲に攻撃を加えはじめたのだろう。

その爆破に紛れてクレーンの操座に首尾よく近づけた。タバコを咥えて集中力を高めて、俺は慎重に狙いを定める。

背後で、半信半疑のクロニカが声を上げた。

「……これで、何をする気なの」

「まあ見とけ」

油圧と蒸気機関を組み合わせた単独操作だ。作動音に気付かれた様だが、もう遅い。吊(つ)り下(さ)げられたままになっていた木箱(コンテナ)に十分な慣性をつけて、そのまま不意打ち気味に、二人へまとめて直撃させた。

「見つけた！　あそこか――って、ごべぇッ！！？」

「あ、お兄様が――って、私もか、ぐはあ」

子供と言えど流石(さすが)に貴族。木の葉の様に吹き飛んで、積まれた貨物箱に背を強打した双子は、しかしその程度では死にはしないし動けている。だからこちらも容赦しない。

次はトウガラシの入った木箱を、その次は乾留黒炭(コールタール)の入ったものを、フックで持ち上げ流れ作業で直撃させていく。

「やばいなこれ。楽しい」

「あなたって、時々子どもじみてるわ。さておき、いつの間にこんなの覚えたのよ」

「一昨日(おととい)の昼間だ。街に出た時ちょっとな。面白そうだったから、新入りに成りすまして遊んでる途中で、上司に注意されたから海に放り込んで逃げてきた」

「ライナスさん、凄(すご)いですね」

「褒めないで、アナヒト。普通に悪行だし……調子に乗るから、この男」

言ってろ。そう吐き捨ててから連続で、十個ほどの中身入り木箱をぶつけた時、俺はふと気づいた。

双子が背にした木箱の山が、度重なる衝撃によって安定を崩している。

「うう……お兄様、なんか変なの一杯つきました。ヌルヌルします、ぬるぬる」

「く、くそ……だ、大丈夫か、妹よ！　……あ、ダメだ、このぬるぬる結構ベトベトで動けない！　そ、それに赤いのが目に入って、か、辛くて痛くて、な、涙が止まらな――って、もう次の来てる来てる！　やば――ぐはァッ!?」

もう一撃をぶち込むにあたり、慈悲も容赦も、やはり湧いてはこなかった。

予想通り、積み荷の山は、すさまじい轟音を叫びながら、双子を下敷きに倒壊した。

だけでなく、舞い上がる木くずの破片や土埃と一緒に、まるで火事現場の様に、白い煙が潰れた木箱の隙間から濛々と立ち込め始めた。

いや、よく見れば、それは煙ではなくパン屋の台所につきものの白粉だった。どうやら、木箱の中身は小麦粉であるらしい。

俺はふと思いついて、吸っていたタバコを指ではじいて、濛々と立ち込めた粉塵の中に、火がついたままポイ捨てした。直後、

先の崩壊を超える規模で轟き巻き上がるのは、天を衝くかと思わせる爆炎の柱。重大事故の一丁上がりだ。

「きゃっ……！」

吹き荒れる爆風のすさまじさに、アナヒトが耳を押さえてうずくまる。

「ちょっと、ライナス！」

「ああ、すまん、悪かった！　だが奴らもこれで――」

持っていかれかけた帽子を直しつつ、死んだだろと口にする、寸前だった。

唐突な衝撃が、俺の視界ごと体を吹き飛ばした。

何が起きたよりも先に、血を吐いて、地面から擦りむいた体を起こすと。

「……よくも、舐めた真似をやってくれたな、平民」

「ここで殺す。今殺す。私が決めた、決めました。ぶい」

数フィートの先、最前までの俺の立ち位置に、焦げた髪を乱し、ボロボロの服をなびかせた双子の悪鬼が、火傷した顔を怒りに歪め、前蹴りの残身のまま立っていた。

そして兄の方、プルトの腕が、クロニカの首を乱暴に掴む。

「て、めえ……っ!!」

手立てなどないままに、咄嗟の衝動が激痛に軋む体を動かそうとした、が。

即座に、舞闘のステップで距離を詰めてきた妹の方、ウルナの踵落としが俺の左肩を砕いて、再び地面に打ち付けられた。

頭から離れた黒い帽子が、視界の端に舞い上がる。その行く末を追う前に、小さな靴に顔を踏みにじられた。

「お待ち下さい大人しく。まずは癌細胞が、こんがり焼きたて出来上がるまで」

「っ、ざける、な……クソ、ガキ」

クロニカの首を掴んだままのプルトが、何かに気付いた様に声をあげた。

「うん……？　何だコレ」

そちらを見ると、少女が肩に提げていたポーチの紐が切れて、一冊の日記がプルトの足元に落ちていた。

片手で拾い上げて、中をめくり、少年はせせら笑った。

「なるほど、そうか……哀れだな、癌細胞。こんなもので記憶を保とうとは」

「触、るな。か、えし……なさい」

「断る。妹よ、ほい」

無造作に、高く放られた日記が放物線を描く。

「はい。お兄様」

踏みつけられた俺の頭上で、ウルナが指を構えて、一つ鳴らした。

そして、やめろと叫ぶ暇もなく。

落ちて行く日記が、空中で大きく震え、ぱっと頁を広げたかに思えた瞬間。

炎とともに、弾け飛んだ。

「――――ぁ」

あまりにも呆気なく、切ないほどに儚く。はらりはらりと舞い落ちる、記憶からも、文字からも失われてしまった思い出の欠片を追いかけて、見開かれた異色虹彩に涙が浮かぶ。

その瞬間、俺の中で何かが切れた。

歪(ゆが)んだコインの音が、頭を揺らす。真っ白い衝動に焼かれるまま、俺は頭を踏みつける細い足首を掴(つか)んで、力任せに引き倒した。

「きゃ」

油断していたのだろう。あっさりと転倒した少女の顔面へ、俺は血のにじむほど握り締めた拳を振り上げて。

その瞬間、背中に受けた衝撃に吹き飛ばされた。

「ぐぁっ……!!」

もんどりうって吐血する。ぶち当たって来た何かをどかそうと、起き上がりながら動かした手がそれに触れて、気付いた。

「っ!! クロニカっ!」

砲弾の様に投げ飛ばされ、俺の背を直撃したのは彼女そのものだった。骨か、あるいは内臓か、傷を負ったらしき少女は血を咳(せ)き込んで、地べたにうずくまる。

「そんなに怒るなよ」

「今から死ぬのですから」

そして二人の指先が、こちらを目指して狙いを定める。

起き上がれないクロニカを背後に庇(かば)いながら、もう俺には、どうすることもできなくて。

瞬間、俺の前に手を広げた人影が滑り込んだ。

「え？」「はい？」

双子と、俺の驚愕(きょうがく)に挟まれたのはアナヒトだった。

「っ!?」

「……ライナスさん、クロニカを連れて逃げなさい。一回ぐらいは弾避(よ)けになりますから」

「っ!!　アホかっ、あんた死ぬぞ——」

「そうですね。だからどうか、私の死にざまを抱えて先にお進み下さい」

どうでもよさそうに、そしてどこか露悪的に、アナヒトは微笑(ほほえ)んだ。

「やめ、て……アナ、ヒト」

クロニカが血を吐く。プルトは呆(あき)れた様に嘆息して、ウルナは無表情のまま鼻で笑う。

そして人間を容易(たやす)く爆裂させる波を打つ、あまりに気軽な指音が木霊して——。

「——ぐはあ」「ごぶっ!?」

横合いから、唐突にぶん殴られた妹(ウルナ)の頭が、兄(プルト)の頭部に玉突きして、二人並んで吹き飛ぶ双子。そして、狙いの逸(そ)れた波が見当違いの方向に消える。

何が起きたのか、その答えは。

「——ひとつ、私(わたくし)の愛する人を傷つけ」

真昼の陽射(ひざ)しを背後に受け、腕組み立つ淑女の姿を、俺はよくよく見知っていた。

「ふたつ、私の恋人を愚弄し。

みっつ、私の夫を泣かせた罪。灰に還(かえ)って懺悔(ざんげ)なさい」

「お前は」「まさか」

立ち上がった双子を、しかしさらりと無視して、金髪の女性は身をかがめた。

「お久しぶりですわね。私のこと、忘れたとは言わせませんわ」

そして拾い上げた黒い帽子を、白い指先で土埃を払い、俺の頭にそっと返し渡す。

素爪の拳が空を裂き、燃え上がった炎熱に青いコートドレスが静かに揺らめいた。

「まだデートの約束を、果たしてもらっていませんもの」

それが、爆炎宿す貴族令嬢、パトリツィア＝ウシュケーンとの再会だった。

11

「目が覚めた後、砂浜に残ったお二人の足跡をたどってこの都市へ着きましたの。それから色々と身だしなみを整えていたら、こうして再会が遅れてしまいましたが——どうやら、間に合ったようですわね」

新品の青いリボンを揺らしながら、燃える碧眼が双子を睨んだ。

「……さて、そこの躾けの足りない双子ども、よくも私の運命の殿方に乱暴狼藉やってくれましたわね。申し開きは聞きません。判決は死刑、焼き加減はウェルダンです」

「お兄様、ひょっとしてこの女、頭ヤベぇのではないのでしょうか？」

「同感だ妹よ！　よしやるぞ！　裏切り者は生かしておけない！」

「……裏切り者と呼ばれるほど、騎士団に義理を立ててきたつもりもないのですけれど。まあ、どうでもいいですわ。さっさと、かかって来て下さいまし」

誘う様に手招きするパトリツィア。その背後に、俺たち三人は身を寄せている。

「あの方は、どちら様でしょう。ライナスさんの、お知り合いですか？」

「……一応な」

アナヒトに生返事を返しながら、クロニカの様子を見る。

「大丈夫、少し肋骨（ろっこつ）が折れただけ……すぐ治るから、そんな顔しないで」

それだけじゃないだろう、と口にしようとした時、顔を指でつつかれた。

それでも俺を安心させたい様な、血で汚れた微笑（ほほえ）みに、胸を締め付けられて。

絞り出す様に、気付けば俺はその背中に声を預けていた。

「パティ」

「はいですわ」

「……頼む。そいつらを、ぶちのめしてくれ」

振り返った彼女は俺とクロニカを見比べて、少しだけ、悔しそうに微笑んだ。

「ええ、かしこまりました」

そして、背後に迫っていた双子の顔面に、爆炎まとう裏拳と回し蹴りが、完璧な先制反撃（カウンター）として炸裂（さくれつ）した。

「――がっ！」「ぐふっ！」

「その程度の腕で、この私を相手に、隙を突けるとでも？」

そしてまさしく燃え上がる様に、彼女は吹き飛ばした双子を追ってその身を躍らせた。

宮廷舞闘。達人の域に踏み込んだ舞踏は、水面を歩く白鳥の優美さと、活火山の様な灼熱に猛る手足を、相反せぬまま駆動させる。

「くっ、舐めるなよ!!」「それでも私たち、二人がかりなので」

兄と妹は空中で互いに手を繋ぎ、素早く姿勢を戻して着地した。

それから回り込む様に、パトリツィアを左右から挟み、同時に襲いかかるが、

「軽い」

波をまとったプルトの拳が、平手の様なスナップに容易く弾かれた。

「遅い」

風を切ったウルナの蹴りが、最初から決まっていた様に空振りした。

「そして何より弱いですわ……まったく、頭が痛くなります。どうしてこの程度の実力で」

己を挟んで左右から、果断なく繰り出される連撃を――恐らく秒単位に十数回の速度で、容易く受け止め、いなす。その光景は、彼我の間の圧倒的な技量の差を明示していた。

そして防御側が優勢であれば、当たり前に反撃が開始される。

「この私を相手に、勝てるとお思いに？」

瞬間、パトリツィアの肩、肘、腰、膝そして手首と足首の、可動関節が焔を噴く。そして限定的な熱量爆発が、超人的な格闘速度に更なる爆進をもたらした。

「なっ⁉」「ごふ」

プルトの腹を爪先蹴りが制し、昇拳がウルナの顔面をカチ上げる。

それを皮切りとして、爆熱を噴射し駆動する拳と蹴りは数的劣位をものともせず、二人を防御と回避の上から完膚なきまでに叩きのめした。

「がっ、はぁ……！」「ぐっ、ふぅ……！」

血を吐き、両膝をついた兄と妹。二人の下の地面が、沸騰した様に波打った。

「パティ！　下だ！」

「あら？」

「もう……遅いぞ！」「死んでしまえ」

俺の叫びは、やはり遅かった。靴裏を伝わってパトリツィアの身体へと、あらゆる生物を沸騰死させる、高熱の伝導波が流し込まれて――。

「「〈波廻天光〉振幅放射っ‼」」

そこに立っていた彼女ごと、地面が沸き返って爆発する。熱波と爆風が、嘲笑うが如く俺の頬を叩いた。が、しかし。

俺の心配は、杞憂に終わった。

「……波と定義した、熱の伝播能力でしょうか。業腹ですわ。二親等以下の雑魚因子、しかも私の下位互換如きが、よくもここまで調子に乗ってくれましたわね」

涼し気に立ったまま、パトリツィアは無傷で髪を払う。

「という訳でお仕置きです。〈白日炎天〉熱域拡大」

瞬時、双子の襟首を掴み上げた拳が、破滅的な熱量を光らせる。

そして巻き起こったのは大爆炎。濁流の様な熱量の奔流は、兄妹の波を遥かに超える破壊威力で、二人の身体を飲み込み、埠頭ごと堤防を溶かして抉りながら、真昼の海面までを燦爛と突き抜けた。

そうして、とびきりの笑顔が、俺に振り返ってこう言った。

「片付きましたわ！　では、どうかパティを褒めて下さいまし！」

12

それから暫し。俺とクロニカは改めて、再会を果たした彼女に現状を説明していた。

「なるほどなるほど……お二人はこれから海の向こうへ逃避行に赴かれますのね。では、私もお供しますわ！」

話が早すぎる。いや、確かに戦力としては頼りになるし、心強いのだが。

「パティ、お前その、実家とか、色々いいのかよ。もう帰ってこられないかもしれないぞ」

「ええ勿論。元より、帰るつもりのない家出なのです。それに、将来の夫となる方を片道旅行に送り出すつもりはございませんもの」

「……そうかい。まあ、納得ずくなら好きにしてくれ」

彼女の頭の中だけで勝手に関係性が進んでいるのは、この際、もう気にしないことにした。

精々俺は、焼き殺されないよう機嫌を取りつつ、彼女の力を頼らせてもらうだけだ。

「あの、初めまして」

会話の切れ目を待っていた様に、アナヒトはパトリツィアに控えめな挨拶をした。

彼女は早速、クロニカから入力された帝国語で応じた。

「はい。初めましてですわ、異国の貴人さま。先ほどの中々根性の据わった立ち振る舞い、人間にしては見事です。申し遅れましたが、私はパトリツィア＝ウシュケーン。南部四大公家が一、今はただの家出娘ですが、将来的にはライナスの妻になる予定ですの、以後お見知りおきを」

「あ、そうなんですか。――あの、ライナスさん。文化の違いを承知で言わせて頂きますが、同時に複数の恋人を持つのは感心できませんよ」

「いや誤解だ」

言った途端、横合いに、馬のいななきと蹄（ひづめ）の止まる音がした。

そちらを向くと、腰を押さえて鞍（くら）から降りたのは。

「ふいー、どうにか、生きて会えたな。巫女（みこ）様もご無事なようで、安心しましたよ」

剣を下げたロストムが、愚痴りながらこちらに向かって片手をあげる。

「あんた……まさか、アイツを倒したのか？」

「いんや、そりゃ流石に買いかぶり過ぎだ。ヤバそうだったから適当に切り上げて逃げてきたんだよ。あー痛てて、ひっさしぶりに運動したから、筋肉がちょっとヤバいぜこれ。……というか、そこの美人はどちらさんで？」

ロストムにも、軽く経緯を説明する。話を聞き終えた中年は、パトリツィアをじろりと眺めて、それから俺へ向けて言った。

「ほう成程。文化の違いを承知で言わせてもらうが、お前かなり最低だな、ライナス」

「だから誤解だっつってんだろ」

「……それで、これからどうするの？」

やや憮然とした様な、クロニカに応えたのはアナヒトだった。

「そうですね……ロストム、あなたと戦った刺客は、まだこの辺りにいるのですよね」

「だと思いますがね。片腕落としても元気だったんで、諦めてはいないでしょう。とりあえず、早めに動いた方がいいのは確実です」

そうですかと頷き。

「では、当初の予定通りに動きましょうか。クロニカ、ライナスさん。改めて準備の時間は取れませんが——出航いたしましょう」

代わりの船の手配は、迅速だった。港に停泊していた帝国籍の貿易船を、アナヒトの権限で借り上げ、船員もそのままに出航させたのだ。

積み込み作業を強引に中断されてしまった船長は、しかしアナヒトが事情を説明すると、嫌な顔一つせず、むしろ光栄とまで口にして係留綱を解くよう命じた。

「お飾りの地位でも、結構役に立つものですね」

とはアナヒトの弁。そして出港準備の間、新たな襲撃は無く。

今度こそ何事もなく乗り込んだ船が、ゆっくりと陸地を離れ、沖へと出た。

ランストンの色とりどりの建物たちが芥子粒(けしつぶ)の様に小さくなっていく。生まれ落ちた共和国(コロニアルズ)の陸地から、俺の体が止めようもなく離れていく。郷心など、俺にあるとも思わなかったが、奇妙な感慨は確かにあった。

ついに陸地が見えなくなってもしばらく、俺は消え失(う)せた故郷を甲板から眺めていた。

その間、パトリツィアがくっついてきて鬱陶しかったので、潮風は髪に悪いぞとか適当に言って追い払った。アナヒトとロストムの姿は見えない。船室で休んでいるのか。

いざ一人きりになると、これからについて、考えずにはいられなかった。

このクロニカとの旅の先に、いつか、全(すべ)て解決する時がくるのだろうか。

騎士団も、少女が〈王〉の癌細胞であることも、そのせいで取り留められない記憶も。

そんな問題から、完全に解き放たれたクロニカの笑顔を、想像してみる。

俺が、かつて姉さんに贈りたかった幸せを、あの娘が何の問題もなく、受け取ってくれること。それが確かに、今の俺の望みであるはずなのに。

本当に、どうしてだろうか、それについて考えると、コインの音がする。

耳鳴りがひどく、胸が苦しい。頭が、痛い。

気を紛らわせる様に、帽子を被り直して、タバコを咥えたその時だった。

俺の隣に、クロニカがいた。

「……ライナス。あなた、怪我は大丈夫？」

クロニカは俺を見上げて、そう訊ねてきた。

双子の妹、ウルナの踵を食らった肩は、今も痛む。が、何とか腕は動かせた。

「大丈夫だ。お前が言ったことだろ、俺の身体はもう、普通の人間じゃないって。お前こそ、アバラ折れてんだろ」

「もう治ったわ」

「そうか……」

クロニカの肩に、もうポーチは無かった。そこに入っていた日記も、また。

暫しの沈黙。左眼を開いた少女は、ぽつりと答えた。

「私のことなら、大丈夫よ」

クロニカはゆっくりと俺の胸へ寄りかかり、そして、顔が触れそうなほど近く、紫水晶が俺を覗き込んだ。その中には、俺がかつて見た景色が、少女とともに歩いて来た時間が、小さな渦を巻いていた。

「記憶が削れていっても、綴った言葉が焼かれて消えても……あなたが憶えておいてくれれば、私はいつでも思い出せるから」

そうして、俺たちはどれほどの間、見つめ合っていただろうか。

「だから、だからね、その……ライナス」

クロニカが口を開く、消え入りそうな言葉に代わって、その視線が続きを伝えてきた。

ずっと、私の側にいて。


その、声ならぬ想いを、俺の魂が直接に聞いた瞬間だった。

また、今度は殴られたかの様に激しく、頭の奥で、コインの音がした。

咄嗟に何かを言おうとして、胸の痛みが喉を詰まらせる。

そのあまりの激痛に、膝を折られて、頭から帽子が落ちる。

「!?　ライナスっ！　ちょっと、急にどうし——ぁ」

やめろ。見るな。それさえ口にできないまま、紫苑の瞳が俺を覗きこんだ。

コインの耳鳴りが、視界を歪ませる。

姉さんの顔が、少女に被る。

あの夕暮れの浜辺で、詐欺師の仮面を剥がされた時から今まで、俺はずっと、この痛みに見ないふりをしてきた。気付かないふりをしてきた。しかしもう限界だった。

辛い。苦しい。

クロニカの微笑みを見るたびに、側にいる彼女を意識するたび、どうしようもない喪失感が胸を貫き、頭の奥であの音が俺を責める。

──手紙とガラス瓶だけが、残されていたあの部屋が見える。

──膝をついた、姉さんの埋まった冷たい土の感触が蘇る。

俺から最初の仮面を剥ぎ取った少女の左眼は、いまでも目を合わせるたびに、ありありと耐え難い過去を映し出してくるから、いや、俺自身がそこに見てしまうから。

……やめろ。それ以上考えるな。俺の本音を、この娘に見せるな。

けれど俺は、クロニカの幸せを願い、そのために努力したいと思うと同時に、

「やめろ……っ」

顔を、目元を押さえた手は既に遅く、だから意味は無かった。

どうしようもなく、彼女とともにいると、姉さんを思い出してしまうから。

それが俺にとっては、何よりも辛くて、苦しくて、痛くて、仕方がないのだ。

そして、とうとう。

詐欺師の弱さを芯まで見抜いた紫水晶の左眼が、くしゃりと涙を浮かべて。

「……っ、ごめんなさい」

クロニカは立ち退く様に、俺の胸から身体を離す。その小さな肩が震えていた。まるで助けを請うた手を、振り解かれた様に。

「本当に、ごめんなさい。考えてみたらこうして、私と旅をしてくれるだけで十分、感謝しなきゃいけないわよね。……さっきの、忘れて」

そう言って俺から距離を取るクロニカに、何を取り繕えばいいかさえ、分からなくて。

「ああ、こちらにいらしたのですね、お二人とも。もしやキスシーンに、お邪魔をしてしまいましたか？」

甲板に現れたアナヒトが、話しかけてきた。

否定する気力もないまま、俺は言った。

「……アンタには色々、世話になったな。とんでもなく迷惑かけたと思うが、諦めてくれ」

ふといつの間にか敬語と仮面が崩れているのに気づき、慌てて取り繕おうとしたが。

「お構いなく。素の態度と言葉で構いませんよ。お二人とも、思ったよりも大変な状況のようで少々驚きましたが……。ともかく、あなた方を助けたのは、私が望んだことですので、礼も不要ですよ」

アナヒトは甲板の欄干に手をついて、呟いた。

「……私は、人助けが好きなんです。他人の問題に首を突っ込んでいる間だけは、目を逸らせますから」

——その時だった。

13

海原に向いた帆先で、濃紺の海面が、山の様に立ち上がった。

そして、波濤が俺たちに襲い掛かる。

誰も彼もが、声を失いそれを見た。

海の中から現れたのは立ち塞がる様に現れたのはまるで巨人じみた、木造の巨艦。

滝の様に飛沫を散らすその舳先に、立っているのは、双子の兄妹。

「よくも、やってくれたな。詐欺師と癌細胞と裏切り者め！

だがいいさ。見せてやる、そして見るがいい！ これぞ、我ら騎士団の導士たる大貴族、はじまりの一柱様が御自ら建造された大威容――」

「斉射準備ヨシです、お兄様。ふぁぃやー」

「え、僕のセリフまだ途中……」

眼前の大質量から滴る水の大音響を縫って、プルトとウルナの声が響いた直後。

木造の戦艦が、あろうことか変形をはじめた。黒鉄の砲門が無数に突き出し、船体構造もろともこちらへ向けて砲口を合わせる。

「!? 畜生っ！ 冗談も大概にしやがれ！」

俺は横の二人を咄嗟に庇って、押し倒す様に甲板に伏せた、瞬間。

着弾の衝撃が、俺たちの身体を跳ね上げた。

衝撃に転がされるまま、メインマストの根元に背中を打ちつけられる。耳鳴りに痺れながら視界を開けると貫通された船体が斜めに傾いで轟沈する最中だった。

「けほっ……ライ、ナス、アナ……生きてる？」

「なんとか、な」

「……何が、起きたのですか」

抱き留めた胸の中の少女二人、どうやら大きな怪我(けが)はないらしいが、アナヒトの方は相当に困惑していた。無理もない。俺だって、同じ様な心境だ。

プルトとウルナの、声が響く。

「教えてやろう。どうして海を目指したお前を、僕らが放置していたと思う？」

「無駄だからです。徒労だからです。この水平線がディスイズジエンド。なぜならば――」

「この海には、我ら騎士団の海洋移動式拠点の一つ――」

「王者の揺り籠(シーザーズクレイドル)。今まで私たちが、地上に一切の痕跡残さず活動できた理由。本邦初公開にして、ここにざぶざぶ航海中。後悔しても、もう遅い」

待ち構えていた様な一連の襲撃の理由。それが眼前の荒唐無稽とつながった。

瞬間、理不尽に可動した砲門が再びこちらを向いた。

「すべては筋書き通りの人形劇だ。ご苦労だったな癌細胞(ドローキャンサー)。では」

「何もかも、木っ端(の)みじんにした後で、お前の破片をバスケットに集めましょう」

アナヒトが息を呑むのが伝わった。見えなくても分かるに違いない。

ロウソクよりもたやすく、こちらの命を吹き消すに足る、圧倒的な気配が。

「――〈白日炎天(ホワイトフレア)〉!!　熱域拡大！」

再度の砲撃を、突き上げる様にして防いだのは爆炎の壁だった。

そして、まさに海の藻屑になりつつある甲板に、炎熱とともに降り立ったのは。

「パティ！　無事だったか」

「当然、あなた様を寡夫にする気はありませんもの。しかし、この期に及んで大貴族の源流因子の産物とは全く厄介な。とはいえ」

嘆息とともに、灼熱の手刀が傾きつつあるメインマストを熱断した。

轟音と波飛沫。いくばくかの重量を軽くした甲板は、沈没速度を如実に緩めた。

「木造とは、実におあつらえ向きです。──炉端の灰にしてやりますわ」

乱舞する炎熱が、鞭の様に砲弾を叩き落とした。そして背中と足裏から推進力を爆裂させた淑女が、小山の様な船体へと突貫する。

無論、叩き込むのはその拳。

陽炎をまき散らすほどに白熱した拳が、大気そのものを爆発させて踏み台とするステップに運ばれて、肉薄した船首に炸裂した。

木製装甲を突き破った拳が、秘めた熱量を解き放つ。まるで熱したガラスに吹き込まれた職人の息吹の様に、莫大量の灼熱が揺り籠をいっそう膨らませ、内側から破裂させる
──かに思われた、が。

「なっ!?　この手応え──まさか、再創造機能っ!?」

「馬鹿め！　ただの貴族程度が、この揺り籠を壊せるものか！」

内部から焼け焦げ爆裂した揺り籠は、即座に、パトリツィア曰くの再生に転じた。

その輪郭が崩壊する前に、ぎちぎちと、赤黒い血管を表面に浮かべた船体が、飛び散る破片を、沈みゆくこちらの船を噛んで、己の構造性を取り戻していく。

そして反撃の砲門が、人力などではあり得ない装填速度で火を噴いた。

「くっ！」

熱障壁が砲弾を防ぐ。しかし連続する攻撃に――もう、足場が持たない。俺たちは腰まで海中に飲まれかけていた。

「ライナスさん、私たち、このままだと、溺れ死にますね」

「分かってる。いいからマストを掴め！　アナヒト！　クロニカ、お前も早く――」

そう叫んだ時。

海が、再び立ち上がった。

14

「何か――来ますわっ!!」

パトリツィアは咄嗟に俺たち三人を抱えて、足元の海面を爆裂させた。

天高く、夕暮れの空に舞い上がる。俯瞰の視界に、ぞっとするほど場違いに美しい、濃紺の水平線が見えて、次いで、作用を始めた落下重力が視界を回す。

そして逆さまの天と海の狭間に、俺たちは、それを見たのだった。

揺り籠（クレイドル）を、さらに二回りは上回るサイズの超ド級の鋼鉄の塊。

それが、海中から浮上して出現していた。

水圧に耐えるためなのか、パトリツィアがそれに降り立とうとした直前、足元ごと円筒形の外郭分が開き、その下に現れた新たな甲板にさらに着地する。

「やはり、近くまで来ていたみたいです。……そう言えば、申し上げていませんでしたね」

淡々と述べるアナヒトの声を、飲み込む余裕があるはずもない。

「私たちが本来乗り込むはずだった蒸気船は、洋上で乗り継ぐための中継船です。大きすぎて尋常の港には入れない、この戦艦こそが、私たちを迎えに来た本命」

「なんだ、これ……船、なのか？」

はい、とアナヒトは頷（うなず）いた。

「これは蒸気帝国エルビオーンが保有する、最大級の洋上打撃戦力……」

「その通ーりっ！　世界に四隻だけの超級蒸気戦艦、三番艦ガンダルワであるっ！」

海水に濡（ぬ）れた甲板に立っていたのは、キセルを咥（くわ）えた髭面（ひげづら）の大男だった。

熊に制服を着せた様な巨体は、どしっとした体幹で甲板に根を張り、その立ち姿そのものが司令塔であることを代弁していた。

「――むむ、海面付近が騒がしいと思って上がってみれば――これはこれは、よくぞ参られました！　全権大使並びに賢位巫女（みこ）様にして社長夫人、アナーヒトゥー様！　このガンダルワの艦長にして、帝国海軍商社（エルビオンネイヴィーカンパニー）・第二軍事部、部長のバルバロッサ＝アーディムがお迎えに上がりましたぞ！」

　そして何より、声が、デカかった。

「むむっ、巫女様いえ社長夫人様！　お召し物が濡れ濡れではありませんか、オイ！　誰か船内で一番高級なタオルと替えの服を、迅速に丁寧にお運びせよ！　お連れの方々の分も忘れ——いや、待てい！　なぜ、共和国の劣等民族どもが社長夫人様とご一緒なのだ？　もしや、曲者か！」

　さっと銃を抜く大男、もとい、バルバロッサだったか。どうやら相当、あれだ、面倒な変人らしい。俺はもうなんか色々疲れていたから、任せる様にアナヒトの肩を叩いた。

「……バルバロッサ部長、この方たちへの無礼は許しませんよ。私の友人です」

「これは、大変失礼いたしました皆様。では、御着替えついでにお風呂もどうでしょう、当戦艦には備え付きのシャワーもございます。温かいコーヒーもすぐご用意いたしましょう」

「いや変わり身早すぎだろ」

「……正面から正々堂々媚びへつらうのが出世の秘訣、そう考えてるみたいよこの人」

「もう何でもいいですから私、シャワー浴びたいですわ」

　瞬間、突き上げる様な衝撃が、俺たちの足元を揺らした。

　バランスを崩したクロニカの手を咄嗟に取って、甲板の縁から海を見下ろすと、双子の乗った揺り籠が、やはりこちらへ砲門を向けていた。

「よくも驚かせてくれたな！　鉄クズごときが！」

「叩(たた)いて沈めて、海のもずくにしてやりましょう！」

コツコツと、落ち着き払った足取りで俺の隣に立ったバルバロッサは、はて？　とでも言いたげに、大仰に首を傾(かし)げながら言った。

「おや……何でしょうか。あの極めて船の様な粗大ゴミは？」

アナヒトが淡々と答えた。

「共和国内(コロニアルズ)のテロリストです。色々あって追われているので対処をお願いできますか？　バルバロッサ部長」

「かしこまりましたぁっ!!　では、社長にどうぞよろしく！

——目標、前方のガラクタ難破船！　超圧蒸気砲、クランクオン！　船体高度補正！」

鬨(かちどき)のラッパの様な大声は、まず部下へ、それから伝声管を通して、恐らくは艦内を急速に駆け巡ったのだろう。

すぐさま、俺たちの立つ、鋼の巨体そのものが凄(すさ)まじい唸(うな)りをあげた。

甲板上の、デカすぎてそうとは認識できなかったが、都会に立っている時計塔を、そのまま横倒しにした様なサイズの大砲が旋回するとともに、鳴動しながら周囲の海水を吸い上げて、船体そのものがゆっくりと沈み始めた。

経験したこともない質量が運動する只中(ただなか)で、吐き気をともなって内臓が揺らぐ。あまりにもちっぽけな自分の存在が浮き彫りになるのを、どこか他人事(ひとごと)の様に感じた時。

「発射ァ！」

「あ、三人とも、耳を塞いで屈(かが)んで下さいね」

言われた通り耳を塞いで屈むと、大気と視界が爆裂した。

ぶ厚い蒸気と熱波が甲板に吹き荒れる。耳を押さえた両腕の骨がびりびりと震える。

それらがようやく収まり、ひらけた視界の先には、果たして。

「え？」「は？」「嘘(うそ)……？」

巨砲一発。揺り籠(クレイドル)はその体積を、半分以上消し飛ばされていた。

「はっはー！　光栄に思うがいい！　世代遅れの木造船如(ごと)きが、ガンダルワの三三口径七千マール超圧縮蒸気主砲、世界最強の海洋火力を直射で味わえるのだからな。

そして我が社は太っ腹なのだ、だからもちろん……おかわりもいいぞ！」

ふたたび、唸りをあげて放たれる巨砲。耳を塞ぐ俺たち。

二発目。再生途上の揺り籠が、微塵(みじん)となって砕け散った。

それで、終わり。残された荒れ狂う海面も、次第に凪(なぎ)へとおさまっていく。

「ふうむ。片付きましたな、それでは社長夫人様方、どうぞ船内へ。心を込めて歓迎いたします！　はあっはっはっはー！」

バルバロッサの高笑いを背景に、俺とクロニカはただ立ち尽くした様に、巨艦もろとも双子が没した海を見つめていた。

「なあ、これで奴(やつ)ら、諦めると思うか」

「いいえ。そんな程度の連中なら、どれだけいいでしょうね」

少女は呟く様に言った。

「でもいまは、生き延びたことを、前向きに喜びましょう」

「……そうだな」

そこで、アナヒトが言った。

「そういえば、ロストムはどこでしょう？」

俺たち四人が、顔を見合わせた瞬間。

「……おーい、誰か、助けてくれやしませんかぁ……！」

海面に漂うロストムが救助されたのは、また別の話だ。

第二章　Waikiki resistance

1

共和国（コロニアルズ）を出航してから、三日が経（た）とうとしていた、そんな折。

青天の空と水平線を望む後部艦橋で、俺は彼女に頭を下げていた。

「私の婚約者に取り次いでほしい、ですか？」

「ああ、頼む」

黒い絨毯（じゅうたん）の敷かれた艦橋中央、設（しつら）えられたティーテーブルに座って、侍従の淹（い）れたコーヒーを飲む盲目の女。彼女の名は、アナーヒトゥー＝フワラティ。通称、アナヒト。

蒸気帝国エルビオーン特命全権大使並びに、帝国の国家宗教、独善教（デーンカルド）とやらの巫女（みこ）。

俺はちらりと、大きなはめ込み式のガラス窓、その外に広がる景色に目をやった。

青い海原（うなばら）をかき分ける、鋼鉄の舳先（へさき）。大小さまざまな砲台を並べた、優に二、三丁目分はありそうな甲板。水は、地面よりも大きな重量を支えられるそうだが、いくらなんでも、無茶（むちゃ）をさせ過ぎに思えた。

超戦艦ガンダルワ。蒸気帝国（エルビオーン）が誇る最大の戦艦を現在保有しているのは帝国海軍商社（エルビオンネイヴィーカンパニー）であり、その代表取締役、ラグナダーン＝カブールという男らしい。

彼は共和国との貿易や外交、軍事等の実行力を自らの貿易会社に持たせるため、帝国政府からそれらの権利を買い上げたと言うのだ。何というか、外国の金持ちはやることのスケールが違う。

さておき、そのラグナダーンこそがアナヒトの婚約者であり、そして曰く、

「辺境の下等国家の出身であるあなたにお教えしましょう！　我が社の社長の名は、今帝国にて最も勢い盛んなるカリスマ経営者として知れ渡っておりましてな。来期の議会選挙にも出馬される予定、そしてゆくゆくは……ふふ、今は不敬罪に問われかねんので口には出しませんが、大いなる権力を手中に収められるに違いない方でしょう。この私も媚びの売りがいがあるというもの！　手の平が擦り切れるまでゴマをすりましょうぞ！」

ガンダルワ艦長にして部長、髭面のバルバロッサの声が、横合いから響き渡った。

「バルバロッサ部長、うるさいです。失礼しました、ライナスさん。ええ勿論構いませんよ。私から一筆、彼……ラグナ宛てに、面会要求の便りを出しておきます」

「ありがたいが、海の上だぞ？　手紙なんて出せるのか？」

「艦載の遠方通信手段として、優秀な伝書鳩がいますから。恐らく二、三日で、本社要塞のある島に届くと思います」

ご安心下さい、そう言って、アナヒトはコーヒーカップを置いた。

「ですが、彼と直接話をして、具体的に何を求めるおつもりですか？　帝国本土への亡命だけなら、私の権限でどうとでもなりますが」

アナヒトの声に、俺は答えた

「あんたも見ただろ。俺とクロニカは騎士団の連中……革命反対派の残党貴族どもに追われてる。そして、逃げてるだけじゃ、解決しない問題もある」

クロニカの、失われてゆく記憶はどうにもできない。

解決の糸口は、やはり騎士団の連中から無理矢理(むりやり)聞き出すしかないだろう。

目を閉じると、あの揺り籠(クレイドル)を名乗る、バケモノじみた船をあっさり沈めてのけた、一撃のすさまじさはありありと思い出せた。

クロニカを根本的に助けるためには、連中に対抗できるだけの、協力者が必要なのだ。

その旨を、少女の記憶云々(うんぬん)には触れないで説明する。

「そうですか。分かりました、あなた方の窮状と、武力を含む支援を求めていることも書き添えておきましょう。ですが私の婚約者は、残念ながら私の様な根っからの善人ではありませんので……それ相応の、何かしらの見返りを求められると思いますよ」

「それで結構。お願い申し上げるよ」

善人でないなら、お前よりは信用できる、とは言わないでおく。

それに空手形と口先で丸め込むだけなら、手ぶらでも構わないだろう。

「なぬ！　社長にお会いされるのですか!?　ならば、上手な靴の舐(な)め方をお教えいたしましょうか！」

「いらん！　というかアンタはプライドより先に会話のボリュームを落とせ！」

ともかくとして、俺とクロニカはこの戦艦の目的地、アナヒトが出席する予定の株主総会の会場、要塞化された島、ガヨーマルスにてラグナダーンとやらと会い、クロニカの保護と騎士団打倒への協力を、否が応でも飲んでもらう手筈となった。

しかしその前に、

「艦載大蒸気機関の燃料……液化石炭の補給に、少々寄り道しなければなりません。当艦は燃費の悪さも含めまして、あらゆる面で最強ですからな！　はっはっは！」

曰く、途中補給は現在蒸気帝国が領土化している島々にて行うとのことだった。

「あの島を管理している農園部に借りを作るのはシャクですが……先の戦闘で主砲を二発も撃ってしまいましたからな、致し方ありません」

「道中と補給には、どれぐらいかかるのです？　バルバロッサ部長」

「あと二日ほどで着くでしょう。喫水の関係で接舷できませんので、中継船を使って洋上補給を致します。ですので滞在は三日ほどになりますかと。社長夫人様方は、観光でもお楽しみ下さい。実に美しく解放的な！　南国の島ですぞ！」

2

そんなバルバロッサの言葉を伝えると、少女は予想通りの反応を返してきた。

「すごく楽しみ！　それで、あと何日で着くのかしら？」

「二日後だって言っただろ」

後部艦橋からステップを下った、海に開かれたテラスにて。

俺はクロニカと並んで背無し椅子に座って、のんびりと釣りをしていた。

日除けパラソルの下、俺はサスペンダーを外したズボンと腕まくりした白いシャツを着ていた。

クロニカはノースリーヴのクリーム色のワンピースを身に着けていた。余っていたカーテン布を一つもらって、俺がクロニカの当面の着替えとして仕立て直したものだ。採寸は拒否されたため、目測で仕上げるしかなかったが、

「……ねえ、ちょっと気持ち悪いくらいにピッタリなんだけど、まさか、私が寝てる間とか」

「な訳あるか。職業病だ。結婚指輪選ぶ時とかな、一目でサイズ分かると便利だぞ」

「最低」

ともかく、俺たちはアナヒトの懇意で、客人扱いを受けていた。よって船賃代わりの労役もなく、しかし用意された船室で揺れに耐えているよりも、太陽と風に顔を見せていた方が健康的だろう。そう言って、クロニカと、もう一人を誘ったのだが。

「い、いい天気ですわね、ライナス……おげ、ぼぼぼぼぼ」

欄干に手をついた金髪碧眼(へきがん)のお嬢様が、海原(うなばら)へと盛大にぶちまける。

彼女のゲロはどうやら炎熱を帯びているらしく、燃え盛る溶岩の様な熱量が海面を焦がして、白い蒸気が艦の進みに合わせてたなびいている。

大丈夫？　と心配そうに声をかけるクロニカはケロッとした調子だった。俺も初日はひどかったが、貴族といえども船酔いの程度は個人差の範疇（はんちゅう）らしい。

パトリツィアを半ば放置して、俺とクロニカは船員食堂からもらってきた、干し肉とチーズを挟んだ、サンドイッチに近い軽食を分け合った。

クロニカが、懐紙に包まれたそれを一口、小さな口で食（は）む。

「はむ……むーっ？」

「おい伸ばすな、服に垂れるぞ」

間に挟まれた塩漬けの羊乳チーズは、共和国（コロニアルズ）産より弾力に富み、よく伸びる様だった。

口とパンの間に伸びてしまったとろりとした白い糸を、クロニカは指先で不器用に絡めとって口に運ぶ。そうして軽食を終えて、少女は再び釣（つ）り竿（ざお）と向き合ったが。

「むう……全然釣れないんだけど、エサが悪いのかしら」

「こんなもんだろ。海は広いんだ。適当に釣り糸垂らして引っかかる方がおかしい」

「……確かに、それもそうね」

それきり、会話に沈黙が訪れた。

二人して、静かに揺れる釣り糸と、時の止まった様な白い雲と青い海を眺め続ける。

ただパトリツィアが垂れ流す、灼熱（しゃくねつ）の嘔吐物が海面を焦がす音だけが、波に混ざって響く中、先に、沈黙を破ったのはクロニカだった。

「……ねえ、ライナス」

「そうだ、クロニカ」

「え」

少女の言葉を遮って、俺は準備していたものを、用意していた通りに思い出して、側(そば)に並べた釣り道具の隙間から取り出した。

「これ、やるよ」

俺がクロニカに渡したのは、新しい、日記だ。

受け取ったまま動かない、彼女の方を見ないまま、俺は言葉を連ねていく。

「この船の、色んな場所から紙をくすね——分けてもらった。元の奴(やつ)に比べりゃ薄いし、装丁も適当に作った奴だけどよ、まあ、なんだ……当分はそれで凌(しの)いでくれ」

俺の言葉は何かを誤魔化(ごまか)す様に、自己の行いの杜撰(ずさん)さを強調していた。

「ありがとう」

クロニカは小さく、それだけを口にして、出来合いの日記を抱き留める様にした。

その姿に、俺はあの時についての言い訳を伝えようかと思った。

あの時、ランストンの港から出航した直後、揺り籠(クレイドル)に襲われる直前の船上で。

——ずっと、私の側にいて。

少女の、言葉ではない願いに対して、図らずとも伝えてしまった、俺の本音について。

お前といると、姉さんを思い出して、辛(つら)い。

しかし俺にだけ聞こえるコインの音も、感じる胸の苦痛も、あくまで、咄嗟(とっさ)に生じた思考の産物に過ぎないのだ。

どんなことに対しても、人は普通、様々な思いを巡らせる。しかし、実際に行動に移すのは一つだけだ。

だからあの時の俺が抱いたのもそう。あくまで口に出して返答するまでの過程で、本来なら胸の底に押し込め隠されていく、思考の行き詰まりの一つに過ぎない。

けれど、しかし。

真っ先に思い描いたものこそが、その人間の真実を映す鏡だとするならば。

俺にとってはどうしようもなく、それこそが、そうなのだろうか。

……気付けば、俺は一言さえ発することなく、喉から出るはずだった言葉を、胸の中で空回りさせていた。

詐欺師が聞いてあきれる。そんな自嘲さえ、奥歯で噛(か)み潰(つぶ)したまま。

そして今度こそ、本物の沈黙と、パトリツィアの吐き出す灼熱(しゃくねつ)の蒸発音だけが、昼下がりの甲板に流れ続けた。

3

「ありがとうございます。では、下がっていいですよ」

その声に、世話役の水兵は敬礼をして退室した。

それから、ドアの閉じる音を見送って、アナヒトは見計らった様に溜息をついた。

「……ふう、敬われるのも肩が凝ります。クロニカは、疲れていませんか？　船酔いは平気のようですが、体調が悪かったら遠慮なく言って下さい」

夜。蒸気機関の低い唸りと、大きな船体に飛沫を散らす海の震えも、この最上船室には静かな背景に過ぎない。

私は、アナヒトたっての希望で、彼女と同等の待遇を享受していた。ちなみにライナスにあてがわれた通常客室は、本人の感想によれば個室である以外は物置と同じらしい。こんなに丁重に扱われるのは、恐らく人生で初めての事なので、少しむず痒い心地がする。

「私は大丈夫よ。アナヒトこそ、疲れているなら、お風呂、お先にどうぞ」

言葉の先で、豪華な内装と隣り合わせに設えられた浴室を示す。

するとアナヒトは、悪戯を思いついた様な調子でこう言うのだった。

「では御言葉に甘えて、と言いたいところですが、この部屋の浴室は広いのです。そういう訳で、一緒に入りましょうか、クロニカ」

——そして、数分後。

服を脱いだ私たちは、黒い大理石の浴室で互いに体を洗い、そして、なぜか。

「……ねえ、アナ」

「なんでしょう？　クロニカ」

「どうして一緒に浴槽に……いえ、まあそれはいいんだけど、なんで私を抱きしめているのかしら？　というか——ちょっと、へ、変なとこ触らないで」

「申し訳ありません。ですが、ええ、私は目が見えないので。音とか匂いとか、肌の感覚で生きているのはご承知の通り。そのため、行動を共にする方と不本意な身体的接触を招かないよう、体の大きさや範囲観を限りなく具体的に調べておく必要がありまして……」

「絶対、適当に言ってるでしょ」

ほのかに乳白色の湯舟には、バラの香りの石鹸の泡が、雲の様に浮いていた。

私はそこに浸からないよう髪を上にまとめていて、だからこそ、後ろから密着するアナヒトの肌の感触が、うなじから腰あたりまで直に感じられて、妙な気分にさせられる。

「うん、思った通りすごく細くて、すべすべで、しなやかで……でも、とても柔らかい。羨ましくなります。きっと、異性にもさぞ意識されてきたのでしょう」

ちらりと振り返ると、いつもの黒い目隠しを取った彼女は、長い銀の睫毛を濡らして、目を瞑っていた。大人びた、小麦色の肢体がぬるりとした湯に濡れている姿は、私なんかよりすごく色っぽく思える。

しかし、自分のことになど興味が無い様に、アナヒトはしきりに私のお腹と太腿とを、探る様に撫でてきた。いや、というか、これはほとんど、

「……ね、ねえったら、それ以上、変な方に動かさないで」

「ごめんなさい、見えないもので」

絶対嘘(うそ)だ。見えなくても、分かっててやっている。

そのまましばらく、心地良い熱さに浸(つ)かっていると、気にかかっていた疑問が溶けだす様に、私の口から滑り落ちた。

「ねえ、アナヒト……その、どうして私に、こんなに良くしてくれるの」

出航するまで、かなりの迷惑をかけたにもかかわらず、私たちは少し不気味なぐらい、もてなされている様な気がした。主に、彼女の配慮によって。

事も無げに、アナヒトは言った。

「それはですね。私が、善人だからですよ。……どうやら、納得してくれないようですね。では付け加えましょうか。汝(なんじ)、幸福を分けよ。独善教の教えの一つです。そして嫌味(いやみ)に聞こえるかもしれませんが、私は客観的に、とても恵まれた立場にいます」

それはなぜか、続く声は内容と裏腹に、自慢げな調子を欠いていた。

「私の夫となる男性のおかげです。若輩の身の上で過分な地位を与えられ、そして、帝国でも最も裕福な資産家の妻として、私はかなりの特権と待遇を受けています。ですので、私はこの幸運を他の人々に可能な限り分け与えねばなりません。人は、幸せを独占するべきではない。その教えに則(のっと)って、私は困っている貴女(あなた)を助けるのですよ」

彼女の言葉にふと、まだ私の中で保たれている記憶が、思い出される。

プルトとウルナ。騎士団の双子の前に身を晒(さら)して、あの時のアナヒトは、ライナスと私を庇(かば)ってくれた。だが、そこに矛盾を感じるのだ。

自分を幸福だという人間が、あそこまでためらいなく、己を危険にさらせるものだろうか。

そう思うと、私には、今の彼女の言葉が、どこか空々しく感じられて。

「アナヒト、その、もしも……」

「何でしょう？　クロニカ」

――目を、逸らせますから。

あの甲板で、ほとんど独り言の様に呟いた彼女の声こそが、本音だろうか。

それに答えるつもりで、私は心から口にした。

「あなたにも悩みがあれば、教えて。お返しがしたいの、できる限り力になるわ」

短く、それでいて深い様な吐息を挟んで、アナヒトは言った。

「いいえ、困り事など、有りませんよ。お気持ちだけ、受け取っておきます」

ところで、と。

「私からも一つ聞いていいですか。ライナスさんのことについて」

思わず、息が詰まったのを、逃さぬ様に、アナヒトは問いを告げてきた。

「結局あなたは、保護者である彼のことを、どう思っているのですか？　無論、パトリツィアさんには内緒にしておきますよ。……単なる興味本位なので、答えたくなければ構いませんが。取り合えず私としては、断然クロニカの方を応援したいので」

興味津々、という彼女の様子は、こちらこそ見えなくても分かる。

少し思案して、結局、私は観念することにした。少々打算的だが、私から素直さを見せれば、アナヒトの方ももっと心を開いてくれるかもしれないと思ったから。

「……本当に、よく分からないの」

正確には、憶(おぼ)えていられない、だ。

私の記憶は徐々に、ゆっくりと、しかし確実に消化されていく。

一方で、自分が何であるか。〈王〉に基づいた貴族、貴血因子(レガリア)、騎士団といった事柄や、物の名前といった知識だけはどうしてか、ずっと頭にこびりついたまま。

さておき、だからこそ私は日記をつけていた。日々ゆっくりと零(こぼ)れ落(お)ちていく思い出を、せめて言葉の上に留(とど)めておきたかったから。

時々、嫌がる彼と目を合わせるのも同じ理由だ。彼と旅をしてからの事は、彼の記憶を読めば、自分の視点ではないけれど追体験して思い出せる。だから、実生活上の不都合はあまりない。

けれども、私の実感としての思い出が、存在しないのも事実なのだ。

記した言葉、彼の視点の記憶から、何が起きたかはすぐに思い出せる。しかし、その時胸に感じた想(おも)いだけは、もうどうやっても取り戻せない。

それを自覚すると、私はとても空虚な、どうしようもない徒労感を覚えて、いつしか、そんな根っこのない諦念と倦怠(けんたい)だけが重く苦しく、常に心を支配する様になった。

だから、私はかつて死を望んだのだった。

「……ごめんなさい、もしかして、気分でも悪くなりましたか？」

押し黙っていると、気遣う様な声が耳元にかけられた。

「いいえ。違うの、少し考え込んでただけ、ええと、だからね……つまり私自身でも、彼のことをどう感じてるのか、すごく不確かで、あやふやなの」

だけど、ライナスの記憶を読む度に、なぜだか、もうこの世のどこにも存在しないはずの実感に、胸が満たされるのだ。

「でも、一つだけ、これだけは言える」

ここが、彼がついて来てくれる限り、この旅こそがどこにもいなかった私の居場所なんだと思えるから。ライナス＝クルーガーという男は、私にとって生きる理由と同義であり、

「多分、私は彼といると、幸せ……なんだと思う」

けれど、私は見てしまった。

――ずっと、私の側（そば）にいて。

あの船で、私は声にできなかった願いを視線に込めてしまった。

それを受け取った時、彼の瞳の中に生じたのは。

私ではない、姉の顔。

あの夕暮れの砂浜で、詐欺師の仮面を剥（は）ぎ取（と）ってしまったから。

……きっと、私の存在そのものが、彼に思い出させてしまうのだ。

私のせいで、彼はひっきりなしに胸の空洞を掘り起こして、そこに見つけた痛みを浴び

て、自分自身を責めてしまうから、

「けどライナスの方は、そうじゃないの」

一人にしないでくれと、一緒に旅をしてほしいと言ってくれた、あの日の彼の言葉は絶対に真実で、でもその上で。

私といると、苦しんでしまう彼もまた、どうしようもなく真実なのだ。

その事実が、ひどく苦しく、切なく、途方もなくやるせない。

何より、嫌で嫌でどうしようもないのは、

「……もしかしたら、ライナスは、私のことを好きでいてくれるんじゃないかって思ってた。けど、違った」

彼が私に抱く、何とも形容しがたい重く、激しく、執拗(しつよう)に求めているかの様な褪(あ)せた色の感情の正体も、今や理解している。

それは私へ向けられたものではなく、私を通して、もういない姉へ向けられたもの。

どうして、これまで気付かなかったのだろう。

この左眼(ひだりめ)が映すのは、思考、感情、その人間の魂(こころ)の全(すべ)て。しかし、見えたものすべてを理解できるほど、私自身は万能ではない。そして、それだけが理由ではないのだ。

私自身、彼のその気持ちの正体に、気付きたくなかったのだろう。

彼が、私を好きでいてくれているのだと、思いたかったから。

ふと、黙って聞いていたアナヒトが、ぽつりとこぼした。

「……羨ましい」

耳元でなされた、その濡れた呟きに、私は不意に背筋がぞくりと震えるのを感じた。

心底から私を羨む様な声は、どこか不気味な粘性を帯びている様に聞こえて。

「……やはり、あなた方を助けた甲斐がありました」

そこで、アナヒトはこちらの返答を待たず、打ち切る様に湯船から立ち上がった。

「もう上がりましょうか。のぼせてしまいますよ、クロニカ」

翌朝。目的の男は、昨日、私たちが釣りをしたテラスで、どこからか持ってきた焚火台を使い、釣り上げた魚を焼いていた。

「何か用か、嬢ちゃん」

「聞きたい事があるの、アナヒトの事で」

昨日の湯船から、私はずっと気になっていた。

「でも話したくないなら、別に構わないわ」

「そうかい？　ならそのまま遠慮してくれ。おじさん、昔話は好きじゃないんだ」

「──勝手に見るから」

そしてロストムへ、左眼の視線をねじ込もうとした、が。

「──っ!!」

抜き放った刀身の反射で視線を切られ、私は左眼に切っ先を突きつけられていた。

「アンタも貴族ってやつか。けど俺は生まれつき勘が良くてね、その左眼（ひだりめ）と見つめあったらヤバいんだろ？ 悪いが、タネ割れてりゃ俺には通じねえよ」

剣を収め、眼を閉じるロストム。

「……どうして、アイツの事情を知りたがる」

「助けてくれたから」

そして、

「困ってるなら、私も助けたいの」

ロストムは一瞬固まり、それからゆっくりと何かを捨てる様に息を吐き出して、

「やめときな。俺に言えるのは、それだけだ」

4

艦長バルバロッサの言葉どおり、俺たちを乗せた巨艦は二日の大海原（おおうなばら）を経て、その島に到着していた。

マルセラ海洋諸島。海図によると共和国（コロニアルズ）と蒸気帝国（エルビオーン）、二大陸の中間航路の半ばに位置する諸島群。都市程度の大きさから、行政市ほどの面積を備えたものまで大小さまざまな島々が、パンくずをこぼした様に雑多に並んで位置している。

小舟で乗り付けた砂浜は、話に聞く南国の情景そのものだった。太い幹と奇妙な葉を伸

ばしたタコノキが並ぶ、青い空にさんさんと居座る太陽が、白い砂をじりじりと照り返して、じっとりとした海風がシャツの襟を汗で濡(ぬ)らす。俺は早くも、うんざりしてきた。

「浮かない顔ですね、ライナスさん」

「……アンタには見えてないだろ。その通りだけどよ。悪いが、どうもここの気候が合わなくてよ。タバコは湿気(しけ)るし、髪はべたつくし、陽射(ひざ)しも痛いし……」

「まあ、では禁煙して下さい。それにしても、意外と乙女の様なことを仰(おっしゃ)いますね」

砂を踏む音に振り向くと、アナヒトは白色聖紐(クスティーグ)を腰に下げた、いつもの白装束だった。暑くないのだろうか。

ガンダルワは洋上補給中。そして俺たちは、この島を管理する帝国海軍商社(エルビオンネイヴィーカンパニー)、農園管理部の部長とかいう男への挨拶をすることになったのだが、どうやら先方は何かと多忙らしく、その待ち時間に、砂浜での海水浴というものを提案したのは彼女だ。

「ともかく日焼け止めでしたら、私の薬草油をお貸ししましょうか？　……ああ、丁度着替え終わったようですね。彼女らとお互いに塗り合うのも、一興ですよ」

アナヒトがそう言って示した先で、新たな足音がした。

砂浜に設置された、天幕で区切られた衣装室から、勢いよく現れたのは。

「ふふーん！　お待たせいたしましたわ！　ライナス！」

水着。帝国には、そういう文化があるらしい。

蒸気帝国(エルビオーン)が本格的な外洋進出を始めたのはもう百年ほど前、どこだかの島民の伝統衣装を元につくられた遊泳用の着衣は、最初は休暇中の水兵に売り出されたらしい。それから次第にその家族、妻や子どもなどの一家にも浸透したそうだ。

しかし今日では、特に若い女性向けの需要が最も高いらしい。つまり率直に言えば異性と遊ぶ時のための、煽情的な要素を多分に含む衣装であり、

つまるところ、俺の価値観には、それはほとんど肌着に見えた。

「少々、はしたない気もしますけど……ど、どうでしょうか」

パトリツィアが身に着けた白い上下はまさしくそういう類いで、強いて堂々としているが、頬が珊瑚色に紅潮していた。恐らく、彼女も俺と同じ様な印象を、客観的な自分の姿に抱いているに違いない。

しかし、それが肌着であれ裸であれ、女が自分を意識して装いを新たにしたのなら、とりあえず褒める以外に正解はないのだ。

「可愛いぞ。それに、すごく綺麗で魅力的だよ、パティ」

近づいて、頬に軽くキスをする。すると彼女は気恥ずかしそうに、しかしそれ以上に嬉しそうに目を細めた。

近くでまじまじと見ると、やはり肌着にしか見えない。滑らかな鎖骨の下には女性らしい胸元がかつてなく主張しており、鍛え上げられた様な二の腕はそれでいてしなやかで美しく、そして胸下から薄く腹筋を割った腹はへそが丸出しで、そのまま調度品になりそうな見事な腰つきから、すらりと魅力的な脚線美が伸びている。

本当に、先日までずっと甲板からゲロ吐いていた女とは思えないほど魅力的だ。というのは黙っておく。

パトリツィアは腕を絡め、俺の身体を盾にする様に身を寄せてきた。

どうやら周囲の視線を気にしているらしいが、ここにはアナヒトの他、彼女の供回りの数人しかいない。ロストムもいるが、離れた所に腰を下ろし、ラム酒を飲んでるだけだ。

しかし改めて、クロニカにはまだ、こういうのは早いなと思った時だった。

パトリツィアの背後、簡易な衣装室の天幕が少し開き、件の少女が顔だけを見せた。

「……ねえ、パトリツィア。着替えてみたんだけど、私やっぱり――」

そこで言葉を止めて、翡翠色の右目だけが、半裸の様なパトリツィアを侍らせた俺を睨む様に細くなった。

「あら、クロニカ。恥ずかしいなら、やめておいたらどうです？　あなたの様なお子様にこういった装いが似合わないのなんて、最初から分かり切った事ですもの」

勝ち誇った様に、俺にしな垂れたパトリツィアが豊かな胸を張る。

まあ、俺もおおむね同意見だ。

「アナヒトの厚意だからって無理するな。俺から適当に言っておくから――」

「いいえ。無理じゃ、ないわ」

決意した様に言って、少女は一息に天幕を開き、裸足の先を白い砂浜に踏み出した。

そして、輝く陽射しの下に、クロニカは己の水着姿を晒した。

後ろ髪を上げたせいで、白い細首と、華奢過ぎる両肩が普段以上に強調されていた。控えめな胸元を隠すのは、パトリツィアと同じく一枚だけ、飾り布であしらわれた黒い下着の様な布地。へそを晒した腹回りは恐ろしく細いながら、確かにたおやかな曲線を描いた腰元には、陽を透かした薄絹のパレオスカートを身に着けていた。

少女は、割れた柘榴の様に顔を真っ赤にして、恐る恐るといった様に、俺の前まで歩を進め、非難する様な上目遣いで俺を睨み上げた。

「……何とか、言いなさいよ」

「あ、ああ」

こういう時、どう言えばいいかなんて、俺は分かり切っているはずなのに。どうしてか、頭の中にある言葉を取り出せない。まるで、今のクロニカに、そんな上辺だけの適切さを当てはめることを、俺自身が拒否している様に。

結果、俺はさながら素朴な田舎青年の様な声で、ようやくそれだけを絞り出した。

「……そこそこ、似合ってるんじゃないか」

その答えに、左眼を薄く開いた少女は、すこしだけ溜飲を下げた様に、微笑んだ。

むくれた様なパトリツィアが、殊更強く俺の腕を握った。

そこへ、アナヒトが近づいてきた。

「とってもお似合いですよ。お二人とも、ほらその証拠に、ライナスさんのお顔も真っ赤です……見えないので想像ですが、きっと当たらずとも遠からずでしょう」

クロニカは問いかけた。

「アナヒトは着ないの？　な、何か私たちだけ、恥ずかしいのだけど」

「申し訳ありません、クロニカ。私は聖職にある立場で、なおかつ人妻予定のもので。その様な破廉恥極まる格好はちょっと」

「ひ、人に勧めておきながらその言い草はあんまりじゃありませんっ⁉」

肩を怒らせたパトリツィアを、アナヒトはのらりくらりと宥めすかす。

そうして、俺たちは暫し、他愛ない時間を過ごした。

そして、陽射しがやや傾き始めた頃だった。

クロニカとパトリツィアはやや離れた場所で、二人で貝殻を集めている。

俺は少し疲れて、アナヒトとともに用意された椅子で休んでいたところ。

数人の供回りを連れた、白い長袖をゆったりとまとう、四十絡みの男が現れた。

「――遅れまして、申し訳ありません。社長夫人、アナーヒトゥー様。お久しぶりです」

「御機嫌よう、お久しぶりですね、ファキム部長。ライナスさん、紹介しますね、こちらの方がこの帝国領マルセラ農園諸島を管理する、海軍商社農園部の部長」

その男は俺を見やると、すぐに目の色を変えた。

明らかな、軽蔑の色に。

「セルジュ＝ファキムだ。よろしく頼むよ――劣等人種」

5

「……ファキム部長。彼らは、私の友人です。共和国人(コロニアルズ)とはいえ、侮辱は許しませんよ」

「おっと失礼。ははは、冗談、冗談ですよ」

取り繕う様に、ファキムは頭を掻(か)いた。

もう分かっているが。蒸気帝国(エルビオーン)の人間というのは大体そうだ。例外はそれこそ、アナヒトとロストムぐらいだろう。彼らにとっては、貴族も平民(にんげん)も関係ない。共和国出身者を、格下の人種と見なしている。

「彼は共和国政府からの外交官として、同国政府要人の令嬢とともに、蒸気帝国への亡命を希望し大使である私が受け入れました。……よって、貴方(あなた)にもそれなりの対応を求めます。ファキム部長」

「ふうー、そうですか。分かりました、社長夫人。……では、失礼したね、君。名前は何かな？　まあ、別にどうでもいいが。それより、ガンダルワの補給の間、この島に留(とど)まるのだろう？　ゆっくりくつろいでいくといい」

男の下手くそな作り笑いは、明るい色彩の砂浜において、一層うすら寒かった。

「私は、この島々の農園の経営を任されていてね、共和国からやって来た移民も多い。野蛮な猿同士、原始的な旧交を温めあってきたらどうかな」

「――ファキム部長」

「お～っと、すみません、アナーヒトゥー様。ははっ、お久しぶりに会えた喜びで、口が軽くなって冗談が止まりません」

肌の色や出自という点で、自他の優劣を先んじて判断する。その行為自体にまつわる是非、つまり道徳など、俺にとってはどうでもいいことだ。が、しかし。

俺はさり気なく立ち位置を変えて、少し離れた場所で戯れている二人が、ファキムの視界に入らないよう背中で隠した。

その浅ましい視点から、彼女らを見下されるのが、なぜだか我慢できなかった。

「君も、不愉快にさせたらすまないね。私はよく冗談が下手だと言われるんだ。ほら、握手をしようじゃないか」

そう言って、ファキムはこちらに手を差し出した。これに、決して友好の意図などありはしない事は明白だ、が、表面上応じる他にやりようがないのもまた明らかだった。

仕方なしに、こちらも作り笑いで握手に応じた瞬間。

「……っ!!」

俺は強い力で右腕を引かれて体勢を崩し、腹に一撃、膝蹴りを食らった。

痛みへのうめきは、口を塞がれて封じられた。

アナヒトには、見えていない。

「調子に乗るなよ、田舎国家の山猿が」

小声で、ファキムは俺に耳打ちした。

「お前らの如き、下等民族を客として扱うなど虫唾が走る。走る……が、そこを特別に、社長夫人様のお顔を立ててやっているだけのこと。カスの如きお前の命など、この島でも、その先でも、俺の一存でどうとでもできるんだ。平穏無事に過ごしたいなら、その事をよく肝に銘じて、己の下等さを弁えていることだ。……いいな」

そうして、ファキムは俺を乱暴にどついて距離を空け、ぱんぱんと手を払った。

……怒りとは、危険な感情だ。あっさりと道を踏み外させる。

たっぷり数秒かけて息を吐いて、頭の中で怒りを冷まし、温度を失くした苛立ちを胸にしまい込んでいく。最近、衝動的になる機会が多いが、俺にとっては本来手慣れたものだ。借りを返すのは、いずれそのうちにしておいてやる。感謝しろ。

ファキムはアナヒトに向けて振り返り、言った。

「ふう〜、長い握手だった。うん、友情が深まったぞ！　という訳で、アナーヒトゥー様、ごゆっくりと皆様がご滞在できるよう、家を用意させて頂きました。この後ご案内させます。何かあれば、すぐにお申し付け下さい。では、私はこれにて」

……そうして、ファキムは去って行った。

俺の隣に立って、アナヒトは謝罪した。

「本当にごめんなさい、ライナスさん。今後は、私が出来る限り目を光らせますので……冗談です。ロストムにも警戒させますので、どうか安心して下さい」

「アンタの冗談も大概笑えないぞ。……別にいいさ、俺に関しては、ある程度覚悟してたことだ。クロニカの方を、頼む」

日暮れ際に、俺たちが案内されたのはヤシの木を庭先に植えた貸別荘（コテイジ）だった。

はす向かいには白亜の宮殿を思わせる大邸宅があり、あのファキムの屋敷だという。

睨（にら）みをきかせている。という訳だろう。

アナヒトのみ、その邸宅の豪勢な離れに部屋を用意されたらしい。

俺とクロニカ、パトリツィア、そしてロストムは同じ屋根の下になった。

「……疲れた」

ベッドに仰向（あおむ）けになって、独り言つ。ふと部屋の隅の大仰な器械が目に入った。

それは無論、帝国製の減圧式蒸気豆抽出機（コーヒーマシン）だった。

水が蒸発するのは、温度だけが理由ではない。わざと圧力を低めて、沸点よりも低い温度で蒸発させた蒸気で豆を蒸らすことで、味わい深い液体を出すらしい。

……正直、苦ければ何でもいい。疲れているなら猶更（なおさら）だ。

ぎゅごごご、と中々すさまじい音とともに、絞り出された黒い液体を飲みながら、俺は同室のクロニカに目をやった。

普段着のワンピースに着替えた彼女は、申し訳程度の書き物机の上で、新しい日記に今日を書き付けているところだった。その小さな背中に、声をかける。

「この島、楽しいか」

「……ええ。海が沢山見えるし、あなたが会ったあの人は、嫌味（いやみ）な人だったらしいけど、場所自体は素敵だと思うわ」

こちらを振り返らぬまま返事を寄越し、それきり、少女は言葉を継がなかった。

険悪な訳ではない。しかし、いつもなら続くはずの会話を途絶えさせるだけの見えない溝が、俺たちの間には確かに存在していた。

俺はコインの耳鳴りと、痛みを無視しながら、極めて勇気に似た何かを喉から絞り出す。

「なあ、クロニカ」

お前さえ、よければ。

「明日、少し、この辺り」

散歩でもしてみないか、そう、言おうとしたまさにその時だった。

不意に響いたノックの音に、言葉になろうとしていた声が遮られた。

ドアを開けると、リボンを解いた金髪を肩に流したパトリツィアが、頰を赤らめ、はにかんで立っていた。

「こんばんは、ですわ。少々お時間、よろしいでしょうか」

「……何か用か？」

訊くと、パトリツィアはいきなり俺の手を取って、そのまま軽々と、抱き上げられた。

驚く間もなく、呆気にとられた俺を抱えたまま、パトリツィアはお気に入りの服を持っていく様な調子で、クロニカのベッドまで歩み寄った。

「クロニカ、明日一日、彼を借りてもよろしくて？」

「……嫌、とは言えないわよね。そういう、約束だったのでしょう」

そういう事ですわ、とウインクする彼女を見上げて、俺は思い出した。

ああ、そう言えばそんな約束を、してしまっていたと。

「では約束通りですわ！　ライナス、明日は私と、二人っきりで、デートしますわよ！」

6

翌朝。滞在二日目、南国の日は早く昇る。

約束を守る。俺は人生において極めて珍しい義理を実行していた。

それは俺が、彼女との約束を重んじているから、ではなく。折角、ついて来てくれたのだ。これからも彼女の力を頼りにさせてもらわなければ勿体無いだろう。

「ふふ、楽しみですわ！　私、ドキドキし過ぎてほとんど眠れませんでしたが……あなた様はどうでしょう？」

「生憎、ぐっすり快眠だ」

「それならそれで、重畳ですわ」

ダメだ。今の彼女の興を削ぐのは、きっと神にだって不可能に違いなかった。

朝食の後、憮然としたクロニカと、微笑みを浮かべたアナヒトに見送られながら、歩き出す前に俺は思い出して、頭から外した帽子を少女に預けた。

「暑いから、しばらくお前が持っててくれ」

「……いいけど」

ヤシの木の下で、クロニカは帽子を受け取り、胸に抱え込む。

「ではライナスさん、パトリツィアさん。申し上げた通り、お供をつけずに二人きりで歩かれるというのは、ここの帝国人居住区では不可能です。ご不便をおかけして申し訳ありませんが、移民居住区の方をお訪ね下さい。少々、物騒な場所のようですから、お気をつけて」

忠告めいたアナヒトの言葉を上の空の様に聞き流しながら、パトリツィアは上機嫌に、俺の手に指を絡ませた。

「さあ、行きましょうライナス！　ではクロニカ、ごめんあそばせ」

そして、手を繋(つな)いだまま、俺はこの日限りの恋人と歩き出す。

その間、ずっと背中に感じた視線は、きっと気のせいだろう。

海の只中(ただなか)に浮かぶ諸島群の中核をなす、マルセラ島。

ここには、一種の身分社会が敷かれていた。

昨日の海辺(ビーチ)や、一泊した貸別荘(コテイジ)などは、青い海に向かって矢の様に突き出した岬の部分の土、そこに設定された帝国人居住区内に位置する。

立ち入りを許されるのは、そこに土地を所有する帝国人資本家とその家族、並びに、主に共和国人（コロニアルズ）の移民から成る屋敷の使用人たちだけらしい。

　つまるところ、そうした下働きの格好をしていない、肌の白い男女というのは悪目立ちするし、ともすれば会社の自警団による逮捕の可能性もあるそうで。

　俺たちの身分を保証するのはアナヒトの厚意のみである現状、彼女に迷惑をかけて、見限られる事態は避けたい。俺の意見に、パトリツィアは渋々ながら同意してくれた。

　金髪の淑女と連れ立った俺は、オレンジ色の舗装路と白色の建物の並ぶ高級住宅街を後に、サトウキビとタバコ、そして芥子（けし）といった商業農園が広がる、島の内陸部へと足を踏み入れた。背の高い緑に囲われたあぜ道を歩くこと暫（しば）し、たどり着いた、海に面した移民居住区を見て、パトリツィアは実に控えめな落胆を述べた。

「……ずいぶんと、下品なトコロですのね」

「言っちまえば、下層の労働者の下町だからな……」

　立ち並ぶ傾（かし）いだバラック。屋台の煙と、売春宿からのアヘンの香りが混然一体となった潮風が、鬱屈と汚らしい街中を漂っている。

　ここをデートコースに選んだ日には、百年の恋にも氷河期が訪れるだろう。

　けれどパトリツィアは無理矢理（むりやり）に明るく微笑（ほほえ）んで、俺の手を握った。

「……ま、まあ、あなた様と一緒なら、どんな場所でも構いませんわ！　ですから今日一日、私（わたくし）のことを離さないで下さいましね」

「はいはい。では僭越（せんえつ）ながら、優しくエスコートさせて頂きますよ。

……そういや、そろそろ昼時だな。あそこの屋台でいいか？　パティ」

「は？　え、いえ、アレ……食べもの、なんですの？」

見るからに雑造りの屋台では、イカ、タコ、その他の魚介が炙られていた。

思い出す。彼女は南部出身の貴族だったか。川や湖の魚を食したことぐらいはあるだろうが、流石に海の生き物は食べたことも見たこともないらしい。

「俺も初めて見るな。ちょっと興味あるんだが」

「却下です。嫌です。無理です。あんな……腕とも足とも分からないグニャグニャを、く口に含むなんて反社会的な行為が、許されていいはずがありませんわっ！」

生理的な嫌悪感に震える彼女、その姿はまるで年頃の人間の女性のようであった。

「それに、どのお店も不潔そうで、うるさくて……も、もっと二人きりでゆっくり優雅に、お食事を楽しめる場所がいいです！」

確かに、俺としても生意気に洒落たレストランなんぞがあれば楽なのだが、どうやらこの港の労働者たちに、そうした需要は無いらしい。

溜息は、当のパトリツィアからだった。

「……そ、そうは言っても、無理なものは無理、ですわよね。ごめんなさい。あなたとのランチは、諦めますわ」

彼女は気を落とした様に、しかし俺に嫌われまいとか、納得しようとしていた。

仕方ない。人生はいつだって不足に満ちているから。

よって、足りない部分は、工夫で埋めるのみだ。

「誰が無理だって言った」

「え？」

「間に合わせでどうにかやるさ。――ではお嬢様、少々お待ち下さい」

それから俺は、近くの定食屋に無理を言ってテーブルと椅子を一つ借り、街の喧騒から離れた、サトウキビ農園へと続く人気の少ない道沿いに設置した。

岬の方へ緩く傾斜した地面に手こずったが、無事に日よけの傘も立てつけて、娼窟から譲ってもらった布折をほつれないよう裁断して即席のテーブルクロスを仕立て、それから雑なつくりの椅子の上に自分の上着を敷いて、金髪の淑女に着席を促した。

これもまた、借りてきた皿と食器を並べた上に、タコやイカは避けて、魚を中心に買ってきた屋台飯を映えるよう、野草のハーブも添えて盛り付ける。食事は雰囲気九割、見た目が整えば味も整う、はずだ。が、

「あいにく、花は売ってなくてよ」

テーブルクロスの余った布地を、手持ちの鋏で切り揃え、机の上のコップに差した。

出来上がったのは造花束。

最後に、口元に手を当て驚いた様なパトリツィアへ向け、執事の様に一礼を捧げる。

「お待たせしました、お嬢様」

「悪い。料理、少なかったか？　……貴族は大食いだって忘れてた」

「……いえ、私、そんなに頂いたつもりはないのですけれど、なぜか目を離した隙に減っている気が——」

　丁度その時、ざりざりと複数の足音が、俺たちのいるテーブルを取り囲んだ。

　俺とパトリツィアは同時に周囲を見回し、こちらを威圧的に睨(にら)みつける、風体のよろしくない男どもを発見した。

　島のサトウキビ農園からは共和国(コロニアルズ)からの移民の脱走が相次ぎ、俗に海賊と呼ばれる無法集団になっている。彼らは海で貿易船を襲い、陸の上でも人を襲う。

　お気をつけ下さい、そうアナヒトに言われていたのを思い出した。

「おいおい、お二人さん。こんなところでピクニックかい？　なんとまあ、綺麗(きれい)な身なりしやがってよ。俺たちみたいな移民じゃねえだろ、金持ちの旅行者か？」

　こいつらの狙いは明白だった。そして俺は憐みを感じずにはいられなかった。

「……デザートを頼んだ覚えはないんだがな。パティ、任せていいか」

「ええ。お構いなく、丁度よかったところです。食後の運動に」

　ネイルのない、拳を握って不敵に微笑(ほほえ)むパトリツィア。

「次は私がカッコいいところお見せしますから、ちゃんと惚(ほ)れて下さいね、ライナス」

7

「ざっと、こんなものでしょうか。……はあ、手が汚れてしまいましたわ」

握った拳をするりと解き、パトリツィアは周囲に転がり苦悶にもだえる男たちへ、ひどく同情を欠いた、冷めた嘆息を落とした。

「う、うう、痛ぇ、よ」「かあさん、た、助け……」「ほ、本物の、き、貴族……」

向けられた刃物を銃口を、華麗な足運びが潜り抜け、そよ風の様な拳がしかし驚異的な威力でならず者たちを沈めていく様を思い出しながら、俺は椅子から立ち上がった。

「やれやれ。運が悪い連中もいたもんだ」

「間が悪い、の間違いでしてよ。まったく、私とあなた様のデートを邪魔するなんて」

チリチリと、彼女の周辺の大気が震え、滲み出した熱が陽炎をつくる。

男たちの一人が、死にかけた様に言った。

「ま、待ってくれ……頼む。どうか、お慈悲を。同じ、共和国人だろ」

聞けば、この島の移民の待遇は、薄々察してはいたがひどいものらしい。長時間労働と手袋なしの収穫作業、精糖作業での死人、粗末な食糧配給。それもこれも帝国人による、渡航費その他の貸し付けを労働によって返済する、年季奉公と言う名の搾取契約のためだと。

甘い言葉の移民募集に乗せられたのが全ての間違いだったと、男たちは嘆きはじめたが。

「くだらないですわ……同情を惹こうとしていらっしゃるのでしたら端的に不愉快です。

いっそ灰にして、畑に撒いてしまいましょうか」

どうやら、パトリツィアには逆効果だったらしい。

まさに開始されんとする物騒なキャンプファイアを止めようかどうか、俺が僅かに逡巡した間、男たちの一人が慌てた様に命乞いを叫んだ。

「……ま、待ってくれ。お、おれたち、騙されて——そう！　命令だ！　命令されただけなんだよ！」

「……命令？」

思わず聞き返した俺に、男は縋る藁を見つけたと言わんばかりの視線を向けてきた。

「そ、そうなんだよ！　農園監督の帝国人野郎にさあ！　あ、あんたらを殺すか捕まえりゃ、金と休暇をやるって……」

察するのに、時間は一秒もいらなかった。

俺の頭に思い浮かんだのは、昨日出会ったファキムの顔だった。

「——あの野郎」

しまっておいた怒りに、火がついた。胸の裡に、焦げ臭い感情が立ち込める。

昨日の態度から推測するに、どうやらアナヒトの目の——彼女の配慮の届かぬ場所で、俺とパトリツィアを亡き者にしようとしたのだろう。

ならば、残してきたクロニカもまた。

その可能性に思い当たった瞬間、我を忘れた思考が、何かを目指す様に回転を始めた。

そうだ、かつての俺はこの感覚を、金を、ただひたすら金だけを求める詐欺師として用いてきた。しかし今は、違う。

来た道を振り返り、地面を幾度か足で叩(たた)き、かがんで片目をつぶる。

「傾斜と土は、ハッタリの根拠としては及第点か」

呟(つぶや)いて、側(そば)を見る。不満げなパトリツィア、こいつの機嫌も直してやらねばならない。

「なあ、パティ。今日のデート、いい締めくくりを考えたんだが」

「突然ですわね……なんでしょう？」

「とびっきりの会場で、二人でダンスパーティなんてどうだ」

「す、素敵ですわ。……けど、一体どうやって」

「ま、楽しみにしとけよ」

覚悟しておけよ、ファキム(クソ野郎)。クロニカには借りがあるのだ。俺の借りに、手を出した報いを、お前の人生で償わせてやろう。

俺は男たちへ振り返って、手慣れた笑顔でこう言った。

「なあアンタら、イイ話があるんだが、一口乗らないか？」

8

彼(ライナス)と彼女(パトリツィア)が、二人で、デートに行った後。

私は一人、ヤシの木陰に座り込んでいた。

暑く湿った海風が私一人の髪を撫で（な）ていく。拗ね（す）ているみたいで、自分自身に嫌気が差す。

十分に分かっているつもりだ。

パトリツィアは、少々アレな貴族ではあるけれど、悪人ではない。だからきっと、私よりはマシな存在だろう。

与えられた思い出を取りこぼしていくだけで、何一つだって返せない。彼を苦難に巻き込むだけの癌細胞（ドローキャンサー）の私なんかより、あの男をずっと普通に幸せにできるはずだ。

なのに、どうして。

胸が苦しい。私ではない、パトリツィアと一緒に過ごしているライナスを想像すると、心がバラバラになりそうな気分になる。

昼を過ぎ、一層輝く様な青空と真反対の気分で、預かった帽子を握った時だった。

「よう、嬢ちゃん」

「ロストム……なにか、用かしら」

突きつけた左眼（ひだりめ）を、やっぱりするりと躱（かわ）しながら、彼は気安く私の隣に腰を下ろした。

ちゃぷん、とその手に持った酒瓶が、半分ほどの水音を立てた。

「用ってほどのもんじゃないんだが。どうにも、この島はどこも明るくてよ、一人でいると気が滅入（めい）るからな……ついでに、嬢ちゃんの悩みも聞くぜ」

ありがとう、と言うべきだろうが、ツンとしたお酒の匂いと酸味を帯びた苦い体臭に、口を開く気が失せてしまう。

結果として、ロストムは一人で喋りはじめた。

「……昔、オジサンも似た様な経験あったっけな。自分の気持ちに気付かないふりしてたけどよ、アイツがあの男と一緒にいるたびに、ずっとモヤモヤしてた……気付いた時には、もう何もかも遅かったけどな」

落ち込んだ様なその声は、ひとりでに沈んでいくみたいに聞こえた。

「すまんね。なんか、建設的なコト言おうと思ったんだけどよ、俺の人生も失敗続きだからよ、やっぱり、何も言えねえわ……ごめんな」

「別に、大丈夫よ」

話題を求めてさすらわせた視線が、彼の手元のお酒の瓶に留まった。

「お酒って、美味しいの？」

「不味いな、おまけに健康にも悪い……けど、体が嫌がっても、俺の心が欲しがるんだ。忘れたい過去が増えるたび、傷口を洗うのにコイツが要るってな」

「私は」

ロストムの言葉への反感は、ほとんど本能に近いところから飛び出した。

「何一つ、忘れたくなんかない」

しかし、そんな言葉は、まるで深い空洞に滑り落ちた様に、手応えが無かった。

「そりゃ、幸せものの理屈だな」

ひどく渇いた様なその呟きに、やはり、視線は合わせられなかった。

顔とは、人の心と外の接点なのだとは、いったい誰の言葉だったか。代わりに、右目だけで見た彼の顔は、恐ろしいほど年を取っている様に見えた。

「嬢ちゃん。世の中にはあるんだよ。思い出にできない、たった一つの後悔のせいで、それまでの幸せも、人生も何もかも、台無しにされちまうことが。そういう、消したくても消せない記憶によ、永遠に呪われる人間も、いるんだぜ」

「――――」

だとすると、ライナスは。

私が、詐欺師の仮面を剥ぎ取ってしまったせいで。思い出させてしまったから。

永遠に、幸せにはなれないの？

そこに思い至った時、複数の靴音が聞こえて。

ロストムが剣を抜いて、立ち上がった。

「……何か用か、出前なら頼んでねえぞ」

「いや、これは街の美化活動の一環でね。定期的に行っている、害獣駆除だよ」

その男と私に、直接の面識はない。しかしライナスの記憶を介して見知っていた。

農園管理部、部長、セルジュ＝ファキム。

「居住区の外の農園から、たまに危険な猿が紛れ込んでしまう。だから、市民の方々に害が無いよう、我々会社側が兵力を用い、その都度排除しているという訳だ。
さて、ご理解頂けたなら、そこの少女を引き渡してもらおうか、一兵卒くん」

「アンタら、勘違いしてるぜ。この嬢ちゃんは巫女(みこ)様の客人だ」

「おっと、そうなのかい？」

芝居がかった様に、ファキムは天を仰いで言った。

「いや、しかし、猿の顔の区別など私にはつかなくてね、部下たちも同様だ。間違えてしまうことも、十分にあり得るだろう。うん」

そして銃口は、言わずもがな私の方を向いていた。

溜息(ためいき)をつく。こういう扱いは、やはり何度味わっても、非常に嫌な気持ちになる。

しかし相手はただの人間程度。ならば〈真理の義眼(アイオブザプロヴィデンス)〉の敵ではないと考えて。

「よいしょっと、よし逃げるぞ！　嬢ちゃん！」

「きゃっ!?」

突然、太い腕が腰に回って小脇にされ、合わせようとしていた左眼(ひだりめ)が途切れてしまう。

連続して響く銃声。私を抱えたロストムが、素早くヤシの木の背後に隠れたおかげで、当たりはしなかったが。

「邪魔しないで……私なら、あの程度一目でどうにかなるわよ」

「やめとけよ。んな事したら、それこそ、嬢ちゃんたちから会社にケンカ売ったことになっちまうぞ」

「……あ」

「しっかし、どうすっかな。こうもばかすか撃たれてたら背を向けられんし……」

銃弾が飛び交う、というより、今の私たちは一方的に撃たれていた。銃弾が枝垂れの葉を掠め、幹を打ち、落ちたヤシの実はすぐ、穴だらけになって中身をこぼす。

「ね、ねえ、でも銃弾ぐらいなら、あなたならどうにかなるんじゃ――」

「いや、何言ってんだよ。剣で鉄砲に勝てる訳ないだろ」

うん。確かに、常識的にそれはそうなのだけれど。あの騎士団の貴族、ウェルキクスの最速斬線を見切り、あまつさえ斬り結んでさえいた男が、何を今さら？

だがロストムの手は震えていた、まるで本当に、心の底から恐ろしい様に。

「……お酒、飲み過ぎたせいとか言わないわよね」

「それもあるなあ」

ロストムは困った様に頭を掻いた。だめだ、この人役に立たない。

やはり私がどうにか視線をねじ込むしかない。最悪、蜂の巣になっても死にはしない。

そう考えて、木陰から少し顔を出した時だった。

「あら、午後もおやつ時だというのに精が出ますね、ファキム部長。こうも銃声がうるさくては、私はお昼寝も出来ませんが」

「これは、これは、アナーヒトゥー様。……貴様ら、撃ち方やめっ！」

どうも、といつの間にか現れていたアナヒトは兵士たちに一礼して、それからゆっくりと、私たちの隠れるヤシの木との中間に立った。

「目覚めたついで、友人にとびきり苦いコーヒーを御馳走(ごちそう)しようと思って来てみれば、これは一体どういう事でしょう。ファキム部長あなた、コーヒーの淹(い)れ方を御存じありませんか？　ひくのは引鉄(ひきがね)ではなく、豆ですよ」

「ふぅーっ、ご教授頂きどうも、己の無知蒙昧(むちもうまい)を恥じ入るばかりです。しかし、お言葉ですがどちらでもいいのではありませんか？　猿どもの下等な舌では、血の味との区別などつきますまい」

「……分かりませんね。それほどまでに、彼らを敵視する理由が。あくまで、私の責任の上でのお客様なのですが。それとも、もしかして、こういう筋書きですか？」

　アナヒトは続けた。

「ファキム部長。あなたの農園管理部は、サトウキビや大麻……売れ筋貿易商品の供給を担う花形部署。その部長であるあなたの地位は、十分に今後社長の座を狙えるものですから――同じ様に、会社の営業武力を担う軍事部のバルバロッサが、あなたの野心にとって邪魔なのではありませんか？」

　ぴくりと、ファキムの眉が動く。

「株主総会も近い。大株主たちが一堂に会す社長選挙の前に、ライバルのスキャンダルをつくっておくのは、確かに悪い手ではありませんね。たとえば、同じ共和国(コロニアルズ)出身の移民たちの解放を企てたなどでしょうか……適当な罪状でクロニカたちを始末してから、彼女らを引き入れた責任をバルバロッサに追及することで汚点をつくる。それがあなたの目的では？」

「……だとしたら、何だというのでしょう」

「いえ別に。ただその程度の浅知恵に、彼女らの命は使わせたくない、と思うだけです」

ファキムが、慇懃（いんぎん）さの下から静かにアナヒトを睨（にら）んだ。その時。

一人の、兵士ではない、秘書風の男がファキムの下へ慌ただしく駆けてきた。

「何事だ。今忙しい。見て分から――」

「は、反乱です！　移民どもが、一斉蜂起をしたようで」

「――は？」

9

その日の昼過ぎから、島はにわかにあわただしくなった。

一つの噂（うわさ）が熱狂となって、下層の労働者身分に甘んじる共和国移民（コロニアルズ）たちを、一つの目的に奔（はし）らせたのだ。

彼ら、農園の年季奉公労働者や、そこから脱落したならず者たちは一丸となってつるはしやスコップ、クワや棒やら、何もなければ己の手を使って、地面を掘り始めた。

地面。そこは富裕層の住む岬の住宅地と、島の内陸のちょうど境目。

「……面白いぐらい上手（うま）くいったな」

「いやいやこれマジですの……？　え、何かの冗談ですわよね」

　俺はパトリツィアと一緒に、少し離れたサトウキビ畑の坂の上から、その半ば暴動に近い集団工事を見下ろしていた。

　最初に引き込んだのは、パトリツィアに叩（たた）きのめされた男ども。連中をサクラに使い、とある噂を島中に流布させたのだ。

　内容はこうだ。海へ細長く突き出した岬は、その上にある帝国人富裕層たちの高級住宅街の重量を支えられる限界に達しており。

「付け根を掘ればぽきりと折れる。さあ民衆たちよ、その手で自由を取り戻せ」

　こうして、日頃の鬱憤が爆発した労働者たちは、俺の思った通りに動き始めた。

　何より役に立ったのは自由という言葉だ。十二年前、故郷で起きた革命の象徴が、彼らに共通する幻覚を呼び起こしてくれた。

　共和国（コロニアルズ）出身の移民たちは、一度知っているはずだ。貴族から、王政から、頭上を押さえつける圧迫感から解放される喜びと快感を。

　つまるところ、彼らはもう一度味わいたかったのだ。あの役割の興奮を。圧政に立ち上がり、革命を起こす興奮を再演できるなら、どんな演目にだって飛びついてくる。

　たとえそれが、事実ではなくとも。

　パトリツィアの問いに答える形で、俺は言った。

「そりゃもちろん嘘に決まってるさ。人間が穴掘ったぐらいで土地が傾いて沈む訳ねえだろ。けど、連中が信じたいのは、そんな常識なんかじゃないんだよ」

嘘を吐く時のコツ、その四だ。

嘘とは、相手の望みを叶えるものでなければならないから。

「まあ、一番の墓穴を掘ったのは帝国の連中自身だ。いくら安上がりでも、飼い主の手を噛むこと覚えた連中を大量に集めてこき使ってれば、さもありなんだ。俺が火を付けなくてもどうせそのうち勝手に燃え上がっただろうが……」

見れば、いよいよ暴動は最高潮に達していた。鎮圧を試みていた海軍商社の兵士たちも、あまりにも人数差が多すぎて困難だと悟ったのか、見ればもう岬への侵入を防ぐので精一杯、移民たちはほとんど野放しに近い状態だった。

すでに、日は落ちかけていた。目を刺すほどにきつい、血の様な夕暮れが水平線を燃やしている。午後一杯続いた暴動工事にも、どこか疲れというか、倦怠が漂っていた。

そこで、最後の一押しだ。

「パティ、一つだけ、頼みを聞いてくれるか」

「ええ。何でしょう?」

「花火が見たい」

きょとんとした表情を浮かべた彼女へ、補足する。

「たった一発でいい。いや、一発だけがいい。出来るだけ派手な奴を——ああ、怪我人は最小限で頼む。あの騒ぎに打ち込んでくれ。それでたぶん、雪崩が起きる」

眼下でうごめく、移民たちの塊を指して言う。それで、得心したパトリツィアは悪戯（いたずら）っぽい笑みを浮かべた。

「悪い人、ですわ」

「幻滅したか？」

「いいえ。そういうトコロも含めて、惚（ほ）れたのですもの。では、お望みどおりに」

そして、彼女の白い指先に炎が灯（とも）った。そこには、見る者を瞬時に焼き焦がしそうなほど高密度な熱量が感じられたが。

「もとより、この距離なら大した威力にはなりませんわ。貴血因子（レガリア）の出力は、本人の鼓動からの距離に比例して著しく減衰いたします。この様に」

愛らしくすぼめた唇が、ロウソクを吹き消す様に、指先の炎熱を大気に乗せた。

風に乗った爆炎の欠片（かけら）は、見る見る間に小さく遠くなってゆき、そして数秒後。

群衆の頭上に生じた爆音と閃光（せんこう）は、成程確かに俺の要求通りのものだった。

そして、そこから生じた事態は、想定以上だった。

一瞬、波を打った様な静寂が、人々の間に広がり、そして不運にも火傷（やけど）を引いた何人かの悲鳴が鬨（とき）の声となった。

巻き起こる怒号と混乱。乾いた落ち葉をそうした様に、移民たちは燃え上がった。

ついさっきまで地面に向けていた道具を、あるいは拳を振り上げた大群が、商社の兵士たちが守る阻塞防壁（バリケード）に殺到し――。

一度始まった津波は、もう止まらなかった。

10

その後、パトリツィアに連れられた俺は、怒り狂う移民たちの暴動を軽々と飛び越え――決して比喩ではない――つい今朝方まで閑静な住宅街、だった帝国人居住区に再び足を踏み入れていた。

十二年前の革命から、暴動なんてものは腐るほど見てきた。だからこれも、そのどれ一つとして例外が無かった様に、一夜の夢のバカ騒ぎに過ぎない。

よって早急に決着をつける必要がある。まだ、誰も夢から覚めない内に、だ。

浅黒い肌の富裕層たちが、白い肌の屋敷使用人たちが、騒然と入り乱れる混乱の住宅街を、俺とパトリツィアは手を繋（つな）いで駆け抜けた。

目的地は、決まっている。

「行こうか、パティ。招待はされてないが、歓迎はしてくれるだろ」

「ええ。あなたとなら何処（どこ）へでも、何処までも。……それに」

パトリツィアはそっと、俺の腹の辺りを撫（な）でた。確かそこは昨日、ファキムに一発貰（もら）った場所で、今朝まで痣（あざ）になっていた。

どうやら見抜かれていたらしい。見つめ合った碧眼(へきがん)が怒った様に、焔(ほのお)を燃やした。

「我が家の家訓ですわ。礼には礼を、無礼には爆炎(ブレイズ)を。私(わたくし)の旦那様をいじめてくれた報いをして差し上げねば、南部四大公の沽券(こけん)に関わります」

「……いやそれホントかよ。お前の実家物騒すぎだろ」

「本当ですわ。だって今、私がこの場で決めたのですもの」

そう言って、パトリツィアは可愛(かわい)らしく微笑(ほほえ)んで見せた。

嘆息混じりにその手を取り、そして、俺たちはデートの締めくくりを突き進む。

一泊した貸別荘(コテイジ)まで歩を進め、はす向かいの正門を門衛もろとも蹴り破り、フェニックスの並木道を焼き焦がしながら、白い列柱の並ぶ植物庭園を、警備兵を水路に捨てつつ踏破する。そこが誰の屋敷かなど、今更過ぎるだろう。

仕上げに、立派な玄関を淑女の炎で派手にぶち抜いて、俺たち二人は焦げた絨毯(じゅうたん)の破片を花弁の様に巻き上げながら、大広間へと躍(おど)り込んだ。

果たして、やはりそこに、奴(やつ)はいた。

兵士たちへ、泡を食った様に命令を飛ばしている中年が、驚愕(きょうがく)の視線でこちらを見た。

俺が咥(くわ)えたタバコの先に、火花が散って紫煙が立つ。礼を述べる代わりに、傍らの彼女の肩をそっと撫でてから、軽い挨拶の様に手を挙げる。

「よう、昨日ぶりだな」

「き、きさま……まさか、この騒ぎは！」

「おいおい。言いがかりはやめてくれ、俺はただ、アンタに勧められた通り観光ついでに旧交を温めただけだ。まあ、この島は暑いからな、少し温まり過ぎたかもしれんが」

言うと、ファキムの向いに同席していた、アナヒトがくすりと笑うのが見えた。

ロストムと、そしてクロニカもまた、二人に挟まれて守られる様にその場にいた。

紫水晶(アメジスト)と目を合わせて、俺は彼女らの経緯を把握した。

その途端に、ふつふつと、腹の内で煮えていくものを自覚する。

「そういや、アンタ名前何だっけか。……いや、愚問だった、忘れてくれ。だって、考えてみればどうでもいいからな、これから路頭に迷う奴(やつ)の名前なんてよ」

「ほざいたな、このクソッタレ〰〰っ!! あまり私を舐(な)めるなよ、野蛮人が!」

交渉の体をさっそくかなぐり捨てて、ファキムは激怒した。

「移民猿どもを調子づかせた程度で、この私の! 我が社の管理体制が揺らぐものかよ!

現在、この島には貴様らが乗船してきたガンダルワが停泊しているのを忘れたか!

超戦艦の兵力を用いれば、貴様らの鎮圧など簡単だ! だからいいかっ! よく聞け!

地獄を見たくなければ、今すぐ移民どもを大人しくさせ――」

「ああ、その件なんだがな」

可能な限り不躾(ぶしつけ)に遮ってから、言った。

「安心しろよ。俺はアンタの部下の誰よりも仕事ができるからよ、もう連絡しといたぞ」

「は……?」

誰に、何を。俺の言わんとした先を察して、ファキムはみるみる紅潮していく。

「バルバロッサにはもう伝えといた。アンタが助けを求めてるってな。そしたらあのオッサン、デカい声で言ってたぜ。辞職するなら、家族と一緒にガンダルワで保護してやるって」

「――――っ、ぁ」

俺の発言の真偽のほどはどうでもいいだろう、信じてくれた様だから。

ファキムは一発目の脅迫で、俺に暴動を収めるよう命じてきた。まあ普通に不可能だが、奴も相当混乱している事からして、恐らくはそれが本音で間違いない。

この島を管理している立場の手前、労働力どもが謀反などを起こし、自力での鎮圧を失敗したなどという事になれば、管理責任を取らされるだろう事は、容易に予想できる。

それはバルバロッサにしてみれば、出世競争のライバルを減らすチャンスとなる。

ぷつりと、糸が切れた様にファキムは膝から崩れ落ちた。部下たちがどよめき、不安そうに周囲を取り囲んで様子を窺(うかが)う。

しかしながら、そこにはもう、己の経歴(キャリア)を挫折せざるを余儀なくされた、呆然(ぼうぜん)自失の敗北者が一人、いるだけだ。

その後、アナヒトからの取り成しもあり、ファキムは結局、家族とともにガンダルワへの避難に同意した。

そして程なく、ガンダルワからの威嚇砲撃と、上陸した兵士らによって、移民たちの暴動は一転して収束に向かい始めた。

俺としては、口車に乗せて利用した手前、移民たちの結末に多少の気まずさを感じなくもない。が、そもそも移民船に乗ったのは彼ら自身の選択で――つまり、そこまで面倒を見てやる義理もない。良心に見切りをつけるのにさしたる苦労はいらなかった。

「ライナスさん」

「アナヒトか」

ロストムの姿は見えなかった。どこかに行ったらしい。

「この度はご迷惑をおかけしました。そして、はあ、大した面倒を起こしてくれましたね。ですので、おあいこにしましょうか」

「悪かった。せめて事前に相談すべきだったな、次からは気を付けるよ」

「次は許しません。ですから、これっきりにして下さいね」

はいはい、と頭を掻きながら、俺は懐からタバコを取り出して、その拍子に、一緒にしまっていた紙片が一枚、はらりと床に落ちた。

「おっと」

思わず一緒に落とした俺の声か、あるいは己の足元に落ちたせいか。どちらにせよ、アナヒトは目を見張る敏感さでそれに反応し、即座にしゃがみ込んだ。

盲目の巫女が、指先をさまよわせた時間はほとんど一瞬、さっと摘まみ上げると同時、彼女はそれを俺へ差し出そうとして、その途端、固められた様に動きを止めた。

細い指先が、しきりに紙片——あの妙な耳をした女から貰(もら)った名刺を撫(な)でる。

「……どうして、あなたがこれを」

「？　ランストンの港で、妙な女に貰ったんだが。そこに書いてある事、知ってるのか？」

彼女はしばし、押し黙ってから呟(つぶや)いた。

「いいえ。私、字が見えませんから……ただ、覚えのある手触りだったので、つい、失礼しました」

アナヒトはそう言って、俺は返された名刺を懐にしまい直した。

彼女が誤魔化(ごまか)した、この紙片への追及は、一先(ひとま)ず今はいいだろう。

それよりも、咥(くわ)えたタバコに火をつけるよりも先に俺は踵(きびす)を返して、ホールの壁に一人、背中をつけて寄りかかる、紅雪(あかゆき)の髪の少女のもとへ向かった。

「……クロニカ」

互いの状況は、もう説明する必要はない。だからこそ、言いたい事を言うための前置きは、何一つ残されていなかった。

遠くから、稲妻の様な音が微(かす)かに届く。ガンダルワの威嚇砲撃と、外で続く暴動が背景に響く一方で、俺と少女の間には言葉も視線も起こらないまま。

暫(しば)し後、クロニカは預けた帽子を持ったまま、ぽつりと言った。

「……デートの、途中なんでしょう」

そして、少女は近くからこちらの様子を覗(のぞ)いていた、アナヒトと連れ立った。

「では、私たちはこれで、この屋敷のどこかの部屋を借りて休みます。おやすみなさい」

去っていく二人を一瞥で見送ってから、己の役割を思い出す。

……ああ、そうだ。そうだった。

一体何をしているのだろう。最後まで、演じ切らなくては。

そして俺は、いつもの様に、存在しない仮面を身に着けた。


屋敷の主の退去に伴い、家人たちがバタバタと、夜逃げの準備にいそしむ中、持って行けない豪華な中庭は放置されていた。

がらんどうの広間からパトリツィアの手を取って、黄金色の夕陽をきらめかす、噴水のある中庭へと連れ出した。

青い芝生を規則的に貫くテラコッタの敷石を踏みながら、俺は、誰かを愛するに相応しい微笑を顔に張り付けて、言った。

「もう一曲、一緒に踊って下さいますか？　お嬢様」

「はい、もちろんですわ」

穏やかなさざ波を、あるいは森のせせらぎを思わせせながら、滾々と湧き出る噴水を音楽に、俺たちは手を取り合って静かに踊った。

とても、人間を容易く殴り殺せるとは信じ難い華奢な手を取って、彼女の望むままに優しく導いていく。柔らかくしなやかな腰に手のひらをそっと添えて、互いにとって心地良いテンポを探っていく。

「今日のデート、お気に召してくれたか、パティ？」

「ええ、とても……でも、まだ足りません」

切なく潤んだ瞳に、それが何か、口にさせるのは野暮だろう。焦らす様に見つめ合ってから、優しく抱き寄せる。そうして今度は俺から、熱に濡れた様な桃色の唇にキスをした。

まるで花束を集めて造形された様な、柔らかく心地よい女の香りと抱き合いながら、優しく、深く、絡め合った舌から、彼女の中に、奥に、足りないものを伝えていく。

そして唇を離して、俺は口の中に残った誠実さを、確かな言葉にした。

「……愛してる、パティ」

パトリツィアは頬を紅い珊瑚の色に染めて、けれど、同時にひどく切なそうに。

「嘘つき、ですわ」

そう、涙を浮かべて微笑んだのだ。

「……いい加減、もう私にも分かりますわ。今のあなたは、本気で、心から、真実として私を愛してくれている。──だからこそ、嘘なんだって」

そっと、俺の胸を押し返して、彼女の体温が離れていく。

同時に、俺の真ん中に空いた、温度のない空虚が浮き彫りとなった。

「あなたは、あくまで私を利用しているのでしょう。優しく抱きしめて、愛を囁くのは、私を戦力として繋ぎ止めておくため。……クロニカの、ために」

きっと、彼女は最初から分かっていたのだろう。あの夕暮れの海岸で、背中を合わせた時から、俺の正体はもう自明となっていたのだから。

「だとしたら、俺を殺すか」

「……そういうトコほんとうに卑怯です。できないって、知ってるくせに」

あなたは詐欺師で、嘘つきで、しかし全てを承知の上で、それでもデートをしたかったのだと告げる。それから縋る様に、パトリツィアは俺の胸に寄りかかった。

「そして私は馬鹿なのです。嘘だと知ってるのに……分かってるのに、あなたから、離れられない。離れたく、ない」

こちらを見上げる切ないほどに潤んだ瞳に、不意に心が震えたのはどうしてか。

言われた通りだ。彼女は、クロニカと俺の身の安全のための貴重な味方だ。だから利用しているに過ぎない。そのはずなのに。

そこで不意に、パトリツィアは涙を拭って、いつも以上の笑みを浮かべた。

「——でも、いいのですわ。ええ、そこはもう一旦措いておくことにしましたから」

そんな吹っ切れた晴天の様な笑みは、不意に俺の心に吹き込んできた。

「要は、貴方の心を、クロニカから奪い返せばいいだけの話なのです！　うん……そう考えると、なんだか希望が見えてきましたわ」

……ああ、もし、もしも仮にだ。

何もかも忘れてこのまま彼女を抱きしめてしまえば、それもきっと幸せなのだろう。

ふと起こったバカげた考えを誤魔化す様に、俺は言った。

「あのな、一つ言っとくが、断じて俺はアイツに惚れてる訳じゃない。誤解するなよ、アイツとの関係はただ、手のかかる妹を抱えてるみたいなもんだ」

「……なぜか、そういう嘘だけ下手なんですわよね、あなた」

さておき、とパトリツィアはくるりとスカートを翻して、決意した様に言った。

「いつか――いえ近いうちに必ずや、心の底から私に惚れさせてあげますから……覚悟、なさって下さいね！」

そしてもう一度、とびっきりの笑顔が俺に叩きつけられた、瞬間だった。

「――ッ!!」

音を立てて、俺とパトリツィアを挟む様に、気配が降り立った。

剥き出しの殺意が、夕凪をにわかにざわめかせる。

相似を宿す二つの顔は、あの時、揺り籠と一緒に沈んだはずの、彼と、彼女だった。

「突撃お前ら晩ご飯。今宵のウルナは血に飢えている」

「ウルナ！　だから一人で突っ込むなって――ん？　癌細胞はいないのか？」

「お前らは――!!」

騎士団の双子、確かプルトとウルナ。

次瞬、舌打ちが短く響く。パトリツィアの白い手が、即座に俺を十数フィート先の安全圏まで突き飛ばし、そして握った拳が赤く燃え上がった。

「……本当に、鬱陶しいお邪魔虫ですわ。この島が暑いから湧いたのでしょうか？　今度こそ、消毒して差し上げます」

「それは！」「こちらのセリフです」

双子の指が鳴る。放射された不可視の熱波は、いつかと同じくパトリツィアの爆炎がかき消した。

「ああ、まったく……それしか出来ないならもう死んでいいですわよ、雑魚（ざこ）が」

圧倒的な貴血因子（レガリア）の出力差を背景にした、必殺の爆熱量が双子を飲み込むその寸前。

「悪いな、今回は俺もいるんだ」

「――っ!?」

双子の攻撃で、彼女の熱探査網（レーダー）が乱されていたせいか。いや、たとえ万全だったとしても、その速度に対して、結果は変わらなかったかもしれない。

夕闇を切り裂き、血よりも赤い閃光（せんこう）がきらめいた。この世の動体視力を振り切った最速斬線の貴血因子（レガリア）は、あのウェルキクスのもので――。

「パティッ!!」

鮮血が、花束を散らす様に、駆け出した俺の視界に広がった。

力なく崩れていく碧眼（へきがん）と見つめあったその刹那。

ごめんなさい、そんな声が聞こえた気がした。

縦横無尽に切り刻まれたパトリツィアが、地面に倒れ込む寸前で、俺はどうにか抱き留めた。だが、しかし、

「パティ……っ！　おい、クソっ……こんな、畜生っ！」

頬（ほお）を蒼白（そうはく）に、力なく手足を投げ出した肢体から、流れ出す熱さが止まらない。

そんな俺たちを、三人の、騎士団の貴族が取り囲んだ。

「という訳で、ようやく追い詰めたぞ、この間はよくもやってくれたな！　詐欺師！」

「煮て、焼いて、叩（たた）いて潰して晩ご飯、もとい、臭い飯にしてやります」

「……癌細胞（ドローキャンサー）とやらの居場所を吐かせんだろ。殺すのはそれからにしとけよ」

なぜ、どうして、後悔をどこに立たせるべきかも分からないまま。

俺に残された術（すべ）は、もう何もなかった。

第三章　Rusty blade

1

一つの、非常識について話をしよう。

銃弾を斬る、剣の話だ。

およそ、銃というものがこの世に現れてから、多くの人間がこの問いを弄んだだろう。

剣は、銃に勝つ事ができるのか。

達人ならば、距離を詰めていれば、あるいは……そう、諸所の条件を弄して一しきりの空論を戦わせた後、誰も彼も、ありきたりな常識に立ち返っていくのだ。

勝てる訳がない。

しかしかつてこの世には、そんな常識への退路を斬り捨てた者たちがいた。

——二十年前、蒸気帝国、帝都ロンマスクス。

都市の真中に大気清浄のために建てられた、皇帝記念自然公園にて。

その片隅、衛兵訓練のために限定開放された、うっそうとした木立の下、上半身を脱いだ一人の男が、数人の完全武装の兵士と相対していた。

「よし、いつでもいいぞ」

男は気軽に、兵士たちもまた剣呑さは欠片もなく、つまりはいつも通りと言った感じで、男に向けて単発式ライフル銃を構えた。

男は丸腰、ではなく、一本の片刃曲剣を緩く構えて応じる。

その一瞬だけ、誰かの欠伸の気配を残した早朝の気怠さも、朝露に濡れた梢からの鳥の声も、一切が張り詰めて沈黙し。

連続する銃声。そして白い硝煙が、空にたなびくその前に。

小気味良く響いた金属音が、銃弾を弾き逸らした。

まるで水の様なその剣筋は、流水の理念に沿ったもの。

自分の力ではなく、相手の力、流れに刃を添えて切断する、あるいは受け流す。

それが、伝統的な流空剣術近衛派の基本にして真髄であり、彼らの日常の訓練風景だった。

皇帝を守護する最強の近接衛兵、そんな数百年前からの体面を、大真面目に守り続けることを余儀なくされた成れの果て、時代遅れの抜刀剣士どもだった。

「ま、今日はこんなもんにしとくか、各自修練に励む様に、では解散」

「はいっ!!」

威勢のいい返事とともに、素早く撤収していく部下たちを眺めつつ。

男――ザール＝ハフトは、背後に近づいていた気配に振り返った。

「お疲れ様、今日も精が出るわね。ザール」

「おはようさん、ミシュラ……って、お前なあ」

「？　なに」

そこに立っていたのは、頭巾を外して、朝の木漏れ日に長い銀髪を透かした、白装束の腰横に白色聖紐(クスティーグ)を揺らす女性。

彼女の名は、ミシュラ＝フワラティー。

幼馴染(おさななじみ)の、聖堂勤務の巫女(みこ)へ、ザールは苦言の様にこぼした。

「何度も言ってるけど、いいのかよ。巫女が人前で髪を出して」

「だって窮屈だもの。それに、ここなら別に、あなたたち以外には見られないし……」

言葉と髪先を同時に弄(いじ)りながら、ミシュラは吹き込んできたそよ風に髪を払った。

微(かす)かな、バラの香りが、ザールの鼻先を通り過ぎる。

「それより、はい。ちょっと持ってて。コーヒー、淹(い)れるから」

彼女が差し出した籐(とう)の籠には、三人分の朝食が入っていた。

そして、もう一つの足音があわただしくやって来た。

「はっ、はぁ、ね、寝坊してしまった……っ!!」

黒髪をやや乱した、眼鏡をかけた青年が駆け込む様に、二人の前に滑り込んだ。

「……いや、お前の来庁時刻まであと一時間あるし、こっから三分で着くだろ、ラグナ」

「それはそうだ。が！　ミシュラと過ごせる朝の時間が削れてしまうのは僕にとって重大な問題だ」

「おはよう、ラグナ。はい、二人ともコーヒー、はいったわよ」

皇帝近衛連隊長、ザール＝ハフトの早朝訓練後。

従位巫女（みこ）、ミシュラ＝フワラティーの早朝礼拝後。

そして、商務省若手官僚、ラグナダーン＝カブールの出勤時間に合わせて。

三人の幼馴染（おさななじみ）は、一緒に朝食を共にするのが日課だった。

「――それで、あの、ミシュラ。こ、今度の休日なんだけどさ」

朝食を食べながら、ラグナダーンは早速、彼の日課を開始していた。

寝ぐせの残る黒髪を朝食の最中、さり気ないふりをしつつ必死で整えながら、彼女に対しての誘いも考えていたらしかった。

「い、一緒に、デートに行かないか？」

「ごめんなさい。お断りよ」

「なっ……あ、な、何か予定が入ってたのかな、ごめんごめん、じゃ日を改めて」

「いいえ。別に予定はないけど、休日の空白に、あなたとのデートを入れたくないと思ったから。本当にごめんなさいね」

今日もまた、完膚なきまでに失恋した幼馴染を、ザールはコーヒーをちびちびと啜（すす）りながらぼうっと眺めていた。

「飽きないねえ……」

二人の会話は、いつもの、お決まりの流れだった。

ラグナダーンは、ミシュラに惚(ほ)れている。

それはもう、傍(はた)から見ていて恥ずかしいぐらいにはぞっこんだった。

「はあ……もうご存じでしょうけど。私はあなたと恋をする気はないの。巫女だし、最悪、別に生涯独身でもいいかなって思ってるから」

「で、でも今時そんな古いしきたり誰も守ってないだろ？　現役の巫女職が恋愛や結婚したって普通のことだよ」

「そうかもね。けど……とにかく、ごめんなさい。それにあなたも、いい加減、私なんてほっといて仕事に専念しなさいな。官僚のコネで実業界に転身して、いい暮らしをするのが夢なんでしょ」

「だ、だからあ！　それも君と一緒じゃなきゃ嫌なんだって――」

「私を勝手にあなたの人生設計に組み込むんじゃないわよ」

「そ、そんなあ……た、頼むよ！　絶対幸せにするからあ！」

「しーつーこーいー!!　あーもう！　とにかく私は求婚告白ナンパお断り！　今度同じこと言ったらタマ潰してあんたの家系をここで断つわよ！」

逆に、かなり仲がいいんじゃないか、コイツら。

そう思いながら、減らないコーヒーを片手に傍観していたザールに、二人は言った。

「ザール！　加勢してくれ！　今回も僕のミシュラは手強いぞ！」

「誰がアンタのよっ!!　……ちょっとザール。私が冷静でいられるうちに、ラグナをこう、何というか、スパッと黙らせてくれない？」

「あー、はいはい。もうお前らさ、いい加減どっちかが諦めたら？」

「「絶対にヤダ!!」」

そんな、賑やかな食事のあと。

「あら、まだコーヒー残ってるわよ。早く飲んでくれないとカップが片付けられないんだけど、ザール」

「……いや、もうちょっと待ってくれ。ミシュラ、いつものことだけどお前のコーヒーちょっと苦過ぎるんだよ」

「苦い方が健康にいいのよ。いいから早く飲みなさいな」

「はいはい……何だよその謎理論」

「……僕はミシュラの淹れてくれる、この苦さが好きだけどなあ。お前って、図体デカいわりに子どもみたいな舌だよな」

ラグナダーンが笑う。その眼鏡の目の下には、深い隈ができていた。

第二世代型、蒸気機関、液化石炭を使用した従来を遥か上回る動力機関の実用化を受けて、帝国の海洋進出は大いに活気づいている。

その目的は、海外を征服し、膨れ上がり続ける産業生産を吐き出す市場と化すこと、及びそうした産業生産のための一次資源供給地として支配下に置くことだ。

それに伴い、昨今、膨れ上がった関税等の輸出入手続きは、莫大(ばくだい)な業務量となってそのまま政府官僚、つまりはラグナダーンに襲い掛かっている

しかし、彼は恐ろしい量の自身の業務をこなしながら、その上で政府高官やら経産界の連中やらとのつながりを築こうと、ロクに寝る暇すら投げ打って奔走しているのだろう。

率直に言って、常人の働き方ではない。それは彼曰(いわ)く。

「だって、金が要るだろう。僕はミシュラをこの世で一番幸せにするって決めてるからな。そのためには、この世で一番金持ちにならなきゃ」

聖典に曰く、汝(なんじ)努力すべし。

独善教(デーンカルド)の、ひいては帝国社会の一般的な価値観だ。努力とは、何より尊いものである。多くの場合、それは人々に勤労と勤勉の重要性を説くべく機能する。結果うんぬんよりも、頑張るという行為にまず価値があると、善の教えは語るのだ。

しかしこの男の場合は、少々違っていた。

彼は過程よりも、その結果に対して誰よりも熱心で、愚直だった。

好きな相手の前に、正真正銘の本気で、世界一の幸福を積み上げる気でいた。

お前の方こそどうなんだよと、ラグナダーンはザールへ話を振った。

「第二世代型の普及が始まってから、銃とか大砲とかの軍産業が更に活気づいてるだろ。機関動力使って、従来の百倍の火力を連発出来るとか……お前の隊、風当たり厳しいんじ

やないかって噂(うわさ)になってな」

「……まあ、ぼちぼちやってるよ」

「ふーん、そういうの詳しくないんだけど、ザールが失業とかっていうのは在り得ないんじゃない？　だってこの男、毎朝毎朝、銃弾を斬り落としてる化物よ？」

「化物って……俺はただ、できることやってるだけさ。それにあれができた所で、実戦じゃ大した役には立たねえよ」

　ザールが所属するのは、第十六近衛抜刀連隊。二百年以上前、当時の皇帝直属の切込み部隊が挙げた成果に由来する。皇帝の刃(やいば)たることを義務付けられた剣士部隊。

　しかし、時代が下って銃火器の発展が著しくなるとともに、次第に不要論が唱えられはじめ、十年前には、一時解散寸前まで追い込まれた。

　そこで、大人しく消えていれば、あるいはよかったのかもしれないと、ザールは思う。

　しかしながら消滅寸前の伝統は、時代の流れに真っ向から歯向かってしまった。

　そして数人の兵士が、皇帝の前で実演してしまったのだ。

　銃弾斬り。流空剣術(ウォルカルシャ)近衛派の、一つの到達点を。

　そうして、どうにか今まで、時代遅れの抜刀剣士部隊は存続してしまった。

　だが違うのだと、その無茶苦茶(むちゃくちゃ)を継承してしまった、連隊長のザールは知っている。

　単発の射撃に剣技で対応可能な事と、実際の戦場で銃に勝てるかという事は全く別の話なのだ。一発二発、斬り払えてもどうしようもない。戦場では数十数百という銃弾が飛んでくるのだ。剣を持って敵に近づく前にとてもではないが挽肉になってしまう。

そう説明すると、ミシュラは細い眉を寄せて言った。

「……じゃあ、もしもあなた失業したら、どうするつもり」

今まで剣しか振って来なかったんでしょうと、心配する様に彼女は言った。

「そうだな。ま、そん時は芸人にでもなるさ。戦場じゃ役立たずでも、人前で披露すりゃメシの種ぐらいにはなるだろ」

それでいいと、ザールは思う。

剣に特別のこだわりは無い。ただ昔から、できる事だけをやって来たのだ。

ただ、剣が誰よりも上手かったから、楽に結果を出せたから、振るい続けただけの話。

あの昔話の様に、ひたむきな努力を続けるラグナはきっと弟で。

俺は落ちぶれた兄の様に、時代に流されて落ちぶれていく。

これは、どうしようもないことなのだ。

2

「……パティ！　おい、しっかりしろ！」

ぐったりと血に塗れて、か細くうめく彼女の体を腕に抱きしめる。

どうしようもない、一見そう思えても、助かる道はどこかにあるのだ。

少なくともそう考えた方が自分のためになるし、だからどんな時も冷静に、周囲に目を凝らすべきだと、俺はずっと自分自身に言い聞かせてきた。

だがしかし、この状況では。

「さてさてさて、どうしましょうかお兄様。どうしてやりましょうかお兄様。晩ご飯はまだでしょうかお兄様。焼けば詐欺師は食べられますか？」

「お腹(なか)壊すと思うぞ、妹よ。……とりあえず裏切り者にトドメを刺して、詐欺師の方は」

「俺、拷問って苦手なんだよなあ。確かそういうの得意なトゲトゲ雑魚(ざこ)が一匹いただろ、来てねえのか？　……あ、そういや死んだんだったか」

貴族たちが俺を見下ろすその目つきは、食肉用の家畜を眺めるそれと同じで。

つまりは命乞いなど、豚の鳴き声以下の価値しか持ちはしないと、分かり切っている。

それでも、俺は一縷(いちる)の望みにかけて、口を動かさずにはいられなかった。

「……ちょっと待てよ、俺の話を――」

「シャラップ」

妹の方、ウルナの指が鳴る。放たれた不可視の熱波動が、俺の左肩を掠(かす)めて焼いた。

悲鳴を上げて、のたうつ俺の鼓膜に静かな宣告が滑り込む。

「加減はしました。だから泣かないで下さい。――いっそ殺してしまいたくなります」

「あ、ちょっと待て！　ウルナ！」

「――よっと」

「っ!?」

全くもって、いつの間にか、だった。

窓を割って、流れる様に中庭に滑り込んできたロストムの剣が背後から、回り込んだ双子の首を狙って横一閃に走る。

しかし二人はどういう反射神経か、咄嗟に、かつ同時にしゃがんでそれを回避した。

「なぁっ!?」「何だコイツ新キャラかよ」

「ちっ、不意打ちなら何とかなるかと思ったが……やっぱ無理か」

並んで後方に宙返り、ロストムとの距離を取って、指を構える双子たち。

その眼差しは、驚愕と警戒に染まっていたが、相手が剣一本のみを構えた中年男性なのを見て取ると、すぐに軽蔑と侮蔑に置き換わった。

「おいおいまさか、ウェルキクス、お前の腕って!」

「こんな冴えない平民にやられたとは。ぷぷ、ウルナ爆笑です」

「うるせえぞガキども……よう、逢いたかったぜえ、オッサン!」

己と向かい合うウェルキクスの声を、ロストムは無視したまま俺の方へ言った。

「おい、ライナス。動けるか？　お前らを守れと、巫女様から仰せつかってる。面倒だが、銃以外が相手なら助けてやるよ。だからさっさと――」

瞬時、ロストムの無礼を咎める様に、赤い閃光がきらめいた。

そして予定調和の様に、翻った切っ先の絶技が斬撃線を弾き逸らした。

目まぐるしく連続する戦場の急転に、俺はただパトリツィアを抱きしめて縮こまる。

再び双子が動く。二つの指先がロストムを狙い、しかし、その足元にも斬撃が走った。

「邪魔すんじゃねえッ!! 引っ込んでろよ、ガキども！」

「え」「おい、お前、こっちは味方──」

「はっ、知った事か。〈瞬殺血閃(ストームブリンガー)〉……加速収斂(しゅうれん)！」

見る間にウェルキクスの片腕の先で、螺旋(らせん)する赤い斬撃線が剣の形に収束していく。

その切っ先は──双子は一転、青ざめた顔で叫んだ。

「ばかばか！ マジでやめろよ、お前！」

「ぷるぷる。さっきの謝るから許して下さい。あれはお兄様が笑えって」

「どさくさに紛れて僕を売るなぁっ!!」

「──なことどうでもいい。お前らこの際単純に純粋に邪魔だからよ、消えてろ」

瞬時、避(よ)ける間もなく双子の間の地面に突き立った、斬撃線の塊が中庭を爆裂させた。

流石(さすが)に、味方相手に直撃はさせなかったらしいが。

「ぐわー（棒読み）」「なんで僕たちこんな扱いばっか──っ!?」

竜巻の様な切断性の風圧に乗って、細切れの残骸が吹き荒れる。

その最中、ちらりとだけ、はるか上空に打ち上げられ消えていく双子が見えた。

「他人の舞闘(バトル)に割り込む奴(やつ)は、馬に蹴られて星になれってなあ。はっはー、これで二人きりだなあ！ オッサン！ さあ、とことんまでやろうじゃねえか！」

ウェルキクスの言葉が、彼には通じていないのだろう。しかし、ロストムは剣を構えたまま、背後の俺へ恐る恐るといった風情で問いかけた。

「なあ、ライナス」

「なんだよ」

「……いや、オジサンの勘違いであってほしいんだけどよ。もしかしてアイツ、俺のこと好きだって言ってんのか？」

俺は、多分に意を込めて通訳した。

「ああ。首切り取って、持ち帰りたいぐらい愛してるってよ」

「……最悪だ」

やる気を出してくれたところで、俺はいよいよか細くなっていく呼吸のパトリツィアを抱きあげて、屋敷の中へ避難した。

青い芝生とテラコッタの石畳に、彼女の血が、ぱたぱたとこぼれ落ちていく。

「……頼む」

誰に、何を。それすら定かでないまま、元の広間に走り込んだ俺の前に、現れたのは。

「クロニカ！」

3

「飲ませて」

言うや否や、紅雪の少女は細い指先を噛み切った。

傷口から、ぷつりと膨れ上がった血の滴が差し出されて、俺はほとんど自動的に指示に従って、か細く喘ぐパトリツィアの口元を開かせ、クロニカの血を落とした。

「私の血には、〈王〉の不死性が溶けているから、貴血因子を宿す貴族なら、多分、ある程度は治癒を促進できるはずよ」

言う通り、効果はすぐに現れた。俺の腕を濡らしていた流血が、止まった。

「……騒がしくなったのが気になって、降りてきて正解だったみたい。来たのね、騎士団が」

「ああ。それでパティがやられた。今はロストムのオッサンが、あの切り裂き魔を抑えてる。

その間にさっさと逃げなきゃならんが――」

取り合えず、今はパトリツィアの命が優先だと、俺とクロニカは頷いた。

急いで、近場の部屋から調達したシーツの布地を包帯代わりに巻いて、応急処置とする。

彼女は頑丈な生物だ。だからもうこれで大丈夫だと、頭の後ろを焦がす冷汗に、必死で言い聞かせている時だった。

「ううう〜〜わだぐじ、やられてしまい、ましたぁ……！」

「パティっっ!? お、お前……生きて」

思わず、彼女の肩を掴んで顔を覗き込む。翠玉色の瞳が何度か瞬きをして、俺に焦点を合わせて――それから、何かが決壊した様に涙をこぼした。

「ごべんなざい……ライナス、わ、わたくし、あなたのお役に、立ちたかったのに……じゃないと、愛して、もらえないのにっ……！」

そう言って泣き始める彼女は、どうやら、一命は取り留めた様だった。しかし、これ以上無駄に体力を消耗するのも、怪我に障るに違いないから。

「安心しろ、パティ」

「ライ、ナス……？　っんぅ!?　……ぅ、ぁ」

もう一度、キスをした。今度は浅く、ただ安心させるために、俺のために傷ついた彼女を、心底から労わる様にやさしく、柔らかな唇を食んでやる。

唇を離して、俺は諭す様に声を落とした。

「愛してるって、言っただろ。だから、今は休んでろ」

それも嘘、とでも言いたげな上目遣いが俺を見返した。しかし、彼女は静かに閉じた瞳に言葉をしまって、俺の胸に傷ついた体を預け、眠りにつく。

そして、以上のやり取りを。

「…………」

じっと見つめていた紫水晶の瞳と、目を合わせた瞬間、ぷいと逸らされた。

「……じゃあ、逃げましょうか」

呼吸の安定したパトリツィアを背に負い、クロニカとともに歩き出す。

まずは、アナヒトと合流しなければならないと、短く合意を交わした時。

件の巫女もまた、こちらを探していた様に、折よく俺たちの前に現れた。

「……そうでしたか。ですがひとまず、ロストムに任せておけば良いでしょう」

状況を手短に説明すると、彼女はあっさりと言ってのけた。

「不幸中の幸いでしょうか。増援が、来ていますので」

その言葉とともに、パトリツィアを背負った俺と、クロニカは屋敷の外に案内された。

既に日は沈んでいた。月の明かりがきらめく海と、昨日の昼、海水浴をした砂浜が見える。そして、その近くの波止場に、鋼鉄の蒸気船が止まっていた。

アナヒトは、まるで見えている様にそれを指して、言った。

「つい先ほど到着したのです。少々、予定とは違いますが、ライナスさん、クロニカ。あなた方の事を手紙で伝えたところ、どうやら向こうから会いに来たようですので。

――それでは今から、避難ついでに会いに行きましょうか」

護衛と、移動用の馬を連れてくると言って、アナヒトは一礼とともに立ち去った。

背後の屋敷を振り返る。そこからはまだ、遠雷の様に戦いの音が聞こえてくる。

そして俺は、すぐ側で黙ったまま立ち尽くす、クロニカに向かい合った。

もっと何か、この少女に対して言葉を費やすべき気がしたから。

状況が、悠長を許さないのは分かっている。

けれど、だからこそ、伝えるべき言葉を、惜しんではいけないとも思うのだ。

ついさっきまでの、パトリツィアの声が、脳裏によみがえる。

『なぜか、そういう嘘だけ下手なんですわよね、あなた』

我ながら、下手くそだったのは否定しないが、嘘ではない。

惚れている、などという関係を当てはめられたくなかった。俺にとって、クロニカは、
もっと、より、人生において重要で重大な意味を持っているのだから。

あの日、あの夕暮れの海岸で、詐欺師の仮面は引き剥がされた。

彼女といると、コインの音が鳴り止まない。過去が痛みとなって木霊する。

だが、この音が、変わらず俺の人生を証立てている事だけは、確かなのだ。

「クロニカ」

じっとこちらを見上げた彼女の手から、ずっと握られていた帽子を取り、目深に被る。

「分かった」

「……なんの、話をしてるの」

「あの時の返事だよ。まだ、答えてなかったよな」

ずっと側にいてと、お前は声ではない瞳で告げてきた。

その答えを、俺は今この場で、心の中を見せない様に答えた。

「約束だ。ずっと、お前の側にいる……いや、いさせてくれ」

「――――」

沈黙を挟んだクロニカの声は、静かに、こみ上げた様に震えていた。

「なんで……あなたって男は、どうして急に、そんなこと、言うのよっ……」

華奢（きゃしゃ）過ぎる肩が揺れている。ぽたぽたと、月の雫（しずく）の様にその足元に落ちたのは。

「あの時は、お姉さんの方が、大事だって思ったくせにっ！　それに、そのくせにっ！　さっきまで、パトリツィアと、デートして……キスまで、してたくせにっ‼」

泣き叫ぶ様に、少女は思いの丈を俺に叩（たた）きつけてきた。

「私の、一番欲しかった言葉を！　急に言わないでよ！　馬鹿ぁああっ！」

その、瞬間だった。

紅雪（あかゆき）の少女の背後に、そっと忍び寄った様なアナヒトの姿が見えた。

彼女は、目隠しを外していた。そして、真っ白な灰の様な目を見開いて。

その手に持ったライフルはすでに、クロニカの後頭部にあてがわれていた。

そして止める間もなく、銃声が、少女の頭部を貫いた。

4

後頭部からの衝撃に、小さな身体（からだ）が前のめりに倒れ込む。

俺は即座にしゃがみ込んで、割れた頭蓋からどくどくと血を流す少女を助け起こした。

大丈夫、大丈夫だ。クロニカは不死身、あの海でも自ら頭部を撃ち抜いていた。だから、

今回も死なない。だから、だから落ち着け。

そんな、張り裂けそうなほど高まる心臓を押さえて、俺は犯人へ叫んだ。

「……てめえ！　アナヒトぉおっっ!!」

硝煙たなびく銃口。反動にふらつく白衣が、たたらを踏んで微笑した。

「ええ、ライナスさん。私です。私が、やりましたよ」

なぜだ、そう訊く前に、アナヒトはずっと堪えていた様に口を開いた。

色を失ったその両目から、ついに彼女は、その本心をどろりと溢れ出す。

「私、人助けが好きなんです。本当ですよ？　だって、誰かを助けている間だけは、自分の問題から目を逸らせるから。そして、もっと好きなのは。

——助けてあげた方を、この手で裏切ることです」

言葉が、出ない。ただ拳に力がこもる。

「ずっと、この瞬間が見たかったのです。出会った時からずっと、ずうっと……あなた達の様な儚くて、美しくて、いじましい絆で結ばれたお二人が、憎たらしくて羨ましくてどうしようもなくて、だから、とびっきりの絶望をたたきつけてやりたかったのです。

そのために、私はここまで引っ張って、あなた方をお助けしたのですよ」

アナヒトの声は、大病に浮かされた様に熱っぽく、そして止まらない。

「申し上げた通り、この瞳は視力をほとんど失っています。そして、光が入ると痛む。格好ですが……夜のうちなら、おぼろげには見えるのです。ふふ……あはは、やはり、いいお顔ですね、ライナスさん。周りの女性が夢中になるのも分かります。そしてクロニカ……あなたもやっぱり、ああ、何て、可愛(かわい)らしい」

だからお前たちが憎いのだと、腐った果実から滴る様に、その目は泣いていた。

「あなた方、自分たちを客観的に見たことがありますか？　とっても可愛いい女の子が、悪人に狙われながら、あなたみたいな格好いい人に助けられて、煮え切らない関係に悩み、自分の目で世界を見て、自分の足で歩いていく！　何て素敵！　なんて楽しそうな旅！　だから、ねえ——それって、私への、当てつけですか？」

　叩(たた)きつけられた、鬱屈したどす黒い羨望に、俺は返す言葉をもたなかった。

　彼女の背景など、分からない。そして逆恨みには、理屈など通じない。

「改めて、ありがとうございます、ライナスさん、そしてクロニカ。おかげで少し、少しだけ気分が晴れました」

　一礼して顔を上げたアナヒトは、まるで目隠しとともに、その身に秘めた醜悪な怪物をひた隠していた仮面を脱いだ様に思えた。

　だが、この期に及んで怒りを向けるべきは、それを見抜けなかった俺自身だ。

　何らかの目的のために、俺とクロニカを利用しているのだろうとは、思っていた。だが、ここまで露骨な悪意を向けられていたとは……しかし想定、するべきだったのだ。

　彼女しか、頼れなかった。いや、何よりクロニカが、懐いていた。

　そのせいで、信頼を一欠けらでも預けてしまった自分自身を、殺してやりたい。

奥歯を噛んだ瞬間、アナヒトが再び、今度は俺へ銃口を向けた。

そして——熱く濡れた腕の中で、致命傷の少女が動く。

「……〈真理の義眼〉」

「っ!?!!」

血に濡れた瞼の下から、紫苑の左眼光がアナヒトの裸眼に突き刺さり——。

一瞬、俺にはクロニカが、そこに見えた驚愕に、眼を見開いた様に感じた。

とにかく、そこで少女は力尽きた様に、起死回生の一手を打ち果たせぬまま眼を閉じてしまい。そして、衝撃を受けた様に目を抑えながら、アナヒトが言った。

「ああ……そうでしたね、クロニカ。あなた、頭を撃ち抜いた程度では死なないんでしたっけ。本当に、イジメがいのある体ですね」

なぜ、知っている。そう口にしようとした時だった。

「——僕が、教えたからだ」

新たな声と、足音が響く。

「お約束通り、私の婚約者を、紹介いたします」

アナヒトの声に振り返って、俺はついに、その男と対面した。

黒い髪に、褐色の肌、眼鏡をかけた四十絡みの上背は若々しく伸びており、しかしなぜだろうか。その男の印象から、どうしても、明るいものを見出せないのは。

「ラグナダーン＝カブール……」

「初めましてだな。お前たちの事は、聞いている。――騎士団の連中からな」

やや平坦なその声は共和国語であり、俺は水が落ちた様に、全てを察してしまった。

先刻の襲撃、そしてクロニカに関する知識。そうか、最初から手を組んでいた訳か。

「……大使館に、奇妙な客が現れたという知らせ、そして騎士団という組織の襲撃。アナヒトはずっと、僕に逐一報告してきた。時に他者を介し、時に伝書鳩を通じてな。

だから僕は探したんだ、我が社の行動範囲はこの海全て。苦労することもなく接触できたよ。騎士団という、共和国政府の妥当と、王政の復活を目論む集団に」

すべては、先んじられていたのか。

「だから、手を組んだのさ。目的が一致していたからだ。共和国政府の打倒という一点において、僕と連中の利害は共通している」

俺という一個人の努力など、歯牙にもかけない巨大な組織力によって。

嘲笑ですらないラグナダーンの声は、ほとんど独り言の様に紡がれていた。

「僕の会社は巨大だ。だが満足できない。……こんなものでは、足りないんだよ。

お前には想像もつかないかもしれないが、僕はまずお前たちの共和国を征服する。そして、支配下に置いた国土と手つかずの資源を開発し、僕の帝国をつくりあげる。そしていずれは蒸気帝国も超えて、僕は世界を支配するんだ」

「……は？」

荒唐無稽な絵方図を、真剣そのものの調子で描き出す男に、どう反応すべきかなど分かるはずもない。確かなのは、こいつの眼中には、俺など何処にもいないという事だけ。

「だから、まだまだ足りない。もっと融資と武力が必要なんだ。そのための手段は選ばない。劣等国家の騎士団どもだろうが利用するさ。

なぜなら、僕はずっと前から決めている。僕の妻となる女を、世界で一番幸せにする。

なあ、詐欺師、戯れに問うぞ。お前は、幸福の条件とは何だと思う？」

問いの答えは、どこか懐かしい単語だった。

「金と、そして権力だ」

断言したラグナダーンは、眼鏡を直して、天を仰ぐ様に告白した。

「僕は世界を支配し、莫大な経済力を、この世の頂点からの権力を手に入れる。

そして、今度こそ、彼女を……世界一幸せな花嫁にする。それが、僕の夢なんだ」

正気ではない大言壮語は、しかし、だからこそ本気なのかもしれない。

ともかく、俺の目の前に、交渉の余地など何処にもないのだけは、明白だった。

「なあ……アナヒト、そうだろう。幸せだろう、君は僕の様な男の妻になれて」

「はい」

静かに頷いたアナヒトを、唐突に、ラグナダーンは手袋の拳でぶん殴った。

「声が小さいぞ」

「っ……はい。申し訳、ありませんでした」

脅迫じみた男の態度と、どこか投げやりに苦痛に耐える女。そして俺は、悟った。

ああ、そういうことか。

こんな男に見初められては、ああまで歪(ゆが)むのも、仕方ないかもしれない。

乾いた笑いが、喉から出そうになった。畜生、俺はこんな、こんなどうしようもない連中に、関わってしまったのか。

しかし最早(もはや)、縁を切るにも手立てがなく。己自身を砕きそうなほどの怒りを無力感とともに噛(か)みしめながら、俺はラグナダーンの声を聴く。

「では、詐欺師。よくもこれだけやってくれたな……会社管理の農園がメチャクチャだ、まったくどうしてくれる？　その手腕を見込んで、雇ってやりたいぐらいだが。いや、やはり目障りだな。だから、お前の様な社会不適合者の始末は、同じ暇人にやってもらおう」

そして姿を見せたのは、遊びを途中で止められたかの様に不満げな顔つきのウェルキクスと、剣を手にした中年男性だった。

「……ロストム」

「よう、ライナス」

相変わらず、気軽な調子のその声は、しかし何の慰めにもならなかった。

5

……そして、ラグナダーンとアナヒト、騎士団のウェルキクスは去っていった。

物言わぬ、クロニカを連れて。

意識を失ったままのパトリツィアを、屋敷の一室のベッドに寝かせる。

ロストムは剣を抜いたまま、かといって俺の行為を咎めもしなかった。

「情けだ。その嬢ちゃんについては、何も言われてないからな。ま、ともかく。死ぬ前に少し付き合えよ、ライナス。……まだお前とは、飲んでなかったよな」

そう言って、部屋のテーブルにどかりと置かれたのは、酒瓶一つと水晶椀が二つ。

とぷとぷと注がれる琥珀色の液体。俺は大人しくテーブルに腰を下ろした。パトリツィアが目覚めるまでのとても期待できない時間稼ぎついでに、訊ねてみる。

「あんたも承知の上か。アナヒトが、俺とクロニカを嵌めるつもりでいたのを」

「いや……俺はただ、指示通りに動いてるだけさ」

ラグナダーンのな、とロストムは答えた。

「奴には、俺もアナヒトも逆らえない。俺はあの娘の護衛として、その身を護りながら、側に仕えるよう、ずっと命じられてきた……それが、俺にとって何よりの苦しみだと、奴は知ってるからな」

話が見えない、ロストムは俺の疑問に応える様に、酒杯を持ち上げて。

「もう少しだけ、俺の愚痴に付き合えよ。……酒はまだ、残ってる」

それはかつて、ラグナダーンと、一人の女性を巡った、ロストムの過去だった。

「——十九年前。……どういうこと、ザール」

彼女が、ザールを呼び出したのは、三人がいつも朝をともにする公園の一角だった。

「……どうもこうも、ラグナの告白を断ってた理由、それだったんだろ」

戸惑った様なミシュラの声に、ザールは答えた。

彼女の抱えていた事情は、好色で有名な第一皇子から、不本意に見染められていたというものだった。これまで幾度も申し込まれた縁談を、彼女は巫女であることを理由に断っていたらしいが、やはりというか、限界が近い様だった。

「だから、片付けといた」

剣を回して、ザールは事も無げに言った。屋敷に突入して、最新装備の警備兵を無力化し、少し、灸をすえてやったのだ。ヘタすれば、いやしなくとも反逆罪でやばいが、皇帝陛下にとりなしてもらうつもりだ。近衛の立場を利用して、話はもうつけてあった。

ともかくそんな理由で、友人の努力と想いが通らないのは、納得がいかなかったから。

「……これでもう、厄介なしがらみはないだろ。なあ、ミシュラ。だから、自分の気持ちに素直になって——」

アイツと一緒になればいい。そう言おうとした時、彼女の唇でふさがれた。

「は——？」

「いいえ。ラグナとは一緒になれない。だって私……」

男の胸に縋り、顔を見上げる女の瞳は、少しだけ後ろめたそうに揺れていたが、その声は、確かな芯を持って響いた。

「……いつの間にか、あなたの方を好きになってた」

そして、ミシュラが立ち去った後、振り返ったザールは、不意にそれと出会った。

薄闇の木陰に、取り残された様に膝をついた、ラグナダーンの姿と。

思わず、何かを言おうとした彼の喉を、壊れた歯車の様な声が押し止めた。

「……沢山、努力したんだ」

うずくまった男の有様は、腹から内臓をこぼしているのかと錯覚できそうだった。

まるで、人として致命的なものが破断して、出てはいけないものが溢れている様に。

「なのにどうして、ぼく、ぼくは……こ、こんなに頑張ったのに、ミシュラの人生を、何十回だって幸せにできる年収に、必死に努力して、やっと、やっと……なのにぃっ」

決定的に必要不可欠な、人間性という上っ面を引き剥がしてしまった様な、心を剥き出した顔面が持ち上がって、憎悪だけを残した空洞の瞳が、眼鏡越しにザールを刺した。

「どうして、お前なんだ」

それは、彼のよく知っているラグナではなかった。

そして、それこそが、ラグナダーンという男そのものだった。

「なんで、どうしてだよ。お前みたいな、時代遅れの剣を振るしか、能のない一兵卒が。

さ……さ、才能だけで、大した努力もしてない、くせにぃっ!!」

　憎悪が、暗黒が、執念が、その男の顔には、触れれば骨まで焼かれそうなほどの感情が、熱く煮え滾っている。

「僕のミシュラを、横取りするんだよぉっっ!!」

　そしてそれこそが、二人の友情が燃えて落ちた瞬間だった。


　そして、ラグナダーンとの関係が終わりを告げてから程なくして。

　ザール＝ハフトとミシュラ＝フワラティーは結ばれた。

　結婚の翌年に生まれた娘の名は、アナーヒトゥー。

　それが、男が、己の生涯と剣の全てを捧げて守ると誓った、二人目の家族の名だった。

　そして結婚後七年、アナーヒトゥーが六歳の時。

　何でもない、普通の日だった。


「はい、コーヒー」

「お母様のコーヒー、苦すぎます……」

「文句言わずに飲みなさい。健康にいいんだから」

「うぅ……お父様、ミルク取って下さい」

「はいはい」

　娘に言われた通り、ザールは卓上のミルク差しを取って――嫌な予感がした。

その正体は、家の外。圧力弁を意図的に封鎖された、第二世代蒸気機関の爆発だった。一家の幸せは、窓を破って叩きつけられた高温高圧の蒸気によって、一瞬にして薙ぎ払われた。

「……生きて、るか」

焼け焦げた破片が散乱した室内で二人を助け起こし、その事実にザールはひとまず安堵した。二人とも意識はないが——生きていた。

ミシュラは窓に背を向けていたためか、爆風によって壁に叩きつけられ気絶しているが、そこまでの重傷ではない。

しかし、アナヒトは窓に向かって正面向きだったせいで、顔を、特に両目ごと眼窩周辺を蒸気によってひどく焼かれていた。これではもう、二度と、光は……。

その時、足音が、彼の首筋を不吉に焦がした。

壊れて、崩れた窓から苦も無く侵入してきた兵士。家でも常に携帯していた愛剣を抜き放つとともに、向けられた銃口を腕ごと切り落とす。

「——ぎゃ、あああっ!!」

「お前らの、仕業か」

斬り伏せたのは三人、その連隊胸証を見るに首都第二連隊。帝都の治安維持を一部担う守護部隊だ。どういう事だと考えた矢先、気が付いた。

囲まれている。ライフルを構えた銃兵の列が二段、全壊した窓の外に並んでいて。

隊長らしき男が、こちらへ声を張り上げた。

「投降せよ！　近衛十六連隊長、ザール＝ハフト少佐！　貴殿には、大逆罪の容疑がかけられている。繰り返す――」

「なん、だと……」

その時、ザールは隊列の向こうに一人の男を見た。そして、見間違いではなかった。

多少、年を取ってはいるが、短い黒髪と眼鏡はあの時と変わらぬままだったから。

因果の糸が、彼の頭の中で、一続きにつながった。

「そうか。――お前の、仕業なんだな」

剣を構える。やるべきことは一つだった。

明確な殺意が、極限までに彼の六感を研ぎ澄ます。無数の射線の狭間（はざま）に滑り込む様に、生と死の明暗へ、ザールは躊躇（ちゅうちょ）なく駆け出した。

「な、なんだ、あいつ……剣一本でっ！」

「銃が！　弾が当たらないっ!?」

ザールは前に構えた刀身を、手首の動きで精妙に操り、弾道を左右に弾（はじ）いて弾幕をこじ開けた。

そして隊列に踏み込み、驚愕（きょうがく）を叫ぶ若い兵士の喉首に、刃（やいば）を滑らせ殺していく。容赦はなく、慈悲も捨てた。前に立つ奴（やつ）は全員殺すと、その眼光で語りながら。

二人、三人、四人五人六人と血を浴びながら、ザールはその先の、男の名を叫ぶ。

「ラグナァあぁアアアアっ!!」

叫んだ勢いのまま、もう数人を骸に変える。するといつの間にか、残りの兵士たちは距離を空けて、戦々恐々、男を取り囲む様に警戒していた。彼らも、いい加減気付いた様だった。間合いに入った奴から死んでいくのだと。

血だまりを踏みしめ、ザールは十数歩先へ向けて、声と切っ先を突きつけた。

「久しぶりだな、ラグナ。お前のせいだろ？　死んでくれ」

対して、ラグナダーンは、ゆっくりと頷いた。

「そうだ。お前が過去に犯した罪を、掘り返して、口実として利用させてもらったぞ。……ミシュラと、お前の娘は、死んだか？」

「生きている」

「そうか。それは、朗報だな」

ラグナダーンは無表情のまま、目だけに不気味な喜色を滲ませる。

その顔を、すぐさま寸刻みにしてやりたくて仕方がなく、ザールは剣を突きつけた。

しかし、ふとそこで、どうしても一つだけ、彼はやはり聞きたくなった。

「一つ聞かせろよ。どうしてミシュラを巻き込んだ。俺が憎いのなら、俺だけを狙えばよかったはずだ。——お前もっ！　彼女のことが好きだったんじゃないのかよっ!!」

「そうだ……だから、だからこそだろうがァアああアッッ!!」

返されたラグナの叫びは、あの日の、二年前の時間から叩きつけられた様だった。

無表情だった彼の顔は、まさしくあの時のままの執念に歪(ゆが)んでいた。

「そうだ！　僕は、ミシュラが好きだ！　誰よりも何よりも、愛している！　だから、だから……僕以外の男の子どもを産んだ彼女を、許せる訳がないだろ」

「────」

「だから、生き延びていてくれて、安心した。……これで彼女に、僕は贖罪(しょくざい)の機会を与えられる。お前との間に生まれた子どもを殺して、僕との子を産めばいい。

ああ、それがいい。それだけが、僕が彼女を許せる唯一の道だ」

その瞬間、全(すべ)ての言葉が、ザールの中で意味を失(な)くした。

斬る。そして殺す。それのみを乗せた刃(やいば)となって、彼が駆け出すその直前。

不敵に笑ったラグナの顔は、まるで未開の人類に文明を見せつける様な、傲慢な快感に打ち震えていた。

同時、ずっと奴の傍らにあったソレが天幕の覆いを外されて、当時実用化されたばかりの最新鋭の暴力兵器が、陽射(ひざ)しの下に露(あら)わになった。

第二世代型蒸気機関搭載(バフモトウール)、汽動式機関砲。

一個人の技量を完膚なきまでに希釈する、近代的殺戮(さつりく)思想の結晶そのものだ。

「時代遅れの才能ごと、僕の前で死に晒(さら)せよ、ザール」

「……っ!!」

剣に生きた男は、知っている。単発の射撃に対応可能な事と、実際の戦場で銃に勝てるかという事は全く別の話なのだと。

　飛んでくる数十、数百発の弾丸を前に、一発二発、弾(はじ)いたところでどうにもならない。

　そう、彼は了解している。

　だがもしも、その上で、常識への退路を斬り捨てるならば、心当たりが一つだけ。

　弾丸を斬り落とす剣には、その先があるのだ。

　蒸気帝国、流空剣術(ウォルカルシャ)近衛派に伝承される奥義。

　流水の剣を超えたその先、蒸気の剣。

　その剣は流れに沿うのではなく、この世の物理の流れそのものから、解き放たれる。

　水が蒸発して煙になる様に、水でありながら、水でないものになる。人でありながら、剣を介して人ではない次元に至る奥義。

　全(すべ)てから解放され、煙となったその剣は、この世の理をすり抜けて、敵を斬り伏せる。

　そんな妄想の様な伝承を、しかしザールは信じ抜く他なかった。

　時代遅れの人生には、剣以外、頼れるものなどないのだから。

　曰(いわ)く、その奥義に至るに、必要な条件は二つ。心と技だ。

　まずは心、肝要なのは、これを捨てること。

　この世の摂理に挑むには何よりも、己自身がこの世への執着に縛られてはいけないから。

　よって燃やし尽くす。この一瞬に己の何もかもを。

　愛を、憎悪を、そして。

唯一、剣以外に挙げられる人生の価値。守ると誓った、我が子の笑顔も。

偽りなく、それが己自身だと言い切れる心の全てを蒸発させ、ザールの中身は空へと至る。そこから、どうすればいいか。思考する必要はない。

なぜならば、二つ目の条件。骨身に刻んだ技はもう、あらゆるしがらみから解き放たれているのだから。

そしてまさしく入神となった一刀は、連続して迫り来る弾丸を、弾き、弾き、逸(そ)らし。

息を呑(の)んだ様に、ラグナダーンは瞠目(どうもく)した。

同時、ザールの肩に一発めり込んだ。そして足と二の腕に、だが振るう人間の命など関係ない。弾く、逸らす、道理をこじ開けて無理を斬り伏せる。これはその域に達した剣なのだから、扱う者の命など振り切って当然で――。

そこで、何か致命的な誤りの感覚が、ザールに正気を取り戻させた時だった。

「――ぐっ!?」

両腕が、剣を支える筋肉そのものが、撃ち抜かれた。

そして腹と足を、貫いた衝撃が体勢を崩し、剣を落とした体が前のめりに当地する。

「あ、危なかった……じゃあないか、ザール」

銃声は止(や)んでいた。ザールが見上げた先に、冷や汗に濡(ぬ)れた、安堵(あんど)の笑みがあった。

あと、一歩。あと一歩さえ、近づければ、機関銃の射角を振り切って、ラグナダーンの首を斬り落とせた。はずなのに。現実は、そうはならず。

彼の悪夢は、ここから始まった。

「お前の腕は、これで死んだな」

「ぐっ！　……畜生、がっ、あああァッッ!?」

血まみれの腕を踏みにじりながら、ラグナダーンは声高に叫んだ。

「僕は、お前を殺さない。殺してなんかやらない。僕からミシュラを奪った罰を！　罪を！　噛みしめながらゆっくりと、無力と絶望に浸りながら腐っていけ！

手始めに、お前の名誉から殺してやろう。帝国最強、時代遅れの剣聖、ザール＝ハフトは今日で死んだ。お前はもう何者でもない——昔話の、愚かな兄だ！」

それから、彼は肩で息をしながら振り返り、呆然としていた兵士へ命じた。

「おい。この反逆者の、妻と娘を連れてこい」

——兵士たちに無理に起こされたのか、連行されてきたミシュラは、意識を失ったままのアナヒトを抱いて、憔悴しきった様に震えていた。

ただ、彼女は静かにザールを見て、切なく、労わる様に微笑んで。

それから、かつて友人であった男を睨んだ。

「ミシュラ……」

どろりとした声とともに、男は想い人へ、手向けの様に拳銃を放り渡した。

「機会をやるよ。僕への罪を償い、人生をやり直す選択肢を。

一つ目。今すぐ、その銃で自害しろ。そうすれば、二人は助けてやる。

だがもし生き残りたいのなら、二つ目だ。子どもと、ザールを殺せ。そうすれば、僕は必ず、君を世界一幸福な妻にしてあげるよ」

倒れ伏すザールは、仮にミシュラが後者を選んでも、決して恨みはしなかった。

彼が恨むのは、妻と娘を守れなかった、役立たずの、時代遅れの剣だけであり。

ミシュラは抱きかかえていたアナヒトを、夫の側に、そっと預けて。

「……ごめんなさい。さよなら」

拳銃を、己のこめかみにあてた。

「私の、ただ一つの幸せは、あなたが壊したわ。ラグナ」

やめろ、と誰が叫ぶ暇もなく、ミシュラは引き金を引いた。

しかし、弾切れの撃鉄はカチリと空しい音を立てただけだった。

そんな、機を失った様な静寂に、ラグナダーンは、涙を流して微笑んだ。

「うん。やっぱり、君ならそうすると思っていたよ。ミシュラ」

そしてもう一度、今度は完璧に無力な彼女を標的に、最先端の暴力兵器に搭載された、蒸気機関が唸りをあげた。

「跡形もなく消えろ。汚れてしまった君を、僕はもう愛せないし、許せない」

ザールは祈った。剣を握れない手は、もう、祈ることしかできなかった。

頼む。もしもこの世に、ほんとうに善というものがあるのなら、何でもするから。

ミシュラを、助けて下さい。お願いします。

——銃撃が、野獣の爪の様に、立ちすくんだ彼女の体を引き裂いた。

柔らかい肉が、赤い飛沫とともに弾け飛んだ。

何度も抱きしめた体からこぼれ落ちた内臓に、めり込んだ弾が熱い煙を立てる。

優しく微笑んでくれた顔が、綺麗だった銀髪が、はじけて混ざって吹き飛んで。

そして執拗に、果断なく、弾薬帯を二箱分使い切るまで射撃は続き。

男が愛した女は、肉塊以下の細切れへと成り果てた。

6

ザール＝ハフト——ロストムは過去を語りながら、何杯目かの酒杯を空にしていた。

「それから生き残ったアナヒトは、奴に養子として奪われたよ。父と母は反逆罪で死んだと教えられてる。だから、あの娘は俺が父親だとは、知らない。伝えることも、許されていない。そして、株主総会か……あの娘が十八歳を迎えた時、奴と結婚させられる」

そしてまた、とぷとぷと、空いた酒杯の底にラム酒が落ちる。

「そして、俺は生かされた。父親ではないロストムとして……あの子の側で、護衛をしながら、その成長を見届けろと言われたよ。俺が、もう逆らえない、そうすることしかできないって、ラグナは見抜いてたんだ」

何度も剣に手をかけた。妻を殺し、娘の光と未来を奪った張本人を殺したいと思った。

しかしできなかったと、果てしなく己自身に失望した様な溜息が言った。

「俺は、怖いんだ。剣を握ってそうしようと思う度……手が震えて、ダメなんだ。でもそれでも、一言でいい。あの子が助けてって言ってくれたら、立ち上がれたかもしれなかったけどよ」

再会したアナヒトはまるで、全てを奪われた人形の様だったと、男は言った。

夫の命令に従って、空っぽの幸福と善意を弄ぶだけの、盲目の籠の鳥。

「それすらも、結局は言い訳だな。俺は、どうしようもない、臆病者なのさ。ただ、奴に逆らって、アナヒトの命まで、これ以上失うのは耐えられない。だから……なあ、せめて笑えよ、ライナス」

「知るか」

半分ほど中身の残った酒杯越しに、俺は率直な感想を投げ付けた。

ある程度の事情は分かった。同情はしないでもない。だが、俺には、何の関係もない。

そんなこちらの態度を、ロストムはどこか疲れた様にせせら笑った。

「……俺は、お前を殺せと言われた」

とぷとぷと、新しい酒が、中身を残した俺の酒杯に注がれた。

「飲めよ。痛みが和らぐ。何かを諦める時に、一番の助けはやっぱ酒だ」

諦める。扱い慣れた様な、その気安い物言いに、俺は無性に腹が立った。

それが出来れば、どれ程楽だろうか。

「それとも、なあ、ライナス。お前さん、どうしても助かりたいか。

だったら——助けて、やろうか？」

その誘いは、善意からではなく、だが、男自身が乞うている様に聞こえた。

「そこの金髪嬢ちゃんを連れて、共和国に帰りな。そんで、クロニカの嬢ちゃんの事は諦めて、二度と俺たちに関わるな。そうすりゃ、まあ……なんとか事後報告で言い訳してやってもいい」

ロストムの視線は、俺とパトリツィアを見比べていた。

そこに、自分自身の取り戻せないものを仮託している様に。

「綺麗な娘だな。……お前さんに惚れてんだろ。なら大切にしてやればいいじゃねえかよ。そうすりゃ、お前は幸せになれるさ」

少しだけ、俺は酒に口をつけた。

それから、ロストムの言葉に寄りかかって、冷静に、今一度己の人生に問うてみた。

このままパトリツィアと共和国へ戻り、人生を共にしてみる。

そうすることでも、俺は姉さんを失った過去を、やり直せるだろうか。

クロニカとの旅に代わり、パトリツィアとの騒々しく、けれど温かだろう日々が、俺の傷を埋めてくれるだろうか。

ああ、もしかしたら、そうかもしれない。

「冷静に考えた。その通りだよ、ロストム」

だからこそ、頭の奥で——コインの音が鳴り響いた。

違う。お前の人生はそっちじゃない。そう警告する、けたたましい痛みが鳴り止まぬ。

……そうだ。その通りだ。何を血迷っているのだ。俺は。

「だから、俺はアンタを倒して、クロニカを助けに行く」

幸せになど、なってはいけないのだ。

己の過去を欺くためだけに、多くの人々を騙してきた詐欺師だから——ではない。

俺は、俺が、姉さんを傷つけて、死に追いやってしまった。

剥がされた仮面の裏に、その真実がある限り、俺は自分自身を許せない。

そうか。だから、俺はクロニカがいいのだ。クロニカでなければいけないのだ。

アイツとの旅は、状況的にも、肉体的にも精神的にも、俺を苦難にぶち込み、苦しめ、幸せから遠ざける。だからこそ、それこそが相応しい人生だから。

「幸せなんか、詐欺師には似合わねえよ。分かったらそこどけ、オッサン」

「……バカだな、お前」

知ってるから、言葉にしなくてもいい。

「仮に俺を倒せたとしても、ラグナの野郎をどう出し抜く？　騎士団とか言ってた化物連中も今じゃ味方につけてんだぞ？　たかがペテン師一人でどうにかなる訳ねえだろう」

「……俺の嫌いなものを三つ、教えてやる。湿気ったタバコ、ガキのわがまま、そんで、生年上が吐いてくる正論だ。——弁え顔で絶望したいなら、一人で好きなだけやってろ。

憎だが、こちとら馬鹿をやらかすのに忙しい」

俺がそう吐き捨てたと同時、苦笑とともにロストムは立ち上がった。

その全身から、酒の匂いを断ち切る様に、凄絶な気配も立ち上った。

「そうか。じゃあ殺すわ。……生意気な若造は嫌いじゃねえけどな」

そして俺たちは図らずとも息を合わせて、空にした酒杯をテーブルに叩きつける。

ぶつかったガラスの砕ける、甲高い音を合図に、ロストムは剣を抜き。

俺はテーブルを足で蹴り倒して、一目散に逃亡した。

7

ロストムの弱点とは、銃へのトラウマである。

それはホールでファキムを追い詰めた時、目を合わせたクロニカから伝えられた。

その記憶の中で、ロストムは銃に怯えていた。あの誠にふざけた剣の技量ならば容易く対処できるだろう銃弾に、彼は手を震わせていたのだ。

だからまずは銃。何をおいても銃を探さねばと、俺は無人となった屋敷を駆け回る。

アタリは付いている。窓からちらりと見えた、兵士たちの詰所らしき戸外の離れだ。

そこを目指して、折り返し階段の手すりを一階の玄関先まで滑り降りた時だった。

「——んな、アホなっ⁉」

上階からの異音に、吹き抜けを見上げる。そんな俺へ降り注いだのは、本棚だの書記机だのソファだの、とにかく重厚で高価な家財の、バラバラに斬り裂かれた残骸だった。

「ぐっ、ごっぉ、痛、ででえででえっ！」

頭に、背中に、鋭利で硬い破片が直撃する。連続する衝撃に、思わず頭を押さえて足を止めてしまった瞬間だった。

「おい。別にいいけど、そのままだと死ぬぜ」

吹き抜けから最後に飛び降りてきたのは、片刃の切っ先を下に構えたロストムだった。

咄嗟に転がった瞬間、風切り音の様な剣閃が連続して、俺がいた床面が分厚い絨毯もろとも切断されて立ち上がる。

分かっていた。分かっていたとも。コイツも大概、人間じゃない。

俺は散らばった破片に無様に足を取られながら、玄関先に嫌味たらしく並べられた、調度品に手あたり次第手を伸ばして、背後から迫るロストムへ投げ付けた。

青銅の女体像はひょいと躱され、見事な飾り大皿は虫の様に斬り払われた。そして最後に投げ付けた白磁の大壺を、ロストムは剣先に容易く引っ掛けて、

「ほらよ」

「がぼっ⁉」

暗転する視界。頭に感じた鈍い衝撃に、放り返された壺が俺の頭部にずぼりと被さり閉じ込めているのだと直感して――マズい。

腹の先に感じた寒気に、思わず身を捻った瞬間だった。脇腹を灼熱が走り抜ける。

「ちっ、なかなか鋭いじゃねえか。十中八ぐらいはこれで死ぬんだがな。左右で正解だ。突き刺しにいってたからよ、ケツを引いてたら串刺しだったぜ」

「く、そ、がっ！　は、外れねぇ……！」

答える余裕はなかった。前が、見えない。馬鹿の様に被らされている壺口は、なぜか俺の頭よりほんの少しだけ小さく、いくら引っ張っても外れないのだ。

それを一発で被せてきた意味不明な神業を拍手で称える機会さえ、奴が与えてくれるはずもなく。

「死ぬまでに外せるか、試してみるか？」

見えない死が、すぐそこに迫っている。震えあがった背筋が見当もなく手足を動かし、結果、驚くべき事でもなく、俺は足がもつれてすっ転んだ。

そのままゴロゴロと、恐らくは焼け崩れた玄関を通過し、正面階段らしき段差を無様に転げ落ちて、強かに体を打ちつけた瞬間、目の前の暗闇がようやく割れてくれた。

「がっ、はぁ、ぺぺっ……くそ！」

身を起こし、口に入った陶器の破片を吐き出すと、ロストムはつかつかと玄関前の階段を降りてくるところだった。

剣を持つ右手はだらりと下げたまま、もう片手の酒瓶を、奴はくいと口に含んで。

「ははっ、傑作だったぜ、ライナス。少し殺気あててビビらしただけでよ、んな必死に転がりやがって……俺を笑い殺そうってなら、いい作戦だがな」

余裕綽々の達人に背を向けて、俺は目当ての離れに向けて、怯えた犬の様に走る。

無理だ。あれは、正面からどうにかなる相手じゃない。

異能を宿した貴族などではない。逆に、俺と同じ規格の人間だからこそ、残酷なほど如実に、骨身に宿る経験と技の差が浮き彫りになっていた。

ともかく、俺は這う這うの体で、火薬の匂いのする離れの小屋に転がり込んだ。

慌てて施錠した扉が、斬り破られるまで十秒以下。

ついに、それを手に入れた。

小屋に入ってきた足音の主へ、俺は備品の拳銃を突きつける。

「!!」

ロストムが、目を見開く。そして、俺もまた呼吸を止めた。

カチリと、奴に向けた銃の撃鉄が、空しく弾切れの音を鳴らす。

ハッとして、俺たちは全く同時に気付き、壁の張り紙へと振り向いた。

記載は、帝国語による安全標語。使っていない銃からは弾を抜くべし。

くそ、ルールなんていちいち守りやがって！

心の中で、そんな悪態をついた瞬間。

「じゃあそういう事で——さよならだ」

俺の首を落とすべく、研ぎ澄まされた絶技が閃き走る。

果たして——流麗な切っ先は、俺の首横数インチ、見当違いというには命に対してギリギリ過ぎる空間を、しかし、確かに空振りした。

「は⁉」

素っ頓狂な声をあげるロストム。そして気付いたのだろう。彼は不意に足元をふらつかせ、その場でたたらを踏んだ。ようやく、酒と一緒に回ってきたらしい。

まさか、これはと血走った胡乱気な瞳に、俺は懐から取り出した小瓶を見せてやった。

戦士としてなら、俺はこの中年の足元にも及ばない。が、サマ師としてなら遥か上だ。

この島の名産。芥子の果汁。そして酒を飲む時は、もっとグラスに警戒すべきだ。

「ザマねえぜ。酒飲みの風上にもおけねえな、オッサン」

「こ、の野郎……手癖が、悪すぎんだろ、があ、あっ⁉」

悪いが足癖もだ。文化だろうか、こんなところにまで律儀に敷かれた黒地の絨毯を、踵を立てて思い切り、足で引っ張ってやった。

すると、ずるりと動いた布地に千鳥足を取られて、ロストムは無様にすっ転んだ。

その隙に、俺は近くの保管棚から拳銃に弾を装填して、しかし、床から跳ね上がってきた片刃曲剣に胸を裂かれて尻もちをつき——銃を、取り落とした。

「……終わりだ」

立ち上がって頭を振りながら、ロストムは俺に切っ先を突きつけた。

対して、こちらは床に尻もちをついたまま、手を伸ばせば装填済みの銃には届く距離だが、いくら何でも、その隙はない。

だから、俺は弾丸より早く、奴の剣より早く。

手慣れた指先で、見えない仮面を身に着けた。

一度会った。過去を聞いた。ならば俺にできないはずがない。

顔に被ったのは、陰鬱で偏執的な暗さを宿した、ラグナダーン＝カブールの顔。

多分だが――奴が本当に恐れているのは、銃ではなく。

案の定、硬直したロストムに向けて、その隙に拾った銃を発砲する。

それでも、既に振り下ろされていた剣は止まらなかったが。

結果として、奴の肩口を貫いた衝撃は、剣士の姿勢を大きく崩し。

俺は、頬を浅く切り裂かれるだけで助かった。

そして、決着だ。

俺は銃を向けたまま、一服ついて、煙を吐いた。

肩から血を流し、剣を取り落として、ロストムは床に倒れていた。

「……殺せよ。それで、ようやく、俺は終われる。ごめんな、ミシュラ、アナ……」

「うるせえ」

その顔横の床板に残りの弾をぶち込んで、俺は叩きつける様に銃を捨てた。

ムカつくことこの上なかった。この親父といい、あの娘といい。自分たちの絶望に、勝手に俺とクロニカを巻き込みやがって。

だからもう、絶対に思い通りになってやりたくはない。そんな気持ちがしたから。

俺は、呆然とこちらを見上げるロストムに、こう告げてやった。

「おい、よく聞けよ。俺はこれからクロニカを助けに行く。そのついでに、あのラグナーンとかいう奴を破滅させる。会社も有り金も、アイツの物は全部俺が奪ってやる。お前の娘の、アナヒトも含めてな」

「……は？」

「自慢だが、俺は女の扱いが上手くてよ。すぐに、俺なしじゃ生きていけなくしてやる」

「オイちょっと待て、テメエ、なにをふざけたことを――」

「それが嫌なら、死んでるヒマはないぞ。止めに来い」

言葉と一緒に、棚にあった応急手当て用の包帯を投げ付けてやる。

それから、後は勝手にしろとだけ言って、俺は踵を返した。

8

焼け焦げた玄関先で、俺を出迎えたのは立ち上がっていたパトリツィアだった。

「怪我は、大丈夫か」

「はい、おかげさまで。この通りですわ」

施された応急処置の布地を焼き払って、傷の塞がった白い肌を見せつける。

クロニカの血は、よほど効いたのか。笑顔にはいつもの陽気さが戻っていた。

そんなパトリツィアへ、俺は、今度はそのままの顔で頭を下げた。

「頼む。力を貸してくれないか」

やはりこの場で殺されても、文句は言えないかもしれない。

けれど俺にはもう、彼女に対する顔など、これしか持ち合わせていないから。

「クロニカを、助けたい」

パトリツィアは優しく微笑み、仕方ないですわね、と俺の頭を撫でた。

「ええ。かしこまりましたわ。けれどその代わり、また、私とデートして下さいます？　これから何度でも、あなたが私に惚れるまで」

「ああ……約束するよ」

恐らくは、履行しなければならない約束を交わし、俺は嬉しそうに頷いた彼女の手を取って、港の方に向けて歩き出した。その時だった。

「待てよ」

くたびれた足音に振り返ると、肩口に包帯を巻いたロストムが立っていた。

「本気か、お前ら。勝算、あんのかよ」

「さあな、実際に行ってみねえと判らねえよ。けど俺はアンタとは違って、諦める気はねえからよ。楽しみにしてろ」

「生意気言いやがって……だが、まあ、あれだ」

ロストムはぼりぼりと頭を掻いて、言った。

「お前の最後をよ、笑ってやりたくなった、あと……アナに指一本でも触れてみろ、今度こそは殺す」

すると、パトリツィアが余裕の笑みで答えた。

「ふふーん！　生憎、私がいる限り、ライナスは死なせませんわ！　……それに、これ以上他の女に手出しもさせませんので」

「おおっと、こりゃ頼もしい……ライナス、お前、苦労してるな」

「同情すんな、腹立つ」

三人で、港へ向かう。

移民街の港は、夜更けとも相まって、墓場の様に寂れていた。その活気を担っていた住人らが、昨晩の内にほとんど鎮圧されてしまったせいだろう。

威圧する巨大なオブジェの様に、港に止まる蒸気船。その周囲には見張りらしき兵士たちが数名立っているが。

「まず、船を奪うか、パティ」

「はい。えぇっと、焼けばいいんですわよね？」

「やめろ嬢ちゃん、船倉の燃料に飛び火すると全部吹き飛ぶ。見張りを片付けてから、直乗りで奪うぞ」

俺たちが、そんな急ごしらえの算段をつけた、その矢先だった。

「……うう、やっと陸地に上がれたあ。畜生、あの切断バカめ……うう、しょっぱい、寒い、はやくベッドで休みた――って、アイツは！」

「ちょうどいい焚火がいましたね。暖を取らせてもらいましょう。お礼に命を奪いましょう。けれどお返しは要りません。返り血だけで充分です。ぶるぶる」

べしゃりと、小さな入り江の埠頭の端、俺たちのすぐ近くの砂浜から、たった今しがた漂着した様にその兄妹は陸に上がった。

奴らは、味方のはずのウェルキクスの攻撃で、哀れにも吹き飛ばされた、双子。

騎士団の刺客、出現したプルト及びウルナは、赤い双眸を獰猛に輝かせた。

「ここは、私にお任せを」

誘いに応じて、パトリツィアは颯爽と、俺たちの前に立って言った。

「弱いくせに噛みついてくる犬ほど、鬱陶しいものはございません。ここで、今度こそきっちりと焼き払っておきますので――お二人は、船へ。……心配せずとも、私は必ず、あなた様のお側に参りますわ、ライナス」

彼女の声に、背中を押されて。

「行くぞ、ライナス。兵士どもが集まってきてやがる」

そしてロストムにも促されて、俺は早足に駆けだした。

振り返り、目が合った微笑に向けて、まるで免罪符の様に呟きながら。

「……死ぬなよ」

9

「ええ、勿論（もちろん）。では――あなた方は死にましょうか」

青いリボンを焼き解き、身に宿る炎熱を解放したパトリツィア。

対する双子もまた、因子による放射熱で互いの服を乾かし、戦闘態勢に入る。

「そ、それはこっちのセリフだ！　毎度毎度適当にあしらいやがって！　今度こそ僕たちの本気を見せてやる！」

「瞠目刮目（どうもくかつもく）ご注目。私たち、ついに活躍します。ぶい」

パトリツィアは、余裕の笑みを崩さない。

双子の因子は能力も出力もまさしく己の下位互換。舞闘の腕も知れている。ならば負ける要素など何処（どこ）にもない。その判断は正しいものだった。

たった一つの、予想外を除いては。

「やるぞ、ウルナ」「はい、お兄様」

執事服とメイド服。手を繋（つな）ぎ、するりと構えて、大胆不敵に双子が笑う。

「改めて」「名乗り置いてあげましょう」

十二年前、かつての王国時代に存在した、ある特殊な貴血因子（レガリア）の保有者たちからなる秘密暗殺部隊。その構成員は、正確には、貴族ではなかった。

　だからこそ、彼ら彼女らが身に着けるのは、使用人衣装。

「「我ら騎士団守護士第二列(セカンドガーズ)にして――。
〈黒い箒(ブルームズイーパー)〉十番、並びに十一番箒(ほうき)!!　プルト・ウルナ」」

遺伝過程において偶発的に生まれた。一代限りの突然変因子の保有者ども。貴族という超人の枠からも外れてしまった、出来損ないにして規格外。

　異端に生まれた彼ら彼女らに与えられた役割は、王政の維持に不都合な、貴族および屍喰継承者(カルニバリスト)――ゴミの粛清を担う箒であること。

「我ら許されざる相似形(コヒーレント)」
「我ら禁じられし双児性(レゾナンス)」

　繋いだ双子の手の間で、互いの波が干渉し、二人の血が因子もろともに共鳴を始めた。
　それは突然変異のイレギュラー。遺伝規格を突破した貴血因子のみが有する特殊性。

「怒り慄(おのの)け」「悦(よろこ)び嘆け」
〈波廻天光(ハローリィーンオーバーカーネイション)〉六道爆殺。

「「――ここがお前の臨界だっ!!!!」」

　双血継承(ジェミニブラッド)。
　一つの貴血因子(レガリア)は、一人の子どもにしか受け継がれない。つまり両親の片方のみが貴族だった場合、その子どもの内の一人しか貴族にはならない。

しかし稀に存在するのだ。一つの因子を、双子の間で共有して発現するケースが。

〈波廻天光〉。双子が共有した一つの因子は、それぞれにまったく同一の能力を発現した。

即ち、波と定義した熱の放出能力を。

単体では、脅威的ではあるが圧倒的ではない。典型的な二親等級の貴血因子。

しかし、血を分けた双子は相似ゆえに、互いが協力した場合のみ発動する、恐るべき特性を有していた。

「何をするつもりですか知りませんが——させませんわよ」

けれど金髪の淑女には、見過ごす道理は欠片もない。

放たれた業火が、手をつなぎ合わせたプルトとウルナを飲み込んだ。だが数百度の爆熱など、所詮は防がれる前提の陽動に過ぎない。

本命は、絢爛なる爆熱を宿した、徒手空拳の直接打撃。

一歩、二歩。急接近用のアップテンポで距離を縮め、雅にして鋭き炎熱の拳がまだあどけない顔面を粉砕する——筈だった。

「——っ!!　上っ!?」

爆炎を引き裂き、しかし空振りに終わる拳。パトリツィアは即座に熱源探知で捕らえた標的を見上げて、絶句した。

「言ったはずだぞ、本気を見せてやると」

「つまりつまり、あなたは死にます。ご臨終」

二人で一対の光翼を背に、空に浮く双子の輪郭は、蜃気楼の様に揺らめいていた。

その身から溢れ出す因子出力が、大気を震わせ、星の光を歪ませる。光彩陸離の双生児は、ここに宙空をも踏みしだき、恐るべきまほろばへと至っていた。

夜空に輝く圧倒的な気配に、見上げるパトリツィアの本能が凍る。

「まさか、あの陰険メイドと、同じ……!?」

――双子の貴血因子、それが放つ『波』は、その波形が相似である故に、互いに対して高い干渉性を有している。

兄の波が、妹の波を増幅し、増幅された側がさらにもう一方を増幅する。そうして高まり続ける能力の波を媒介に、血を分けた因子はどこまでも際限なく、天井知らずに共鳴を重ねて。

何かの限度をぶち破った因子出力そのものが、二人の背から一枚ずつ、左右一対の光翼となって具現するに至っていた。

双子が動く。明滅し帯電する光翼が空を焦がしながら、熱探査網を引き裂き旋回する。

「消し飛ばせ」「貫き穿て」

その指先から迸る光の奔流は、以前の様な不可視の波ではなく、人の目が認識できるほどに凝集された極彩色の破壊光線だった。

極限域まで高まった直進性が、咄嗟に展開したパトリツィアの熱障壁を貫いた。そのまま彼女の脇腹を抉り飛ばし、背後に着弾した熱量の塊は一時、地中に滞留し、爆発する。

　雨あられと降り注ぐ破壊光線。連続する爆風によって、明後日の方向に受け身も取れず吹っ飛ばされるパトリツィアは、しかし戦意を滾らせた。

「くっ、この——!!　舐めないで、下さいまし！」

　彼女もまた本気を解禁する。流れた血潮を炎熱の舞装として纏い、爆炎を帯びた拳と蹴りが光線を弾く。

　その勢いのまま、高速で宙を舞う双子へ狙いを定めて——しかし。

「侮ってなどいないさ」

「舐めるところも特になく、あなたの勝ち目は皆無です」

「——!?　いつの間にっ!!」

　パトリツィアの動体視力を遥かに上回る超加速。地上に降り立った片翼の双子は、炎熱の淑女を挟み込む様に左右に立って。

「さあ、始めようか。ここは既に舞闘の間合い！」

「十二時の戦鐘は、とうの昔にリンゴンリンゴン」

　息を合わせた双子のコンビネーション、左右から襲い掛かる拳と蹴りを、パトリツィアは以前の様に受け流、せなかった。

「がっ！　はっぁ……!?」

　プルトの拳が腹に叩きこまれ、ウルナの蹴りが顔面に。いつかの黒髪のメイドと同じ、貴族の枠を振り切った身体性能による、圧倒的な速度と腕力の織りなす暴力が技量の差を強引に覆し、いっそ芸術的なほどにパトリツィアを打ち据える。

そして、止まらない。

流れる様に叩(たた)き込(こ)まれる連撃が、彼女の腕を折り、足を砕き、なおも有り余る運動量が、舞い落ちる木の葉の様にずたぼろの体を回転させ。

「回れ命よ、独楽(こま)に様に！」「踊り疲れて死に果てるまで！」

舞い踊る双子の徒手空拳に容赦はなく。パトリツィアの体は左右から果断なく叩き込まれる衝撃で、宙に浮かされたまま血と火の粉をまき散らして錐揉(きりも)みする。

「「哀れなコマドリ、回り廻って輪る(スピナウトスピナウト、スピンスピンスピンスピン)がいいっ!!」」

そして回転は終点する。肉体と平衡感覚を破壊されたパトリツィアが、地に堕(お)ちるよりも早く、一瞬のタメを済ませた双子が同時に放ったのは、爆光帯びる回し蹴り。

全く無防備な、パトリツィアの胸元に叩き込まれたナナメ十字の衝撃は、落雷もかくやという熱量を瞬時に爆発させた。

血と煤(すす)にまみれた無惨な身体(からだ)は勢いよく、数十フィート先の地面に激突する。更に、盛大に巻き上がった土砂へ、ダメ押しの極大光線が十数本、刺さると同時に爆発した。

……そうして、なにもかもが焼け落ちた陥穽(クレーター)の中心で、ズタボロのパトリツィアは仰向(あおむ)けに転がっていた。

両の手足はへし折れて、砕けた肋骨(ろっこつ)が肺を破り、しこたま叩き込まれた衝撃と熱によって、骨の髄から内臓に至るまでをめちゃくちゃにされている。

有り体に言って死に体だ。いくら一親等級の上位貴族と言っても、戦闘どころか人生の続行すらもこのままでは危うい。

けれど、パトリツィアはふらふらと、立ち上がり拳を握った。

勝てない、よって逃げるべきだと、己が血に流れる因子は自己保存を最優先して、苦痛と恐怖を声高に叫び、生存本能を刺激する。しかしながら。

「勝てるか、どうかなど、関係ありません……私は、勝つのです」

焦げた唇を、指の先でそっと撫でる。

彼とのキスの味を、覚えている。抱きしめられた腕の感触を、覚えている。

すべてが嘘だとしても、あの瞬間こそ紛れもなく、自分の求めた真実なのだから。

死んでいる暇などない。立って戦う理由などそれで十分。

もう一度、いや、何回だって彼に会いたい。抱きしめられたい、抱きしめたい。

ゆえに怖気づく己の血を、胸に燃える炎で黙らせるのだ。

損傷した臓器と血肉を燃やし、生み出した炎熱を能力で制御し欠損部を代替する。

肉体など突き詰めれば体温の塊に過ぎない。よって、今この時動くための燃料として、明日以降を灰へと焼却しながら、パトリツィアは双子を睨んだ。

そんな敵手を見て、プルトは鼻で笑い飛ばした。

「大した虚勢だな！　そのまま己の血の苦さを噛みしめていれば楽なものを」

対して、パトリツィアもまた真っ向から不敵に笑い飛ばした。

「……この程度、誰かさんの紅茶に比べれば、屁でもありませんわ」

「え、どういう負け惜しみ？」

本心から不思議そうに、ウルナが眉をひそめた。その時だった。

まったくの唐突に、双子の顔前にすっと差し出されたのは、馥郁たる湯気を漂わせるティーカップ。

「……本当に、どういう意味でしょうね。一体、誰の紅茶が不味いと言うのでしょうか」

その一瞬、三人は例外なく、脈絡なく隙を突かれた。

光翼が落とす影の上に立っていたのは、濡れ羽色の黒髪を落としたメイド服。

「お前は」「あなたは」

虚を衝かれたプルトとウルナは目を見開き、その人物を見上げて、

「「……誰だっけ？」」

声を合わせて首を傾げる。そして、差し出されたティーカップに視線を戻して。

「……ぐびぐび」「……ごくごく」

同時に、吹き出した。

「「不っ味ぅぅぅ────っ！！？」」

取り落とされたカップが二つ、音も無く影に落ちて吸い込まれる。

「そして……」「思い出しました」

むせかえり、目に涙を浮かべる兄妹の認識は、完全に一致していた。

「〈黒い箒〉（ブルームズイーパー）七番箒（ぼうき）……！」

「家事壊滅激マズ紅茶影女……!!」

旧知にしてかつての同僚、影の貴血因子（レガリア）を持つ黒白の一輪咲き、その名は。

「「イヴリーン＝ハベルハバル！」」

「お久しぶりですね、アホバカ双生児（ツインズ）。相変わらず仲が良さそうで結構。

二人まとめて、殺したくなります」

影を介した瞬間移動。双子の拳を回避したメイドが、パトリツィアの隣に出現した。

「こちらもお久しぶりですね馬鹿娘。あなたも、一杯いかがでしょうか」

「いる訳ありませんわよ。というか、断りもなくずっと私の影に隠れていましたのね」

「ええ。私もかつてなく重傷だったので、回復までの間、隠れ蓑（かくみの）にさせてもらいました」

「なら、もっと早く出てきてもいいんじゃありません!?　私、死にかけなのですけど!?」

「なぜです？　いっそ死ねばよかったのに」

「こ、この性悪陰険メイドっ……!!　悪いのはせめて顔だけにして下さいまし！」

「は？」

そこで、二人の憎まれ口を断ち切る様に、光輝とともに威圧感が膨れ上がる。

「来ますよ。まだ戦う力は残っていますか」

「無論ですわ。……というかあの二人、やはりあなたと同じ」

「ええ。同僚ですよ、今となっては元がつきますが。そして、私と同じ突然変異因子、あなたの様な正常の貴血因子が、太刀打ちできる相手ではありません。ですから——」

イヴリーンはそっと、パトリツィアへ、招く様に手を差し出した。

「一緒に踊ってあげましょう。感謝しなさい、馬鹿娘」

「はあ……」

「なぜ、溜息をつきましたか」

「いえ、別に……あなたに誘われても、まったくちっともこれっぽっちも嬉しくないのは分かり切っていたのですが、思った通り、予想以上でしたわ」

ですが、とパトリツィアは首を振って。

「この際、選好みはしていられませんわね。いいでしょう。精々、粗野な泥踊りで私の足を引っ張らないで下さいましね、田舎陰険メイド」

「……それはこちらのセリフですよ、箱入りアホバカ可燃物」

そして二人は、睨み合いながら手を取り合い、背中合わせに拳を構えた。

「勢いづくなよ。イヴリーン一人、味方についたところで」

「お兄様と、おもに私には敵いません。ぶい」

受けて立つという意味合いだけを置き去って、双子は輝きの矢と化し上空へ昇った。

破滅の極光で尾を引きながら、互い違いの超高速が二把の旋律を夜天に描く。

こうして天と地の狭間に開始された、四者の戦いを象る哲学は、たった一つ。

炎熱を逆巻く淑女が、二重影を従えるメイドが。一秒ごとに共鳴し、破滅的に高まり続ける双翼が、声を合わせて宣言した。

　さあ、ここに。

「「「舞闘会を始めようッッ!!!!」」」

10

　とうに跡形もなく焦土と化した港の縁（へり）で、二人は背中合わせに踊りながら、降り注ぐ破壊光線を迎え撃った。

　赤い影刃が極光を引き裂き散らし、絶え間なく吹き荒れる熱波と衝撃を炎熱が防ぐ。

　互い違いのワルツを踊る様に、メイドと淑女は左右を入れ替えながら、天より飛来する破壊の雨中でステップを踏む。

　その様を見下ろして、プルトは空中を旋回しながら舌打ちした。

「奴（やつ）の新しい赤い影、光と熱（じゃくてん）を防ぐのか!?」

「そうみたいですね、お兄様。一番箒（あのババア）の見る目は、間違っていなかったという訳です。イヴリーンもまた、我らと同じ、血塗られし箒（ほうき）の資格を有する者。どうしましょうお兄様、このままでは埒（らち）があきませんお兄様」

「決まってる――だったら、拳で直接砕くまで！」

貴血因子（レガリア）の出力は、宿主の心臓からの距離に反比例する。ゆえに、最大の出力を、最高の効率で叩き込む解はたった一つ。

近接打撃。ただそれのみ。

一方、地上ではイヴリーンが忌々し気に舌打ちを響かせた。

「蚊トンボよろしく、遠距離戦に終始するつもりですか……。相変わらず、人をイラつかせる兄妹です」

「いいえ、これは、熱の動きが違う——来ますわよっ!? っく、速——!!」

刻一刻と限界をぶち抜きながら暴走を止めない双子の因子出力は、その背に生えた光翼にて爆裂し、常軌を逸した運動速度へ変換される。

大気の壁を幾枚も破り、慣性をねじ伏せた飛行機動は、しかし確かに、鋭角の残光で夜空に舞踏を刻んでいる。超々速度の短短長拍を引き連れて、垂直に急降下した双子の踵落としが、隕石もかくやという威力で地上の二人に襲いかかった。

「必殺、流星☆ウルナちゃんフォーリンダウン!!」

「さらっと僕を省くなウルナお前えええっ!!」

地表周辺の大気が、二つの彗星のインパクトの刹那、平面と化した。

それ程の瞬間打撃力が島そのものを傾かせ、一瞬、確かに海中へと沈め、しかし。

「読めていますよ。馬鹿どもが」

「っ!!?」

攻撃を受けるその間際、極限までの見切りを以て、パトリツィアもろとも、双子自身の影の中に退避していたイヴリーンが、攻撃後の隙を狙って再出現したのだ。

　完全なる不意打ち。しかし焼き切れながらも加速を続ける異常な反射神経で、プルトは左から、ウルナは右から、それぞれに襲い掛かった影の蹴りと爆熱の拳を受け止めて。

「「「ッ!!」」」

　四者はその場で、刹那の舞踏を開始する。

　拳と蹴りをぶつけ合い、その反動を無駄なく次撃へ繋(つな)げて、血に宿る力を加えながら、一瞬ごとに致命的になってゆく攻防は、一秒にも満たぬ間に破滅的に加速した。

「死になさい、殺してあげます。騎士団についた今のお前らは、私にとって、晴れて粛清すべきゴミとなったのですから」

「はっ！　お前こそ！　政府に飼いならされるとは落ちたものだな七番箒(イヴリーン)！　僕たちは、真に貴き御方(おかた)に仕える箒(ほうき)だったはず！　その本意を違えるとは」

「知ったことか」

　憎悪を滾(たぎ)らせる赤い影刃が、光輝の翼と斬り結ぶ。一種幻想的ですらある衝突の下で、夜闇をまとわせた蹴り足と、煌(きら)めく拳もまたぶつかり合った。

「私は最初から、誰に仕えるつもりもない。ただ、お前たちの様な汚らわしい貴族どもを殺すために黒箒(メイド)になったのですから。……ああ、そうですね、では私が間違っていました。訂正します」

　二重影をまとうイヴリーンが、周期的に明滅するプルトと睨(にら)み合(あ)う。

「今も昔も変わりませんでした。私にとってお前は、実に不愉快なゴミクズのままです」

その後ろでは、ウルナの掌底がパトリツィアの顔をとらえた直後、おぼろに揺らめく掌が爆光を放ち、零距離からの破壊光線が淑女の顔面に射ち込まれた。

「こんなにも弱いくせに、私とお兄様に対して、よくも調子に乗ってくれましたね。ですが心配ご無用、謝罪も不要。私は寛容。お前の命で賠償可能です」

「……償う気など、さらさらありませんわ」

辛うじて、首をひねって回避していたパトリツィアは、焦げた頬を怒りに歪めた。

「お前たちこそ、私の愛する殿方と……彼の、大切な人を！　傷つけたのですからっ！」

そして猛り狂う炎熱が、光翼の一振りで薙ぎ払われる。

「何を言い出すかと思えば、ウルナ、失笑です。一体どうして、貴族のあなたが、平民を愛せるのでしょう？」

「知りませんわよ」

しかし、これがその証明だと言わんばかりに、パトリツィアは炎と拳を叩きつける。

「……だってもう、愛してしまったのですもの」

だが総じて、天秤の傾きはやはり双子に優勢だった。当の昔に天井をぶち破ったままぐんぐんと高まり続ける身体強化により、パトリツィアはおろか、イヴリーンまでもが、ついに防戦一方に追い込まれ——しかし、そこで。

「……ぁ、ぐっ!!　な、ん……から、だが」

「ぁ、しまっ——お兄様！」

何が起きたのか、事態の解明など、この場において最劣後なのは明白だった。

よって、唐突に苦悶を浮かべて動きを止めたプルトと、動揺を晒したウルナへ、叩き込まれたのは容赦ではなく。

「死になさい」

「爆ぜなさい」

二つの影を宿した貫手が、辛うじて身を捻ったプルトの右腕を切断し、脇腹を抉った。

渾身の莫大熱量を込めた拳が、ガードした両腕をへし折り、ウルナの胴へと炸裂した。

その様に、痛恨となった一撃は、双子をそれぞれ大きく吹き飛ばし、天を領土としていた彼と彼女に地を舐めさせたが——。

「チッ、今ので決めるつもりでしたが——どうやら、間に合いませんでしたか」

拳を下げて、心底から忌々し気な舌打ちをする相方へ、パトリツィアは首を傾げた。

「……どういうことですの？」

答えたのは、血を吐いてうめく兄を、折れた両腕でそっと抱きしめながら、不吉な微笑を浮かべる妹だった。

「解除失敗タイムリミッツ。あなたたちは私たちを殺せませんでした。するとどうなる幕が下ります。パーティー・イズ・オーバー」

烈しく大気を帯電させながら明滅する双子の輪郭は、今にも溶け出しそうなほど。

「さあ、カーネーションを回しましょう。私たちの輪廻が回ります」

「あ、あああ、熱い、体が、崩れ……ウル、ナっ……!!」

それはまるで、燃え尽きていくロウソクの、最後の輝きに似ていて。

「かわいそうなお兄様。だからかわいいお兄様。次はきっと、アイスクリームが食べられます様に」

途端、イヴリーンはパトリツィアの腕を取り、ほとんど密着する様に身を寄せて、

「へ……え!? ちょ、ちょっと貴女、な、なんのつもりで――」

「どうもこうもありません。負けるつもりがないなら、よく聞きなさい」

心底からの真剣なるその警告に、パトリツィアは表情を険しくした。

「馬鹿娘。あなたは今から死力を絞って、死んでもいいから加減なしで炎の熱障壁を張りなさい。奴らこれから――」

双子の体内で高まり続ける因子出力が、ついに致命的な決壊点に達し、その輪郭を食い破り始める。

「自爆します」

瞬間、全てが白に包まれた。

……相似性を有した因子は互いに干渉して共鳴し、二つの肉体に無限大の強化をもたらす、だけではない。

一度始まった共鳴は本人たちでも制御不能。よって双子の器を遥(はる)かに溢(あふ)れようとも止まらない。そして青天井を振り切った因子出力は、数分で極限を越え、臨界に達するのだ。

引き起こされるのは、空前絶後の大爆発。

遺伝過程のイレギュラー。自己保存という優先命題を棄却し、生存本能のリミッターを外してしまった貴血因子(レガリア)の到達点。平民(にんげん)の殺傷という設計目的を遥かに凌駕(りょうが)した、超威力(メガトン)の放出現象に他ならなかった。

天候すらも変動させる超規模の爆風が、ようやく収まった爆心地で。

そこに収束していく光が再び二つのヒトガタを形成する。

つまり生まれたままの姿で、プルトとウルナは再生を果たした。

「あれ？　ここ、は、僕は……一体」

「…………っ、お、にいさま」

キョトンとした表情のプルト。対照的に憔悴(しょうすい)しきったウルナ。

臨界によって散逸した波長の再収束。その過程で双子の肉体は再生される。

しかし、爆破と再生を経てその際の記憶を失ってしまうプルトと違い、ウルナは想像を絶する苦痛と衝撃を記憶したままという違いこそあるが、双子はある意味、不滅に等しかった。

波の様に繰り返される破壊と再生で、数多の戦場を薙(な)ぎ払(はら)い、残骸焦土の中から再誕する、爆殺輪廻の双子花。

これが、〈黒い箒〉十番、十一番、プルトとウルナである。

「だ、大丈夫か！　ウルナ！」

兄は駆け寄って、虚ろな瞳の妹を抱きしめる。

「……だいじょぶ、です。うる、な、は……おにい、さま、さえ、いれば……ぶい」

優しくウルナを抱きしめたまま、ごめんよと言って、安心させる様に頭を撫でる。

「何があったかよく分からないけど、大丈夫だよウルナ。僕がついてる。これからも、ずっと、ウルナを守るから」

妹を抱き上げて、少年は安心させる様に呟いた。

「とにかく服と、飲み水を探そう。僕に任せて、ウルナは寝てていいから──」

その瞬間。

プルトの胸を背中から貫いた黒影の先端は、またウルナの心臓をも射抜いていた。

「……どうにか生き延びましたか。グッジョブです、金髪馬鹿」

「ま、まあ、私にかかればこの程度──もう二度とごめんですわ！　というか金髪馬鹿ってなんですの！　最初から思ってましたけど、いい加減名前で呼んで下さい！」

「無理です。知りませんから」

「……あの時、カフェで名乗ったはずですが」

「〜〜っ、こ、このっ!!　あーもう！　わたくし本っ気で、あなたの事大嫌いですわ！」

「奇遇ですね。私もです」

迫り来る爆熱は、パトリツィアの全力熱障壁でも防げるのは一瞬だけ。

ゆえに防御した刹那、強烈な光によって生じた周囲の影へと、イヴリーンの能力で二人は転移し、そして再度の防御後、再度の転移……そうした紙一重を繰り返し、その都度命を拾いながら二人は辛うじて必死確定の爆発半径から脱出していた。

血だまりの中に倒れ伏す裸身の双子から影槍を引き抜いて、焦げたヘッドドレスを付け直すイヴリーンへ、パトリツィアは辟易しながら問うてみた。

「……また復活したりしませんわよね」

「ええ。コイツらが再生できるのは、自身の力で自爆した時だけです」

打ち止めにできて清々しますと、踵を返すメイドの背に、パトリツィアは問うた。

「これからどうしますの？」

「愚問です。私は取り逃がした獲物を追いかけるまで。あなたは」

「ええ。私も、運命の恋路を歩くだけです」

「馬鹿ですね」

「あなたこそ」

二人して歩き出した足音が、しかし同時に止まり、振り返る。互いの視線の先には、

「……ま、だだ」

胸の空洞から血をこぼし、しかし不気味に明滅する兄が、同様の妹を抱き上げていた。

そして再び、兄妹は爆発する。

二度目の爆発は格段に小規模だった。

命をほとんど失った状態で、無理やりに因子出力を臨界まで引き上げたせいかもしれない。目的の再生が、その様な歪な様になってしまったのは。

爆心地に収束したのは、一つの異形だった。

両者が結合し歪に膨張したその姿は、まるで欠けた部分を補い合った代償のようで。暴走した因子が一つの体内で再び共鳴を開始し、その体表面で爆発と再生が繰り返される。

「ぼく、が守る、んだ……ウルナを、いもうと、をぉ、おおおおオォッ！」

「おにい、さま……ちがう、わたしが、おにい、さま、ををををを ッ!!」

あまりにも無惨な、あるいは妥当な、爆殺の輪廻を回し続けてきた兄妹の末路。

それに対して、絶え間なく叩きつけられる爆風を切り裂いて、二つの拳は同意した。

「……哀れですわ」

「ええ、見るに堪えません」

だから、今度こそ終わりにしてやろうと光と影が重なり、混じり合う。

「ちょっと、あなたの方の出力が弱くってよ。もっと気張りなさい陰険メイド」

「あなたこそ、力の調整が荒すぎます。もっと慎みを覚えられませんか馬鹿娘」

言い合いながら、二人は同時にため息をつき、そして、

「「いいから黙って——」」

声を合わせて、まったくの同時に言い放ったのだ。

「「私に合わせなさいッ!!」」

その瞬間、かつて戦い、そして共闘を経た二人の因子は相反しつつも互いに一致し、この場限りの共鳴を果たした。

相反しながら高め合う光と影を繋ぐのは、灼熱する憎悪の鮮血。二重、いや三重の血が繋ぎあった一撃が、融合したプルトゥルナの心臓を貫き、

「——ぁ、おにい、さ」

「ウル、ナ……ずっと、いっしょ」

今度こそ、双子は爆風の中に消滅した。

※

——マルセラ島より、数海里を離れた沖合にて。

「な、何だ、あの爆発は……」

双眼鏡を覗き込んだ船長は、狼狽しながら指示を出した。

「とにかく、本社へ報告だ。要塞島(ガヨーマルス)へ帰島する。準備をしろ！」

「はい！」

頬(ほお)に傷のある、新入りらしき水兵へ。

第四章　Reverse the edge

1

私が、マルセラ島にてクロニカたちを陥れてから、二日の後。

晴れ渡る青天の下にあって、その島だけが、もくもくとした灰色の傘をさしていた。

鈍色（にびいろ）の廃水を濃紺の海原（うなばら）に流すその島は、蒸気汚染によって、自然林のほとんどが消滅した本国の光景を思わせる。

ここは共和国（コロニアルズ）へ、いずれ会社武力で侵略する際の兵站（へいたん）基地なのだと、彼は説明した。

要塞島、ガヨーマルス。

都市一つ分ほどの小島には、深い入り江を利した軍港と、物資の集積倉庫、そして幾つかの兵器工場が敷き詰められており、海洋を支配するための暴力を適切に支える機能が、過不足なく集中していた。

そして島の中央にある、膠泥（モルタル）とレンガの要塞が、実質的に帝国海軍商社（エルビオンネイヴィーカンパニー）の本社として、広域海洋に分散する支所と社員への指令機能を持っている。

その要塞社屋の一室にて、私は彼と一緒だった。

「次だ。脱げ、アナ」

「はい」

言われた通り、侍従に手伝われて服を脱ぐ。目隠し(アイマスク)以外の全(すべ)ての布地を床の上に落として肌を晒(さら)し、私は着せ替え人形よろしく、指示された通りに次の衣装へ着替えた。

五日後の株主総会兼、結婚式披露宴にて。私はこの男、帝国海軍商社、社長ラグナダーン＝カブールと結婚する。これは、そのための花嫁衣裳(いしょう)の試着会だった。

しかし、目前に控えた自身の晴れ舞台など、私にとってはどうでもよかった。

結婚など、今更してもしていなくても変わらない。私の人生はずっと昔から、私のものではないのだから。

それよりも、私はクロニカが。私が陥れたあの少女がどうしているかが、気になった。

「聞きたいか」

「……はい。少しだけ、私を見たらどんな顔をするのでしょうか」

侍従たちの手によって、着替えを終える。目の見えない私には、自分がどんな格好なのかはよく分からない。そして、彼の反応も。

しかしどうやら、この背中の大きく開いた衣装は彼のお気に召したのか、次を指示されることはなく、代わりに、嘲(あざけ)る様な笑みの気配がした。

「そういえば……お前には大して伝えていなかったな。いいだろう。騎士団の連中が言っていたことを教えてやる、アナ」

そう言うと、彼は私の侍従たちを部屋の外へ出し、語り始めた。

ライナスさんの正体が、やはりいかがわしい詐欺師であったこと。

そしてクロニカが癌細胞と呼ばれる、異端の貴族であり。

消えていく。そう言えばと思い出す、今まで過去をあまり語ろうとしなかったのは、そういう、事だったのか。

「……記憶、が」

二人を羨ましいと、あの時の私は思った。単なる逃避行だと思っていたから。

でも、そんなか細い旅路を、彼女と彼は歩んでいたの？

私の内心で起きた些細な動揺を察した様に、ラグナは続けた。

「あの娘は今、地下牢に捕えている。騎士団の連中には、まだ手出しさせていない。なぜならば、あの化物には、やってほしい事があるからな」

それが何なのか、問いかける前にラグナの声が続く。

「僕は、お前を愛してる。だが同時に、どうしようもなく憎んでいる」

知っている。ずっとずっと聞かされてきたのだから。

曰く、お前は母である女性の代わりなのだと。彼を愛さなかった私の母の代わりに、彼に愛を与え、そして……罪を償うために生かされているのだと。

そう言って、彼は十二年前、視力と両親を失った私を引き取った日から、幾度も、幾度も、私の体と心に謝罪と賠償を要求し、そして支払わせてきた。

「あの化物は、どうやら人間の記憶を、それを基とする精神を、そっくりそのまま別の人間へと複製できるらしい。よって、僕は思いついたんだ。お前への愛を遂行しながら、同時に、お前へもう一度、何度でも復讐する方法を」

背筋が震えた。けれど私は、この感覚に慣れてしまっていた。

そして、どうすれば楽になれるのかも。もう、分かり切っている。

「お前にはこれから、僕の子どもを産んでもらう」

瞬間、私は肩を強く捕まれ、床へ無理やりに押し倒された。

彼の体重が覆いかぶさって来る。恐怖で、喉がひきつった。

「そしてあの化物を使って、生まれてきた子供に、お前の精神を転写する。そうすれば、くく、ふふはは！　僕はお前を愛しながら！　同時に、もう一人のお前を殺せるんだ!!」

しかし今回ばかりは、一瞬、何を言われているのか、正気では理解できなかった。

私を無理矢理愛して、子どもを産ませる。そしてその子に、クロニカの能力で私の心を移してから、殺す？　そう、言ったのか、この、男は。

おぞましい。気持ち悪い。そして何より、あまりにも、むごすぎる。

分からない。これっぽっちも理解できないし、したくない。

本当に久しぶりに、生理的な拒絶と、本能的な忌避が私の表に現れた。

私はこらえきれなくなった様に叫んで、彼の体重を押し返そうとした。

しかしできなかった。異様なほどの力で押さえつけられ、頬を二度三度、躾ける様に平手で打たれた。

「なぜだ、どうして分からない……！　アナ！　それがお前の義務だろうがっ!!」

さらに何度も何度も。彼は久しぶりに私の体に苦痛を刻み込む。

「善は！　努力したものを必ず報いる！　それこそが、この世の絶対の掟だろうが！　それが正しき教えであり、正しき道徳が導く秩序だ！　なのに、なのに……ミシュラは僕がどんなに努力しても、僕を愛さなかった！　なら！　僕に与えられるはずだった愛は、お前が与えるべきだ！　僕の傷ついた心を癒す復讐の機会も、お前が提供するべきだ！　お前の血肉も爪も毛の一本さえも、そこから生まれた全ても僕への報償として費やされるべきだ！　それが、それこそが!!　正しき善の実行だろうがぁあああッ！」

……ああ、やはりどうしようもないのだ。

この男には、何を言っても通じない、何の道理も理屈も、通る余地がないほどに壊れてしまっているから。そんな男に見初められた時点で、私の人生も壊されたのだ。

だから、もう何もかも、どうでもいい。

いつも通り、私の手足から力が抜ける。喜びも希望も何もかも、人生への期待を根こそぎに投げ出していく感覚。けれどそれは、同時に麻薬じみた頽廃的な痺れとなって、もたらされる暗い安楽に、いつしか私は病みつきになっていた。

けれどそこで、ノックの音が部屋に響き、ラグナの身体がゆっくりと離れていった。

「……服を直せ、アナ」

それから扉に向けて、彼はほとんどぶつける様に何だと叫んだ。

扉越しに、社員らしき声がする。

「ご報告です、社長。その後、艦隊を残して移民鎮圧を続けていたマルセラ島なのですが、その……今しがた、我が社の戦力が壊滅したとの知らせが」

「何だと」

「その、帰島してきたのは巡洋艦一隻で、その報告によりますと、どうやら共和国(コロニアルズ)の化物……貴族による戦闘の余波で、現在島の状況がどうなっているかも不明です」

それから二、三言葉を交わして、舌打ちとともにラグナは部屋を出ていった。

「……」

残された私は、いつもの礼服に着替え直して、部屋を出た。

胸の中の、希望とも言えない淡い熱さを、必死で握り潰しながら。

2

気付けば、私は一人で、要塞の地下牢(ちかろう)を訪ねていた。

見張りの兵士に、牢の中へは一人で入らせてほしいと伝える。

「お、お一人では危険です」

「盲目なら、彼女の力は通用しないのでしょう。それに拘束もしているはず。むしろ、視覚のあるあなたが操られたりした方が危険ではありませんか?」

そう言って兵士を退け、牢に入る。

数秒立ち止まって、数回靴を鳴らし、その響きと肌に伝わる感覚で間取りを把握する。

「こんにちは、クロニカ。昼食ですよ。まだ生きていたら、一緒に食べませんか？」

手に持った食事の盆をベッドの上に置く。そして壁の方へ振り返った時だった。

「……アナ、ヒト」

血を吐く様な声、いや実際に吐いているのだ。鉄さびに似た匂いと、滴る音がした。

「生憎（あいにく）だけど、遠慮するわ。お腹（なか）と胸を……杭（くい）で打たれてるせいかしら。ご飯、食べられそうにないの」

「そうですか」

どうやら鉄杭の様なものに身体（からだ）を貫通されて、地下の冷たい石壁に磔（はりつけ）にされているらしい。気配が動かなかったのはそのせいか。

残酷に思うが、彼女はどうやら不死身らしいから、大事ではないだろう。

罪悪感は、感じない。ただ、思ったよりも全然、晴れ晴れとしないのは事実だ。

クロニカ。彼女はもっと幸福な少女だと思っていた。可愛（かわい）らしく、健気（けなげ）で、私と違って自由で、心から大切に思える人を隣に、自分の足で歩いていける。

そんな、私とはかけ離れた、眩（まぶ）しい存在だからこそ、希望を持たせた後で、どん底につき落として、滅茶苦茶（めちゃくちゃ）に踏みにじってやりたいと思った。

あの男の手で、黒い幸福を押し付けられた私の人生の、せめてもの慰めに。

けれど、今は正直なところ、少しだけ期待外れの様な感じを覚えている。

「……あなたの事情を、全て聞きました」

「うん」

「私が思っていたより、辛い思いを、してきたのですね」

言って、思った。どの口でほざけるのか。彼女をこんな状況に追い込んだのは、追い込むと知りながら、嬉々として導いたのは私自身なのに。それが、今さら同情なんて、何て恥知らずなんだろう。

だがまあ、それすらも、どうでもいいかと投げ出した時。

「ねえ、アナヒト」

「？　はい」

「もう一度、聞かせて。あなたは、あの男と結婚して、幸せなの……？」

「はい。幸せです。……という以外の答えは許されていません、というよりクロニカ、あなたは私の心を一度、見たでしょう？」

そんな訳がないだろうと、私は少し苛立った。

「単に、逆らえないだけです。ずっとずっと、そう言い聞かされながら育てられましたから。聞きたいですか？　あの男が、今まで私に何をしてきたか？　殴り、蹴り、踏みにじり、弄び……ああ、そう言えばクロニカ、一緒に入浴した時、私の事もきれいだって言ってくれましたね。ふふ、はは……見当違いも甚だしい。私の肉体に清いところなど、もう何処にもありませんよ」

そこで、私は自分の言葉が、奇妙に熱っぽいのに気づいた。

張り裂けそうな胸から、すらすらと言葉が出ていく。まるで聞いてほしいみたいに。

なぜ？　こんな事をクロニカに言ってみたところで、意味などないのに。

「……でも、そんな事どうでもいいんです。もう、とっくの昔に、諦めましたから」

ならば、黙っていればいいはずなのに、どうして私は言葉にしてしまうのか。

しかし、止められなかった。まるでクロニカにだけは、知ってほしい様に。

「本当に、あなたはそれでいいの？」

「ええ。そもそもですね、クロニカ。仮にあの男を拒絶できたとして、それで、私は今後どうやって生きていけばいいのです？」

喉が動くまま、私は溜まっていたものを吐き出す様に声を発していた。

「この地位も、彼から与えられたものです。私自身に、職位に相応しい能力などありません。学識はまあまああります が、この目です。書類仕事も一人ではこなせませんし、あと家事も出来ません。街を一人で歩くことさえ困難です。私は、私の人生を自力で生き抜く力さえありません。何より……私にはないのです。積極的に生きたいと思える理由も、一緒に歩きたいと思える人も……恵まれたあなたには、そんな事も分かりませんか」

気付けば、私は喋り過ぎ、かつ声に熱を込め過ぎていた。

呼吸を整え、冷静になる。そうして暫し訪れた沈黙を、不意にクロニカが破った。

「……あなたと出会った、大使館に行く前にね。私、アイスクリームを食べたの」

「は？」

まだ覚えていると呟く、少女の声はとても切なげだった。

「冷たくて、甘くて……優しい雪みたいに口の中で溶けていく、とっても美味しいお菓子なの。だからね、まずは、あなたと一緒に食べに行きたい」

「何を……言ってるの」

「それだけじゃない。他にもいろんなところを二人で歩いて、触れて、味わって、楽しかったねってお喋りするの。どうかしら？　少しは、素敵に思わない？」

暗い視界に、その光景を想像する。

なぜか、胸が、苦しくなった。焦がれる様に、息が詰まった。

「そんな未来なら、あなたも、いきたいって思ってくれる？」

ダメだ、いけない、こんな感情は、こんな期待は持ってはいけない。

「もし、少しでもそう思ってくれるなら、お願い、アナヒト」

「うるさい、黙って」

握り潰す。何度も何度も。胸の裡で首をもたげる、感情未満の衝動を。

だって、余計に苦しむだけだから。

何度も、何度も、私は私自身の心を圧し潰して、そして、ようやく潰し終えて。

「……もう戻ります。お邪魔しました、クロニカ」

それでも後ろ髪を引く何かに、強引に背を向けて、私は地下牢(ちかろう)を立ち去った。

3

そして五日後。

帝国海軍商社(エルビオンネイヴィーカンパニー)、株主総会。そして披露宴及び結婚式の当日。

私は花嫁衣装の上から、ゆったりとした大きな純白のローブを包装の様に着衣して、午前から始まった総会へ、貴賓席にて参加していた。

会場は、蒸気帝国(エルビオーン)の誇る、そして海軍商社の海上保有戦力の象徴たる、超戦艦ガンダルワの前部第一甲板だ。

戦艦上は、百人規模の宴席として不足ない役割を果たしていた。どこか冷たい鉄の床面を、紅白の絨毯(じゅうたん)が相応(ふさわ)しく飾り立て、本国では高価な生野菜や魚介を中心とした料理が並んでいる。会社株主である出席者たちは、みな思い思いに砕けた様子で、葡萄酒(ぶどうしゅ)を乾杯し、社交に勤(いそ)しんでいた。

そんな参加者たちの背景として、議事はいつも通り、形式的に進行していた。

壇上に立った司会役が株主たちへ、景気のいい話と、楽観的な見通しを述べ終える。

そして、総会がつつがなく終われば、私とラグナダーンの挙式に移る。

ともかく、式目は予定通り進行し、総会の締めくくり、来期の会社代表――社長を決定する代表株主投票が開始された。

これは帝国海軍商社が株式会社だからであり、株式会社の運営権は株主たちのものであるから、その指示による代表取締役によって運営されるべき、という建前らしい。

社長は、ここ十年間一貫して、ラグナダーンが務めている。

投票権を持つのは計九名の筆頭株主だ。ラグナダーン、バルバロッサ、そしてファキムという三人の他に、社外株主の六名。

今回、ファキムの欠席は当然として、もう一人の筆頭株主も欠席らしい。

合計7名が中央の円卓に集まり、挙手制の投票が行われようとしていた。

まさにその時だった。

「いやはや、遅れまして、申し訳ありません。少々、支度に手間取りまして、ねえ、ファキムさん」

「……そうですね。猿、いや、ふぅー、クルーガー氏」

「え……?」

「——どういうことだ」

私はその声を聴いて。ラグナダーンは姿を見てだろう、ともかく同時に、私たちは驚愕(きょうがく)を口にした。

次いで周囲のどよめきも耳に入る。それもそのはずだ。

マルセラ諸島の農園管理において、大規模反乱と農地焼失という失態を犯し、謹慎中のファキムがなぜか、一人の共和国人（コロニアルズ）に過ぎないその男と連れ立っているのだから。

そして、その男の名を、私は知っていた。

「ああ、ご紹介が遅れまして申し訳ありません。私、急病にて本日欠席となります、筆頭株主のムルグズ様の代理を仰せつかっております、ライナス＝クルーガーと申します」

見えなくても分かる。爆発寸前の怒気を溜（た）め込み、じっと重苦しく沈黙したラグナダーンに対して、極めて挑発する様に、その男は言ったのだ。

「では、どうぞよろしくお願いいたします」

4

五日前。巡洋艦のタラップを降りて、敬礼をする兵士たちの前を颯爽（さっそう）と通り過ぎ、俺は要塞島ガヨーマルスの土を踏んでいた。

服装は、水兵のふりをして潜り込んだ船内でくすねた上役の格好だ。肌の色も、もちろん胴乱（ファンデ）で誤魔化（ごまか）している。

そして、身に着けた仮面は誰にも見えない。

俺は軍隊に入った経験はないが、軍人という生き物ならよく知っている。十二年前の革命内戦の時期、嫌というほど、どこの街中にも生息していた。

彼らは市民に対しては無限大に威圧的で、そして何より、上官に弱い。

「ご苦労、下がっていいぞ」

「はっ！」

ここは戦艦ガンダルワの内部。本物そのものの威厳と横柄さをもつ、架空の上官の顔で、目当ての部屋まで部下に案内させた。

クロニカの安否も気にはなるが、まずは根回しだ。大丈夫だ、アイツは死ぬことだけは絶対にない。けれど、だからと言って――。

そこで俺は思考を打ち切った。自分の中の冷静さを、無駄にすり減らすだけだから。

気を取り直してノックとともにドアを開けながら、顔から仮面を落としておく。

そして再会早々、奴（やつ）は親の仇（かたき）の様に俺を睨（にら）みつけた。

「こ、この劣等民族の猿めぇ……！　も、元はと言えば貴様のせいで、私は！」

「その節は悪かったな。だからお詫（わ）びの印にイイ話を持って来てやったんだ。感謝しろよクソ野郎」

農園管理部部長、セルジュ＝ファキムだったか。人生を台無しにしてやった手前で恐縮だが、この際、せっかくなら骨の髄まで利用させてもらう事にした。

「アンタ、このままじゃ家族もろとも物理的にクビになるかもなんだろ？　ならいっそのこと、社長の座を奪い取ってやればいいじゃねえか」

「……どうするつもりだ」

簡単だと、俺はカモの前に、夢色のエサをぶら下げてやる。

「株主総会だったか、そこで会社の経営者は投票で決まるんだろ。なら、アンタ自身に票を集めりゃいい。まだ、株は持ってるよな？」

「あ、ああ……一応まだここに所有している。だから、出席権も投票権もあるはず、だが、一票自分に入れた所で……」

「だから、味方を集めるんだよ。何とかアンタに付いてくれそうな奴は何人いる？」

「ふ、二人いる。私と同期の、商務省出身の奴が一人、それと、一応親戚筋のが一人」

「じゃあ、その二人をこれから説得するぞ。アンタも付いて来て協力しろよ」

「私は今、お前のせいで謹慎中なんだが、猿」

「俺の言うとおりにすれば、少しぐらいバレねえよ」

「……い、いや、だがそもそも、彼らの説得など不可能だ。落ち目の私に魅力など——」

「心配すんな。賄賂なら多少はアテがある。それと、これも」

船出前のランストンにて、他人（カルマン）の裏口座から引き出した金額は結構なものだ。念のため、港の証券取引所にて為替送金しておいてある。

そして、俺は一枚の紙片を、懐から取り出して見せた。

超国家銀行アンシーン㈱　四十四番行員　フラン

相変わらず、さっぱり読めない俺には何も分からない。が、先日のアナヒトの反応を見る限り、それはどうやら、俺が思っているよりも遥かに重い価値を持つらしいから。

一か八か、見せてみた紙片を、ファキムは穴が開くほど凝視してきた。

「猿ぅ……？　き、貴様、一体どこで、こ、この名刺を……？」

「どうだっていいだろ、貰ったんだ。で、説得に使えそうか？」

そんな俺の問いは、ファキムの顔を見るに、どうやら愚問である様だった。

「……それで、だ。あと一人ぐらい、投票者ん中で気の弱そうな奴とかいないか？」

「ムルグズという株主、八十四歳の元議員の男がいるが……確か、心臓が弱い」

「そいつは、もうこの島に来てんだな？　よし」

「おい……何を企んでる」

「いや、前日に体調不良になって、俺を代理にしてもらうだけだ。気にするな。ともかく、これで四票だな」

「あ、ああ。確かに、上手くいけばこれで四票……だが」

過半数を取れなければ、採決はされない。

「残りの五票の内、一つは社長本人、そして一つはバルバロッサ、もう二つも……やはり無理だ。軍務省の出身者で、完全に現社長派閥だからな」

「……残りの一人は」

「残念だが、それこそ、最も説得困難だ」

　ファキムはお前も知っているだろうと声を尖らせた。

「アナーヒトゥー様だよ」

5

　どちらにせよ、後はもう当日の空気で押し切るしかない。

　そうファキムを説得して別れたのは二日目の夕方、俺は一人島の内部、中央にある本社要塞へ向かっていた。

　クロニカの居場所はそこだと、ようやく突き止めたからだ。

　灰色のレンガで造られた鉄の扉の前には武装した兵士が数人。しかしやはり、俺にとっては番犬とそう変わりない。

「社長の指示で、尋問係を引き受けた。牢まで通してくれ」

　地下牢までの案内を快く引き受けてくれた、若い兵士の背中を撃ち、

「ご苦労」

　ついさっきまで油断していた見張りの兵士の腹も撃って、痛みに悶絶する二人に素早くさるぐつわをかけて拘束する。だが、あまり時間的猶予はないだろう。

　俺は異臭のする鯨油ランプを片手に鉄扉を開け、真っ暗な牢の中へ入り、そして。

「……よう、無事か」

「ええ。なんとか、ね」

クロニカは、鉄の杭を胸と腹に打たれて、石の壁に磔けられていた。

咄嗟に込み上げた、不要な感情の温度を下げて、飲み込む。

必要な事だけを、一つ一つ、伝えていく。

「……逃げる手段は、用意できなかった」

「うん」

「だから、このまま亡命するのも、共和国に逃げ帰るのも、できない」

「……うん」

「だから、ラグナダーンをぶちのめして、この会社を頂くぞ」

俺とクロニカの因果の糸は、アナヒト、ロストム、そしてラグナダーンとぶつかり、もつれにもつれてここに至ってしまった。

どうにかするにはもう、無理矢理、断ち切るしかない。

「……すまん、俺のせいだ」

あの時、大使館に逃げ込んだせいで。

「いいのよ」

左眼を開いてクロニカは言った。

「私が、あなたを信じたんだから。それに、アナヒトを見捨てたくないから」

「……あの女だがな。説得、頼めるか」

株主総会について俺の計画を伝えると、クロニカは小さく、確と頷いた。

「ええ、任せて。今度こそ、友達になってみせるから」

そう言って微笑するクロニカを貫く杭に手をかける。癒着しているそれを外すため。俺は牢の外に戻って、恐らくは尋問用だろう金槌を持ってきた。

「少し、痛むぞ」

「うん、大丈夫だから、お願い」

杭頭を叩くと、甲高い音と嫌な手応えがして、少女の体から血が滲んだ。

クロニカが短く苦痛を呻いた。思わず、手を止めた瞬間。

「……ねえ、ライナス。あの時の返事……もう一回、言ってくれる?」

間近の左眼が、もう一度、かつて俺が拒否してしまった想いを伝えてきた。

「……何か、頭をぶつけちゃったみたいで、よく憶えてないから」

気丈に笑うその顔は、血にまみれて青ざめていて。

「だからねもう一回、もう一回だけでいいの。そしたら、我慢できそうだから」

俺は、もう一度、懺悔の様にそのお約束を口にした。

ずっと、側にいる。なぜなら、やはり、お前の側こそが。

詐欺師に似合いの、場所だから。

そして現在、状況はこうだ。

次期社長を決める投票形式は、議事通りに開始された。

式場に用意された円卓に着いた、俺を含む四人は手はず通り、ファキムに挙手した。

ラグナダーンを含む四人は、現社長に挙手した。

そして残り一票は、文字通り、アナヒトの手にかかっており。

その場の全員の注目を浴びる中で、盲目の巫女は沈黙していた。

「わたし、は……」

震える指が、ラグナダーンとファキム、対面に座る二人の間を彷徨って。

その声が、磁石の様に彼女の指先を奪う前に、俺は声を張り上げた。

「僕を指せよ、アナ」

「待てよ。これがアンタの人生を変える、最後の機会だぞ」

だから、せめて。

「自分の意思で、選ばなくていいのかよ」

「黙れ！　僕の妻に、気安く話しかけるなっ！」

アナヒトの指が、ラグナダーンを指しそうになる。

やはり、ダメか。

俺の言葉では届かない。この土壇場で、彼女の心に触れることができるのは、俺ではないただ一人だから。もうここに呼んでいる。

パチリと、合図の様に掲げた指を高く鳴らした。

こつこつと、その足音は兵士を視線で黙らせ、俺の側(そば)に立つ。

「アナヒト……少しだけ、お願いがあるの」

6

「いまさら、あなたが私に何を願うのです？　クロニカ」

「――目を開けて」

私の声に、彼女は一瞬だけ考える様に沈黙して。

「ああ、そうですか。心に干渉できるんでしたね。それで、私の心を操ろうという訳ですか？　もちろん、お断りです」

そこで、私たちの会話を断ち切る様に声を上げたのは、ラグナダーンだった。

「耳を貸すな、アナ。おい誰か、そこの部外者を摘(つ)まみ出せ」

けれどすぐに、ライナスに耳打ちされたファキムが援護してくれた。

「穏やかじゃありませんね、社長。結婚式の前に、友人の女性が花嫁に祝いの言葉を述べに来ただけでしょう。そう目くじらを立てることもありますまい」

「何をふざけた理屈を――」

そうして卓上ではじまった口論の隙を通り過ぎる様に、警備兵たちを視線で留(とど)めながら、私は彼女の隣に立った。

「私はただ……あなたの魂と、話したいだけ」

「それが、一体今更、何になるというのです」

アナヒトの声は、まるで怒り出す寸前の様に沈み込んだもので。

そして、彼女は胸元を押さえながら、まるで抑えきれない様に叫んだ。

「何にもならない……どうしようもないでしょうがっ！　私にはもう、一人で生きていく力なんてない！　羽も足も、もがれてしまった小鳥が、いまさら空に飛び出してどうなると言うのっ！」

そこでアナヒトは声を落として、呪詛の様に吐き出した。

「……ああ、それとも、あなたが面倒をみてくれるというの？　クロニカ。うふふ、それはいいですね。大した偽善です。反吐が出ます。……私は、あなた方を騙して、裏切り、傷つけたんですよ？　そんな人間と、本気で仲良くなるつもり？」

そんな訳ないでしょうと、彼女は立ち上がり、大げさにかぶりを振った。

「こんなに醜い私を、必要としてくれる人なんて誰もいない。いくら歪んでいても間違っていても……私の居場所は彼の側にしか、存在しないのだから。

……だから、この結婚は、他の何よりも、私にとって幸せなことなんです」

無数の未来を塗り潰されて、たった一つ残された最低を、最も幸福なものとして押し付けられた。そんな彼女の悲痛を、私は今こそ理解した。

けれど、せめてもう一つ、別の未来を考えて欲しいと思ったから。

「いいえ、アナヒト。私は本気よ。心底から、あなたと友達になりたい」

「だから、それが、なんでって……聞いてるんですっ!!　答えろよ！」

「私が、あなたのことが好きだから」

「────え」

するすると、続く言葉は胸をついて溢れてきた。出会ってから二週間足らず、まだ、形を保っていてくれている記憶を思い出しながら、

「初めて会った時から、何かとお姉さんみたいにしてくれて、嬉しかったから。

あなたのコーヒー、とっても苦かったけど……たくさんお喋りできて、楽しかった。

一緒のお風呂も、水着も、すごく恥ずかしかったけど嬉しかった。

本当に、助けてくれてありがとう」

「……違う、やめろ、やめなさい。そんなの、ぜんぶ……あなたを裏切るための、上げて落とすために、やったことで」

「じゃあ、あなた自身は、楽しくなかった？」

不意に声を詰まらせたアナヒトは、目隠しの奥で、その瞳を見開いた様だった。

「──うるさい！　うるさいうるさいっ！　黙りなさい黙れ！

お父様も、お母様も死んだ！　あの日から、私の人生はもう、どうしようも──」

「そんなことない！　今更だろうと何だろうと、あなたは幸せになれる。いいえ、私が、してみせる。一緒に街に出て、陽の当たる坂道を手を繋いで、アイスを買ったら、ベンチ

に並んで一緒に食べるの。……そんな他愛ないことでも、素敵だって思わない？　だから、取り返しのつかない過去なんて、一つもない。だって、もしも……」

手の届く距離。見えない瞳と見つめ合い、その奥へ言葉を伝える。

「もしも起きてしまった過去が、永遠に人を縛り続けるというのなら、この世の誰も」

誰よりも何よりも。あの詐欺師が……。

ライナスが！

「幸せになれないじゃないっ！　そんな事、私は絶対に認めない！」

そこまで叫んで一息。見上げると。

「今更、もうやめてよ……だって、私、もうこんなに、醜くて、卑怯で、臆病で、汚れて
て……あなたと一緒の幸せなんて、似合いません」

何かの狭間で揺れ動く、彼女のその様が、じれったかったから。

私はそっと、褐色の目元を隠す布地に手をかけて、するりと引っ張り解いた。

「ごめんなさい」

露わになった、涙で濡れた瞳に、視線を不意打ちでねじ込んだ。

「〈真理の義眼〉第二眼」

そして、私とアナヒトの意識が混じり合う。

飛び込んだ先の過去の景色は、ほとんどが暗闇と苦痛に塗り潰されていた。

しかし遡っていくと、ある日を境に色がついた。

少しばかり褪せた様な記憶の色は、しかし、だからこそ輝いている様に見えた。

『うう……お母様のコーヒー、苦いです』

『苦い方が健康にいいのよ、アナ。でも、あなたまだ子どもだしね』

『なら最初からミルク入れてやれよ……ほら、アナ』

『お父様、ありがとうございます！』

『ザール、あなたは当然、ブラックでいいわよね』

『ああ。もう、慣れたからな』

コーヒーを用意する、台所の後ろ姿はとても幸せそうで。

「私」もいつか母の様に、大好きな人に、コーヒーを淹れてみたいと思った。

ああ、だから「私」はずっと、ずっと、ずっと……。

『お前は、僕と結婚するんだ』

誰かに助けて、ほしかった。

全てを奪われた、あの日の暗闇から、ずっとずっと、助けてほしくて。

そんな本音を見つけた時、私は視線を切って、互いの意識共有を解除する。

もう、十分だったから。あとは、直接に伝えたかった。

「──アナヒト」

色を失った灰の瞳から、はらはらと零れ落ちる涙と一緒に、肩からするりと、白いローブが足元に落ちる。

そして白い薔薇を模した無垢な花嫁衣装が、私に縋る様に抱き着いてきた。

「……もう、大丈夫よ」

彼女はどれだけ我慢していたのだろう。耐えてきたのだろう。

目隠しを剥がしてしまったその瞳を光から守るために、私は小さく謝りながら、彼女を胸に抱きしめて、頑張ったねと背中を叩いた。

「ご、ごめん、なさい……クロニカ、わ、わだじ、あなだにっ……たくさん、ひどいこと、して……で、も、でも……いまさら、虫が良すぎる、けど、お願い、します」

涙に濡れた頬が、震えながら動く。

「助けて、下さい」

それから震える指先が、ファキムを指した。

7

「ふ、ふざけるなあああっ!!」

激昂するラグナダーンが、机をひっくり返して叫ぶ。

その場の全てを無かった事にしようと、兵士たちに向かって手を振り上げる。

「——命令だ。全員殺せ。この場の結果を知る者を、生かして返すな」

ざわめく株主たち。そして動揺しながらも、社長であるラグナダーンへの恐怖がそうさせるのか、兵士たちは客に向けて銃を構えた。

喜びから一転、動揺して縋りついてくるファキムを振り払い、俺は叫んでいた。

島に付いてからずっと別行動だったが、どうせ、近くにいるはずだ。

「――聞こえてるだろ、飲んだくれ。お前の娘が、助けてくれって言ったんだぞ！」

だから早く来い。そう叫んだ刹那。

客どもの間から躍り出でたのは、一振りの片刃曲剣だった。

そして放たれた銃弾を、水流の様な剣筋が弾き逸らす。

抱き合う二人の少女を守る様にして、その男は立ちはだかった。

「ロストム……あなた、まさか、私の」

「もう、大丈夫だ。父さんが、助けてやるから」

アナヒトの声に振り返った男は目を細めて、そっと娘の頭を撫でた。

ついに過去を克服した男は、娘との再会も早々に、仇敵へと振り向いた。

「ロストム!! 貴様っ、なぜ、ここにっ……!!」

「どうでもいいだろ、ラグナ。この状況、お前らしい力ずくだが、集めた株主にまで銃口向けちまうとは焼きが回ったな、二度目の失恋が応えたか？」

「黙れよ……元はと言えば、お前が僕から、ミシュラを奪ったんだぞっ！」

「そうだったな。だから、もう終わりにしてやる。十二年前にやり残してたことを、やり遂げるために、俺はここに来たんだ。――お前を殺す。斬って殺す。俺の妻と娘にした事を、地獄の底で詫び続けろ」

「ふざけるな……詫びるのも、死ぬのも、お前の方だろうが」

ぱんぱんと手を鳴らすラグナダーンに、応じて現れたのは。

「お前も手を貸せ、貴族！　誰も彼も、この場の奴らを皆殺せ！」

「はいはい――って、なんだよ、あのオッサンじゃねえかっっ！　こいつは嬉しいぜオイ！　さあ、さあさあさあ！　今度こそ、終いの果てまで俺に付き合ってもらおうか！」

銀色の短髪を掻きながら、現れたのは最速斬線の貴族。

ウェルキクスは獰猛に歯をむき出し、早速ロストムへと閃光を走らせた。

――そうして、血風吹き荒れる修羅の戦場と化した株主総会から、俺はアナヒトを背負い、クロニカを連れて離脱した。

だが、なぜか、ファキムも付いてきていた。

「いや、なんでだよ！」

「うるさい！　またしても私を窮地に放り込みおって、野蛮人め！　せ、せめて責任をもって私の身の安全を保障するのが筋だろうがぁっ!?」

「知るか。俺の口車に乗った自己責任だ」

「な、なんだと！」

「ファキム元部長。うるさいです。黙りなさい……クロニカ、手を離さないで」

「うん。──皆、いいから、早く逃げるわよ」

とにかくガンダルワから陸地に降りようと、逃げ惑う株主たちに紛れる様に船体の横に伸びる昇降階段を目指す。

しかし先を行く総会の出席者たちが、銃声とともに倒れ伏した。

思わず立ち止まった。人の群れが屍を晒した前方、階段を守るのは緊張に汗ばみながら、隊列を組んだ兵士たちと、バルバロッサがいて。

「悪いが、社長命令です。誰一人、生きて返す訳にはいきませんぞ！」

まったく大した忠誠心だ。俺はこめかみを怒らせながら声をかけた。

「おい、声がデカい方のオッサン。アンタのとこの社長はついさっきクビになっただろうが、尻尾を振る相手を間違えてるぜ」

「ぬぬ！　だ、だが……」

「アンタが尻尾を振るべきなのは、こっちの新社長……」

「そ、そうだ！　その通りだ！　良い事を言うなぁ、猿め！　おいバルバロッサ、この新社長のセルジュ＝ファキムのお通りだ。そこをどけ、髭面め」

「……ファキム。若造め。ここから生きて帰れなければ、肩書に意味などないわ！」

言葉に詰まったファキムに、俺は耳打ちしてやった。

「──年俸三倍、それと常務理事の役職でどうだ、バルバロッサ？」

「………え、マジ？」

一瞬、兵士たちは本気かコイツみたいな顔で、バルバロッサを見て。

髭面(ひげづら)は振り切る様に、ぶんぶんと首を横に振った。

「〰っ!! いかんいかん! み、見くびるなよ! 私の社長への忠誠心は、その様な甘言で容易(たやす)く揺らぐものではないぞ!」

「嘘(うそ)つけ、迷ってただろテメエ」

しかしともかく、バルバロッサは兵士たちに命令した。

今度という今度はいい加減学習されたか、兵士たちは目をつぶっている。

「クソっ……!」

咄嗟(とっさ)にクロニカの手を取って、遮蔽を、身を守れる物陰を周囲に求めたその瞬間。

俺の目前に立ち上がり、銃弾を防いだのは漆黒の影だった。

「っ……!! まさ、か」

「――あなたという男は、相変わらず、馬鹿をやっていますね」

それは、出来れば、二度と出会いたくなかった女。

しかしこの状況では、誰よりも会いたかった、かもしれない女。

「お久しぶりですね、詐欺師、そして小娘」

イヴリーン＝ハベルハバルが、立っていた。

8

「な、何だコイツはっ……!!　ば、化物──」

「何を言っているか分かりません、通じる言葉で喋って下さい」

うるさそうに、デコピン一発でファキムを気絶させて、黒白のメイドは己の周囲に影の刃を起立させた。

「ひ、怯むな！　撃て──!!」

バルバロッサの号令一下、連続する硝煙とともに放たれた弾丸は、しかし意味を成す事はなく、漆黒の表面に当たってはじかれ、無力な礫となって地面を転がった。

そして、獰猛な海獣の背びれの様に甲板上を疾走する三日月の影刃が、兵士たちを薙ぎ払う。

だが彼女にしては珍しく、その攻撃に殺意はなかったようで。しかし容赦もなく、直撃とともに宙に打ち上げられた兵士たちは数フィートの高さから自重を以て鉄の床面へ強打し、打撲と骨折に悶絶する。

その様に気絶したバルバロッサを見届けた俺に、イヴリーンは言った。

「私とて、貴族でもない人間を、わざわざ殺しまでする趣味は有りません。分かったら、その失礼な顔つきをやめなさい、詐欺師」

「いや、というか、そもそもお前何処から……」

「私の因子を忘れましたか。影を伝えば、身を隠しながらどこまででも移動できます。この島へは、適当な船に身を潜めてやって来ただけの話。……そもそも、どうやってあなた方を補足していたかという疑問なら、隠れ蓑におあつらえ向きの、馬鹿な金髪娘に一人、心当たりはありませんか？」

なるほど、疑問はすぐさま氷解した。

「……イヴリーン」

クロニカの呟きには、どこか余所余所しさがあった。

するとメイドは少女に顔を向けて、

「ああ、そうですね。あなたは、私を憶えていないのでしょう」

記憶を失っていく癌細胞の宿命。そしてあの旅を記録した日記も、燃やされてしまった。

クロニカは悲し気にうつむいたまま。

「ごめんなさい。ライナスの記憶の中のあなたのことは、知っているけど……でも」

構いませんと、イヴリーンは淡々と声を落とした。

「あなたが憶えていようがいまいが、関係ないのです。私は共和国軍属の義務として、そして個人的な信条として、あなたを逃がす訳にはいきません。それに……」

それに。

「クロニカ、あなたは私に、一つ、無礼を働いたのですよ」

「……え？」

「私の事を、友達などと抜かしたのです」

差し出される様に自身へ向けられたアイスブルーの瞳と見つめ合い、そこに二人の記憶を思い出したのか、クロニカは涙ぐんで、礼を告げた。

「うん……ありがとう、イヴリーン」

「礼など不要です。――そして、詐欺師」

暴力メイドの視線の矛先は、今度は俺へ。

その瞳は、怒りの様な、深く不穏な静けさをたたえていた。

背筋が凍る。俺の方は忘れようもなく、憶えているのだから。

あの浜辺で殺し合った事を、つまり、順当に考えるならば。

「あなたには、借りがあります」

反射的に身が強張(こわば)った瞬間、音もなく近づいて来た彼女に両肩を掴(つか)まれた。

優れた陶工の手による様な冷たい美貌が、獰猛(どうもう)な気配を至近距離で漂わせる。

「よくも、私の前で、あの子の顔を騙(かた)ってくれましたね」

イヴリーンは薄い唇を開き、獰猛に剝(む)きだした犬歯で、俺の首筋に噛(か)みついた。

激痛が走り、鋭い感触が肌を破って肉の奥へと食い込んでくる。密着した彼女の吐息が荒々しく、生々しく肌に張り付いて――そのまま、首に噛みつく女の体重と膂力(りょりょく)が、俺を地面に押し倒してきた。

「が、っ、ぁッ……!!」

「――――」

痛みで、うまく呼吸ができない。握り砕かんばかりにこちらの両肩を掴む握力は、獰猛な態を思わせる。まさしく、大型の獣に捕食されている様な心地だった。

横倒しの視界の中、驚いた様に目を見開いたクロニカと、心配そうに彼女の肩に手を添えるアナヒトが見えて。

そこでなにか、凍えるほどに冷たくて、灼けつく様に熱い感触が、滑り込む様に首の傷から流し込まれた。

そして数秒後、ようやくイヴリーンは口を離し、体勢を起こして俺を解放した。

彼女の唾液と、俺の血が混じった細い糸がぷつりと途切れる。

アイスブルーの瞳が、奇妙な熱をもって俺の顔を見つめる。

「ああ……やはり、似ていません。あなたは、弟じゃない」

それから黒白のメイドは、首元に巻いていた黒い――己の影をするりと解いて、
そこには、あの海で、俺が刻みつけた咬断痕がくっきりと残っていた。

血塗れの唇を拭いながら、イヴリーンは呟く様に言った。

「……今のは、お返しです。私と同じ傷を負わせなければ、不公平に思いましたが……不思議です。実際に噛んでみると、よく分からない気持ちになりました。

このまま、あの時の様に、噛み千切って殺したい様な、そうでない様な……でも、やっぱり殺したい様な」

熱に浮かれた様に、ぶつぶつと呟くイヴリーン。

……最悪だ。あの砂浜で生き延びるため、俺は彼女の心を最大限利用した。しかし、その後の事は、はっきり言って何も考えていなかった。考える余裕などなかったから。

「大丈夫、ライナス？」

駆け寄って来たクロニカに首筋を撫でられる。もう出血は治まっていた。

それから、少女は訝し気に目を細めて、俺とイヴリーンを交互に見つめてから何かに気付いた様に唇を尖らせた。

「……本当に、あなたって男は」

むくれた様に頬を膨らませたクロニカに、脇腹を小突かれた。

アナヒトが呆れた様にコメントする。

「よく状況が飲み込めませんが、つまりはライナスさんの女性関係が一層激しくめんどうくさい事になっている、そういう認識でよろしいでしょうか？」

「誤解だ」

そうであってほしいと切に願いながら呟いた瞬間。

イヴリーンの足元から、金髪がにゅっと飛び出てきた。

「ちょっとぉ――っ!! 人が黙って見ていればこの陰険メイド！ よくも私のライナスを傷物にぃっ――!! 遺灰にして実家の庭に撒いてやりますからそこに直りなさい！」

自身の影から脱出してきたパトリツィアに、イヴリーンは眉をひそめて言った。

「……ああそう言えば、あなたとも決着をつけていませんでしたね。

いいでしょう。おめでたい頭の中身を、ご実家まで吹き飛ばしてあげます」

そうして流れる様に拳を構えて、人形じみて整った顔立ちが、互いの顔面を破壊しようと睨み合う。

二人を見て、クロニカがやや辟易した様に頭を抱えた。

「それぐらいにして、二人とも。アナヒトが恐がってるじゃない」

「いえ、呆れているだけですが……」

それから少女はどこか嬉しそうに、いつかの旅で揃った顔ぶれを見回した。

「ともかく、ここは協力して乗り越えましょう」

弾んだ声音に、メイドは無言、金髪はやれやれと頷き、俺は溜息で同意した。

その瞬間だった。

こつりこつり響いた靴音に、全員が振り向き。

「く、くく……」

果たして、そこに現れた男は、全てを失くして自棄を起こした様に見えた。

「——っ、ラグナ」

「アナ。お前は……僕を捨てるのか。僕と別れて、そいつらと、行こうというのか」

俯きながら、恐ろしいほど空っぽに笑う顔から、眼鏡がずり落ちた。

それから、ラグナダーンは懐に手をやって、

「僕は、また君を失うのか、ミシュラ。……ならば、ああ、もういいさ。何もかも、僕の

努力を裏切ると言うなら、こうするまでだ」

二本の指が取り出した紙片に、俺は見覚えがあった。

「そこの詐欺師と化物……僕のアナを、誑かしたクズども全員。後悔させてやる」

言ってから、男は噛み切った指からの鮮血をぽたぽたと、その紙片、名刺の上に落した。

その行為はまるで、何か、恐るべき魔物を呼び出す契約の様に見えた。

そして、それこそが、その名刺の正しい使用方法なのだと、俺は直感した。

「くれてやる。僕の全てを持って行け、銀行家。引き換えに——。

何もかも、殺し尽くせ」

瞬間、ラグナダーンに応える様に、水平線の果てから飛来したなにかが、ガンダルワの前部甲板に突き刺さった。

衝撃が吹き荒れたのは僅か一秒ほど、そして何もかもを殺し尽くした後の様な沈黙の中で、塗り固めた様な丁寧語が木霊する。

「この度は、お呼び出し頂きまして、誠にありがとうございます」

白い肩を露わに、袖を余らせたシックな黒衣が、深々と一礼した。

枯れ草色の髪と、深緑色の瞳。そして、顔横の尖り耳。

「超国家銀行アンシーン㈱、不肖四十四番行員、フラン。我が分身たる命紙への誓約を感知し、ここに参上いたしました。

——さーて、何の用かは知らないが、何だってしてやるよ。

その代わり、お前の金も命も何もかも、全てアタシのものだがな」

俺は彼女を、知っている。遥か東方からやって来たという少数民族、エルフの女性。

「あ──っ!! 久しぶりじゃん!! おにーさんっ！　元気してた？

やっぱり、こういう風に出会ったね！　ではでは皆さんお待ちかね！」

空々しい宣言は、しかし真理の如き正鵠さで、戦慄の様に響き渡った。

「正義の味方の、参上だよん」

9

時間は、少々遡る。

漂っていた祝賀と気品の雰囲気は何処へ行ったのか。蹴り倒されたテーブルと、打ち捨てられた料理、すっかり荒れ果てた甲板上の会場で、二人の男は対峙していた。

「さて、と」

不要な力を抜いた、剣腕の柔軟性はいつも通り。

しかし心は過去最大の強敵を前に、かつてない緊張下にあるのを、ロストムは自覚した。

「よっしよーし！　じゃあやろうぜオッサン！　こう見えて俺は上品だからよ、いきなりってのは好きじゃねえ。まずは小手調べからいこうかぁっ!!」

ウェルキクスの片腕の先に、赤い閃光がきらめいた。視認不能ゆえに防御も回避も許されない。超高速という一点突破が、物皆断ち切る死線を具現化する。

肌を刺した死の気配に、ロストムはそっと添える様に刀身を滑らせた。

それだけで、難なくその向きを逸らし、はじき返すのに成功する。

ここに至り、彼の見切りは完全に達していた。赤い閃光の正体すらも看破するほどに。

「糸みてえにか細くした、血を飛ばしてんだろ」

「お、何か分かってるって顔じゃねえか！　さては見抜いたかよ、俺の〈瞬殺血閃〉を！」

相変わらず、相手の言葉は何やら分からない。だがどうでもいいとでも言う様に、どこか晴れ晴れとした表情でロストムは告げた。

「勝てねえって、確か前に言ったよな。悪いが撤回するぜ。——んな事は一切合切関係なく、お前を殺す。斬って殺す」

切っ先を真っ直ぐ、ウェルキクスの喉へ突きつけたまま走りだす。そのまま手首の動きのみで、集中する斬撃線を切り払いながら、いとも簡単に敵手を間合いに入れる。

「なっ——!!」

「そんで次は、ラグナを殺す。だからささっと片付けさせてもらうぜ、化物野郎」

入神の踏み込みから放たれた切り上げの絶刀は、異常なる反射神経で咄嗟に身を引いた彼の腕を深々と切り裂いた。

その太刀筋は長年の堕落と酒を振り切ったばかりか、かつてないほど澄み切った境地に達していた。なぜならば、あの少女が暴いた娘の本心ゆえに。

助けてと、アナヒトは言ったのだ。泣きながら、ずっと助けてほしかったと。

「俺はこれから、娘を助けて、謝らなきゃいけないんだよ」

自分を今すぐ殺したいほどに不甲斐ない。だが死んでいる暇などない、こんな男には死ぬ手間すら勿体ない。だから、ここで目覚めなければ、真に死ぬ価値すら失ってしまう。

そして連続する、ロストムの追撃は全く単調な左右からの斬り込みだった。

が、どうしてか、ウェルキクスの対応はままならず、肩に、腕に、徐々に切創を負わせていく。それはロストムが敵の呼吸の虚を、執拗に突き続けているからだった。

最初の踏み込みで隙を突き、中断させた呼吸のリズムを以降的確に妨害し続ける。

貴族とて生物。呼吸によって酸素を取り込み、血流によって肉体を動かすゆえに、呼吸の途上で無理に動けば、後の反応と動作に大きく影響する。

いわば、ロストムは人外の貴族を無理矢理に、酸欠状態に追い込んでいた。

「チッ!!」

以上の事態を、舞闘に通ずるウェルキクスはまた正確に把握していた。

舌打ちし、ここは呼吸を整える間のために、あえて一撃受けざるを得ないと判断して

——即座にそれを撤回する。

それでは、負ける。

この中年男の技量は半端ではない。呼吸を整えたいなどという、こちらの思惑など間違いなくお見通し。だから見え透いた守りに入れば、その隙に必ず首を落とされる。

よって過小評価をかなぐり捨てて、なりふり構わぬ全力を実行する。

「〈瞬殺血閃(ストームブリンガー)〉血流加速！」

血液加速。それがウェルキクス＝ネシルベートの貴血因子(レガリア)。

本来は、体内の末梢(まっしょう)血液を一部だけ超加速し、体外へ斬撃として射出する能力を、彼はこの瞬間、内臓や髄を含む全身の血に適用した。

結果。内臓と筋肉、及び骨格へのダメージと引き換えに、その身体(からだ)は慣性をねじ伏せた。

前触れなく、見えない糸に引かれる様に、全身の血流もろとも真後ろへ急加速するウェルキクスの身体は、無法じみた強引さでロストムの間合いから脱出した。

「がっ、ふ……！」

そうして顔中から血を出して吹っ飛びながら、ウェルキクスは見逃さなかった。

ごく僅かに、驚愕(きょうがく)と迷いを動きに混ぜた、敵手の隙を。

ゆえに機会(チャンス)を逃す手はない。飛び散った血液、それらに含まれる因子との接続(つながり)が切れる前に、可能な限りの加速を与えて斬撃となす。

「――っ、なめんじゃねえ！」

十を超える斬撃線の強襲を、しかしロストムは対応した。

最低限の数だけを流し払い、その隙間に体を滑り込ませる。体の端々に幾筋かの裂傷をうけるが、どれも致命傷には至らない。

かくして戦闘開始から数分、技と異能の応酬を経て、戦況は痛み分けとなっていた。

在り得ざる、結果と言えるだろう。

ウェルキクスは一親等級の貴族である。全ての貴血因子の祖たる大貴族との近縁家系は、因子出力及び身体性能において、貴族の中でも最上に位置する。況や人間など、比較の対象にすらなりはしない。たかが四十絡みの男一人、本来ならば瞬殺どころではないというのに。

在り得てはいけないはずの現実を認識して、ウェルキクスは心底から笑った。

「はっはは、あははは！　やっべええええ！　すげえ、すげえよ、オッサン！　アンタやっぱり最高だ！　俺の血が届かねえ域に、アンタは確かに存在する！　立っている！　嬉しいぜ！　この世にはまだまだ俺の知らない強さがある！　アンタは、それを教えてくれたんだ……ありがとよ」

異様なほどの興奮に寄せて告げられた感謝を、異なる言語が切って捨てた。

「うるせえ。だから何言ってるか全然分かんねんだよ……お前がバカってこと以外はな」

そのまま、ロストムは荒い呼吸を整える。

長期戦は不利だ。ウェルキクスの出血はもう止まり、つけた傷が再生すら始めていた。対して、自分自身の疲労はもうかなり、剣を振る腕が重く、槍で貫かれた様な肺は呼吸の都度に痛みを発している。出血量も馬鹿にはならない。

……本当に、嫌になる。あの日からの絶望と逃避の中で、才能すらも鈍らせてしまった己自身をどれだけ呪っても呪い足りないから。

「……そろそろお開きにしようや。次で殺してやるから、さっさと来い」

構えた切っ先に込めた決着の意図は、言葉ならずとも伝わったのか。

隻腕の貴族は深く静かに息を吐いて、噛(か)みしめる様に残った左腕を掲げてみせた。

「俺の負けだ、オッサン……アンタの技は、まだまだ俺には届かねえと判(わか)っちまった。

――ところで、なあ、ちょっと聞いてくれよ。

俺は、強くなりたいんだ。生まれ持った血を磨きたい。もっと速く、もっと鋭く、戦いの中で研ぎ上げて、この血に宿った切断性の芸術が、究極になるのが見たい。そのためなら何度負けようが糧にするし、得るモノのねえ勝利なんざどうでもいいが、死ぬ気だけはねえ。だからよ――悪いが、こっから先は勝負じゃねえ。単純に、あっさりと、殺す」

そして、ウェルキクスは斬り落とした。

残った左腕ごと、肩口から、自身の両腕部の全(すべ)てを。あっさりと。

そしてだくだくと、肩口から流れ落ちる赤い血が、主(あるじ)の足元から這(は)い上(あが)る様に、その両脚部に集い、一つのカタチを整えていく。

「俺の舞闘衣裳(ドレス)はちょっとグロくてよ。お上品な舞闘会じゃウケは悪いんだが……負けたことは、一度もねえ」

両腕はいらない。速さにおいて必要ないから置き捨てた。その分の血流も、両脚と全身の加速に回す。これは敵の命までの最短を、最高速で駆け抜けるための戦衣裳(いしょう)。

「〈瞬殺血閃(ストームブリンガー)〉飛天斬脚」

赤く鋭い、燃える蠍を思わせる脚部装甲が、脅しつける様に大地を噛む。

両腕を失くしたウェルキクスが、腰を落として膝を曲げる。

その時、ロストムの常人離れした六感が、壊れた様に総身に怖気を走らせた。

いのちが、まさに脅かされていると。

本能への服従は即座、彼は真横へ飛び退いた。

と同時。一瞬前までの自分が存在した空間を、通り過ぎたのは、一つの無だった。

いや、正確には、速度の果てに全てを無に帰すに至った、究極そのもの。

「――ッッ!?」

あらゆる音が砕かれた、それ故に生じた衝撃波がロストムを吹き飛ばし、甲板縁の欄干へ叩きつけた。

吹き荒れる爆風が、とてつもない量の粉塵を巻き上げる。目を細めて見やった先、ソレが通り過ぎた軌道上は、何もかもがなくなっていた。

後部艦橋も、据え付けの砲台も、そこにいたであろう人員も、何もかもがスプーンの先で削った様に消えている。

パラパラと粉の様な砂塵が舞い落ちる、深い紺色の海だけがぽっかりと、戦艦の後部にひらけていて。

「躱したか、ったく、どういう反射神経だよ？　ちょっと危機管理凄すぎだろアンタ」

がりがりと、両腕のないウェルキクスが削れた甲板を踏む。

彼はただ、走っただけだ。そして往復して戻ってきた。ただそれだけ。

ただ、その速度と切断性を帯びた衝撃波で、進路上の何もかもを、文字通り触れる端から砂塵(さじん)へと刻みながら。

コンコンと、爪先が叩(たた)く。その音が何を告げるのかは、言うまでもない。

「ま、久しぶりだったから俺の狙いも甘かったか。反省反省。よし、次は逃がさねえからよ、遺言は短めにな、オッサン」

ふらふらと、ロストムは立ちあがった。

今度こそ、どうしようもない。分かる。アレはもう人間の術技が通じる領域にいない。

知恵や工夫が付け入るスキが皆無の、災害そのものに抵抗の余地はない。

それがこの世の理(ことわり)なのだと骨身にしみて理解した上で——それでも。

「……アナ」

常識への退路を、断り捨てるならば、活路はあるのだ。

蒸気帝国、流空剣術(ウォルカルシャ)近衛派、伝承の奥義。

水が熱されて煙になる様に、人でありながら別の次元へ至る剣。

この世の全(すべ)てから逃れ出て、この世の全てを断ち切る、蒸気の剣。

……かつての自分には、できなかった。

だから、生涯を捧(ささ)げた剣は折れ、守ると誓った愛は無惨に潰された。

けれど、今度こそは、

「――――」

極度の集中で緩慢になった視界の中央。ウェルキクスが、己自身の発射体勢へと移った。

奥義の条件は、二つ。心を熱へと変え、技を極めること。

ゆえにまず、心の温度を上げていく。この世への執着全てを燃やし尽くすべく。

抱きしめたミシュラの温もりを、コーヒーの苦みを。

あの時のラグナダーンの顔を。

今度こそ守り抜きたい娘の顔を、一つ一つ、極限まで想って無に変えていく。

頭上に構えた刀身を介して、精神の全てを煙と立ち上らせていく。

すると蘇った様に、全能に近い感覚がロストムを支配した。これから放たれるのは、まさしく神域の一振り。全盛期の自分と比して何ら遜色ない、技を極めた一撃になる。

ウェルキクスが、消えた。

そして迫り来る死の気配に、悟りは唐突に訪れた。

……同じだ。自分は、あの時と全く同じことをしている。

ゆえに結果は何一つ変わらない。

やはり足りないのだ。構造的に、決定的に、絶対的に。

心をどれだけ熱しても、技をいくら極めても、そこには至れない。

この世の理をすり抜ける、煙の領域には、届かない。

そして走馬灯の様に目の前を過ぎるのは、ただ黒塗りの絶望だけだった。

生きながら、鋼の嵐に晒されて、引き裂かれたミシュラの身体。

ただ叫ぶことしか出来なかった自分。

もう一度、これから訪れる絶望が、男を果てしない闇の螺旋に引きずり込もうとして。

……いや。

「違う」

今ではないどこかの時間の狭間で、ロストムは定かならぬ予感を呟いた。

心の全てを熱へと変えた。技の果てを極めた。

だが、まだ足りないのだ。なぜならば。

——水が蒸発するのは、温度だけが理由ではない。

加熱によって増加する、水そのものの最小単位の運動が、大気の圧力を上回ることで初めて、水は蒸気へと変じるのだから。

であるならば、問おう。

この想いを押し込めるものは、何だ。

常識の世界に、道理を越えるべき一刀を未だ押し込めているのは、誰だ。

心と技、あと一つ、足りないものは何だ。

「俺、自身か」

理解は一瞬、そして時間は残されていなかった。

まず、それを討ち破らねばならない。でなければ、常軌の果てを踏破すべき一念は、肉の檻に囚われたまま、当たり前の一撃となって終わるから。何よりも優先すべきは。

己自身の体を、殺すこと。

剣を下ろして、首を掻き切る時間はない。舌を嚙むのも、また同様。

ならばどうする。

息の根を、自らすぐさま止めるしかない。唯一動かせる己の意思だけで、この鼓動を直接にトドメを刺すしかない。

「……ああ、なんだ」

はっきりとした安堵がロストムの胸をすく。それなら、出来る気がしたから。

ずっと、ずっと、憎かった。殺したかった。

ラグナダーンから、ミシュラを守れなかった弱き者を。

アナヒトを、汚辱と苦しみの内に追いやりながら、救い出せないでいた臆病者を。

なのに、それでも、娘の成長を、少しでも長く見届けたくて。

自ら死ぬことすら選べなかった愚か者を。

何よりも誰よりも、殺したいほど憎かったから。

その怒りだけを刃に、かつて父だったザール＝ハフトは、生き長らえたロストムの鼓動を突き刺し、命を止めた。

そして——心技体はそろい踏み、ここに条件は達成された。

一人の男の人生が、まさに命を終えた肉体から、蒸気となって解き放たれる。

生の軛を振り切った一線は、ひどく静かで、とても淡々としたものだった。

ただ、あらゆる道理を煙の様にすり抜けて、この世の果ての外側から、

「――――」


最速を極めた切断血風。ウェルキクスを捉え、斬り伏せた。

――そして。

「がふっ、ぁああ、痛ぇ……くっそ、悔しいな、オイ。つか、オッサン。何だよ、今の。一体、どうやったんだ……なあ、教えて、くれたっていい、じゃ、ねえか」

血だまりに沈んだ両腕のない貴族を、ロストムは呼吸を止めたまま、見下ろした。

勝った。だが、男はここまでだった。

一歩歩くことさえもできない。ラグナダーンを、殺せない。

果たせない無念とともに剣を握ったまま、男の膝が崩れ落ちた。

しかし、そこで。

「はっ……死ぬのかよ、オッサン。もったいねえな、折角、俺を倒したのによ」

仕方ねえなと、血だまりに伏すウェルキクスはどこか爽やかに苦笑した。

「俺は、まだ死なねえんだ。結構頑丈だからよ……あと、暫くは生き延びちまう。

……その時間、アンタにやるよ。人間風情が俺を倒した、ご褒美だぜ」

そう言った貴族は、ともに倒れ伏した男の首筋に噛みつき、

「まだ、やりたい事あんだろ。……言葉はわかんねえけど、何となく、分かるぜ」

まだ温度と命を残す己の血を、その異能もろともに流し込んだ。

「〈瞬殺血閃(ストームブリンガー)〉……流血、加速」

10

「では改めて、ラグナダーン様。この度は私、フランに、どの様なご用件でしょうか?」

状況が、飲み込めない。

俺はただ、時を止めた様に、ラグナダーンと言葉を交わす彼女を見つめていた。

あの女は、確か、いやそれ以前に、一体全体どういうことだ。

「この場の全員を殺せ、それで、それだけでいい……もう、何もかも」

「畏(かしこ)まりました。では、あなた様の帝国海軍商社(エルビオンネイヴィーカンパニー)、その株式含む私的財産全(すべ)てを担保として、私自身をお貸し付けいたします。では、どうぞごゆるりお待ち下さいませ」

こちらに向き直る黒衣の女。尖(とが)った耳の彼女を、俺は知っていた。

「……あの人は誰なの、ライナス」

「あの変耳女は誰ですか、詐欺師」

「ま、また新しい女に手を出したのですね！　私という妻がありながら……っ！」

「いや、ランストンの港で、少し、知り合っただけ……だが」

「やっほ。お兄さん、改めて久しぶり。けど、ちょっと、女連れ過ぎじゃね?」

軽薄な笑みを浮かべるエルフ——改め、フランと名乗った彼女に対して、俺たちはめいめいに、測りかねた様な警戒を示す。

だが、アナヒトだけは明確に、張り詰めた声で告げた。

「……皆さん、今すぐ、逃げて下さい」

まるで、巨大な権力者を、あるいは何か、未曽有の大災害を前にした様に、アナヒトの声は緊張と畏怖の間で震えながら、か細い冷静さを綱渡りしていた。

「彼女は、アレは……超国家銀行、アンシーン㈱の番号持ち、エルフ」

そして続いた言葉に、俺は耳を疑った。

「この世界を支配する、少数精鋭の銀行員です」

お前は一体、何を言っている。

口から出るべき反駁はしかし、フラン本人の美しく、そして遥か高みからもたらされる様な笑顔に射竦められた。

同じだと直感した。平民を見下す、貴族たちと同じ傲慢な微笑。

けれど本性を表した彼女の顔は、それらと同種でありながら、あまりにも遠すぎた。

まるで、運命を司っているかの様な。

さながら、世の頂に君臨しているかの様な。

一体、どんな人生の時間を歩めば、人はこんな顔ができるのだ？

分からない。計り知れない。仮に知ったところで、俺には無理だと悟らされる。

きっと俺の指は、彼女の人生を作れない。俺の仮面は、彼女を演じられない。

初めての予感に息を吞んだ時、絶対者の顔は告げてきた。

「正義とは——金だよ」

断言されたのは、あまりにも卑俗な、慣れ親しんだ価値観だった。

「金こそが、この世の人を、モノを、全てを統べる共通価値。唯一絶対にして普遍の経済性。だからこそ、アタシは正義の味方——金持ちの、味方なんだよ」

よって、金持ちの、帝国海軍商社、社長。ラグナダーンの味方をするのだと。

「では改めて、説明してあげよう。我らは超国家銀行アンシーン㈱、この世を統べる大銀行にして、世界を支配する業務を担う者ども。私たちはあらゆる顧客に手と金を貸し、あらゆる野望と欲望を、円滑に遂行して頂くことを旨とする」

すぱりと、割り切った様に微笑みを消して、フランは慇懃に頭を下げた。

「だからね、今日この場に限ってはさっきの依頼通りだ。つまり僭越ながらこの私、あなた方をここに抹殺し——契約を、遂行させて頂きます」

そしてゆっくりと、お辞儀を戻したその瞬間。

海が凪いだ。風が止んだ。

この世の何もかもが、口をつぐんで沈黙した。まるで、彼女を恐れ敬い奉るかの如く。

しかして、静寂を切り捨てたのは、二つの拳だった。

「銀行だろうが何だろうが、私には関係ありません。口座を持つ予定もない」

「同感ですわ。私の恋路を邪魔するというなら、何であろうと処遇は一つ」

声を揃(そろ)え、俺の前に進み出たのは一人の黒箒(メイド)と一人の貴族。

彼女らは、背中合わせに拳を構えた。

「「ここで返り討ちです」」

頼もしいと素直に思えた二人の背中に、俺は言った。

「気をつけろ。……そいつ、多分、滅茶苦茶(めちゃくちゃ)に強いぞ」

「分かっていますよ、詐欺師。その上で心配は無用です」

「あなた様のその言葉だけで、私、最高に燃えますわ」

「あはは。威勢がいいね。――でもさ、相手をよく見て物を言えよ、小娘ども。

お前ら如(ごと)き井の中の貴族が、銀行様に向かって、何をほざいていやがる」

そして目を細めたフランの怒りは、遊びとも言える程度の調子だったのだろう。

圧倒的な風圧となって吹き荒れた稚気に、傍(はた)から見ていた俺の呼吸が、止まりかけた。

「樹界(ネットワーク)接続、暴力執行申請――限定解除初段、承認っと。

よし、んじゃ三秒だ」

目を細め警戒するイヴリーンらに、フランは気安い調子で説明した。

「アタシみたいな超忙しいバリバリエリート行員様にはよ、三秒ルールってのがある。

要は、戦闘みてえなムダ仕事、三秒以内に片付けろっつー心構えさ。万難須(ばんなんすべか)らく三秒以内の排除にて、契約を円滑に執行する。それが我らアンシーン㈱行員の流儀」

言い終えると、フランは大きく余らせていた黒衣の両袖を払い、隠れていた白い拳を、さながら刃の如く抜き放った。

「あと三秒の人生に、言い残すなら今の内だぜ」

対してイヴリーンとパトリツィアは、一瞥だけ互いの顔を見合わせて、言った。

「一つ、疑問を」

「よろしいでしょうか？」

「なにかにゃ？」

「今までの講釈と、このやり取りで」

「もう三秒過ぎていますけれど」

「…………………」

無言。フランは別に面食らったという訳でもなく、やれやれと首を振り。

「——うるせえバーカッッ！　いちいち人の揚げ足とってんじゃねえええええッ！」

「っ!!」

「なっ!?」

叫ぶと同時、拳を構えたフランが一歩を踏む。

たったそれだけで、甲板を揺らし、戦艦ごと傾けた震脚の波動が、イヴリーンが、パトリツィアが、同時に放った影刃と爆炎を、跡形もなく吹き飛ばした。

「八極式金融武法——壱」

なんだ、これは。連続する事態は、俺の喉から、驚愕を出す暇すら与えない。

「弐」

フランの弐歩目が甲板を衝く。そして噴き出した衝撃波が、まるで引き剥がす様に、イヴリーンの影の中に、潜ったはずの二人を弾き出す。

体勢を崩した二人は、しかし辛うじて反撃を選択した、様だった。

鮮血と漆黒の影が、天を焦がす焔が立ち上がり――。

しかし、フランの拳が、全てをロウソクの様に吹き消した。

「参」

放たれるのは超威力。海原そのものを揺るがすほどの踏み込み、その反作用を溜めた参歩決殺は、もはや拳の範疇を越えていた。

正拳の軌道の先、殴り飛ばされた大気が槍となってガンダルワの甲板を貫き、その先端が島を反対側まで抉りながら突き抜けて海を割り、遥か彼方の水平線に轟き爆裂した。

フランはゆっくりと残心を戻し、抜き放った拳を再びだらしなく垂らした袖にしまった。

そして、二人は。

甲板の前後、イヴリーンは主砲の砲座に、パトリツィアは艦首に、それぞれ鋼の構造物に血まみれの身体を深く埋没させて……死んだ様に、沈黙していた。

「嘘……そん、な」

クロニカの声は、目前の結果を、とても信じられない様にか細く震えていた。

俺は、声すら出ない。

あの二人が、まるで、相手にもならなかった。明らかに、行使される力のスケールそのものが桁を幾つも外している。技術がどうこうの次元ではない。

つまらなそうに拳を払い、自身の一撃が吹き飛ばした二人の末路を見て、彼女は言う。

「これが貴族か……。雑魚の割にはしぶとい生き物だな。ま、トドメは後でいいか。そ・れ・よ・り・も。やっと話せるね、お兄さん。ところで、気になる？ どうしてアタシがこんなに強いのか」

教えてあげようと、気を取り直した様にフランは続けた。

「銀行とは、まずをもって金庫から始まった。お客様の金銀財宝を預かり、その資産の安全と価値を保証する業務、それが銀行のはじまりであり、我らアンシーン㈱の始まりだ。全体として悠久を生きる、我らエルフの固体寿命は約千年。だから何代にもわたって、人間たちの資産を保証する者としての役割を担ってきた。

そして、金庫業務に必要不可欠なことは一つだ。分かるよね？

——絶対に、預けた資産が安全を保障されること」

そのためには何が必要か、続くフランの言葉は、大真面目な調子だった。

「よって、我らは拳を鍛えた。人の生を遥か上回る寿命を修練に費やして、あらゆる権力、あまねく天災全てを退け、顧客の資産を永久に保証する無敵の拳を持つに至った。

そして今日、その信用が金を呼び、その信頼が価値を保証することで、我らはアンシーン㈱となった。

我らは見えざる手にして資本主義の代行者。善悪正邪の区別なく、顧客の資産と経済活動を契約に基づき支援する世界統一銀行(オメガバンク)。

ゆえに、誰も我らを支配できない。してはいけない。させはしない。その理念を実行するに足る、無敵の拳を持たぬ者に銀行員は務まらない」

説得力とは、一体なんだろうか。

もしそれが、最高のカタチで示されるのならば、それは恐らく言葉ではないのだろう、そして、フランはもう、それを存分に示していたから。

俺は疑問すら許されぬまま、理解させられてしまった。

こいつは、絶対なのだ。勝つとか負けるとかそういう次元ではもはやない、圧倒的な歴史の質量が打ち建てた、この世の理(ルール)。

それが今、海を越えた先で、俺とクロニカの前に、最悪のカタチで公示されたのだと。

こつこつと、ゆっくりと歩み寄った足音が、俺の目前で立ち止まる。

冷や汗を流し尽くした俺の頬(ほお)を、袖にしまわれた指が弄ぶ様に撫(な)でた。

「で、どうしてくれるのかな？　悪い悪ーい悪党でイケメンお兄さんは、こういう時、どうあがいてくれるのかな？　つまらねえことしたら死ぬからよ、気を付(お)けてね」

この女は、そういう存在なのだ。人の営みの頂点に立ち、気ままに圧し潰し、あるいは助ける。そういう存在を確か、神というのではなかったか。

一方で、余りにもちっぽけな俺が、彼女を前にできることは一つしかない。

恐怖で痺(しび)れる口先に、極めて慎重に、己の命を乗せること。

「……アンタ、銀行だって名乗ったよな」

「うん」

「そこの、ラグナダーンの会社と資産を担保に、アンタは今、奴(やつ)に武力を貸し付けている訳だ……だったらよ、教えてやる。そいつはもう、社長なんかじゃねえぜ」

フランは目を細める。それが興味なのか哀れみなのかは、分からないが。

「株主総会の投票でだよ。ついさっき、ソイツはクビになった。となると、アンタらの契約はもう成立しないんじゃねえのか」

口元に手を当てて、フランは難しそうに唸(うな)った。

「うーん……まあまあ、あまあま、けど的外れではねえな。四十点」

何気なく、袖に隠された指先に胸をつつかれる。

そして爆裂した衝撃に内臓をやられて、俺は血を吐いてのたうち回った。

「そこのラグナダーンは確かに、お兄さんたちに隙を突かれて社長の座を追われたのかもしれない。それを覆すために暴力に訴え、今や株主たちの信頼も失墜し、返り咲きは望めないのかもしれない。けれど、いまだ社員兵士たちへの命令権やカリスマは保っている。

中途半端に没落した状態だ。

ではお兄さんたちが神輿にしたそいつに、あるいはお兄さんたちに、この巨大海洋経済圏たる海軍商社を掌握するだけの器があるかというと……難しいだろうね。

よって、この会社とその資産は今、一時的に支配者不在の状態にある訳だ。

ゆえに、こうして介入の機会を頂いた、当行としての見解を述べよう。

我々たちが最も得する方法は一つだ。まず契約に基づきお兄さんたちを殺す。そして、私の武力貸し付けの利子として、その不足分をラグナダーンの命にて支払ってもらい、トップの消えた会社を我々が頂く、以上」

血を吐いて喘ぐ俺に向けて、つまりね、とフランは邪悪な笑顔をつくってみせた。

「その理屈じゃ、アタシを止める事はできません、残念でした」

けど、と差し伸べられた逆接は、果たして善意から発せられたのだろうか。

「――お兄さんだけは、助けてあげてもいいよ？」

多分、いや、絶対に違う。

「顔がいいからね、それに何より、この場に至るだけの能力がある。だからどうかな、アタシの部下になるなら、命だけは助けてやるよ？」

これは、か弱く健気な生命に対する、哀れみと愛玩なのだ。

その時、無惨にめくれた甲板の端から見物していた、ラグナダーンが声を荒らげた。

「待てよ、何を言っている、銀行員。僕の命はどうでもいい、だから、そいつらを殺せと言ったはずだぞ！」

「うるせえでございます。黙ってろ」

それを、フランは一言で切り捨てた。

「契約は守る、けど、どういう風に守るかはアタシが決める。アタシは皆殺しを命じられた。だから、お兄さんには、人として死んでもらおう」

そして再び俺を見て、つらつらと条件を並べ立てる。

「食事、睡眠、排泄、性行為、服を着るのも、喋るのも、凡そ人生に付随するあらゆる権利をアタシの許可の下に剥奪して、人のカタチの人形になるまで調教する。そして完全にアタシの所有物になってもらう——これなら、人としては殺した様なもんだろ。

用意された逃げ道は、到底、承諾できる様なものではなかったが。

倒された二人と、そして、背後のクロニカとアナヒトを見る。

「欲張るなよ、その方便で助けるのはお兄さん一人だ。流石に誰も実際殺さねえんじゃ契約に悖りすぎる。だから、そこの女二人と、あそこの雑魚二匹の命は、諦めろ」

アナヒトは言った。

「ライナスさん……判断は、お任せします。恨みは、しません」

次いで俺は、力なくへたり込んだままの、クロニカと目を合わせた。

フランは、この少女が不死身だとは知らない、だから、従えば二人で生き残れるかもしれない、だが、イヴリーンと、パトリツィア、そしてアナヒトは、死ぬ。

そんな未来は、耐え難いと涙に濡れた紫水晶は言っていて。

……ガキの理屈だ。何も失わないで切り抜け様だなんて、
きっと、そう言い聞かせるのは簡単なのかもしれない。けれど。

フランは、黙ったままの俺を嘲(あざけ)る様に続けた。

「でもさ、アタシの物になった方が、お兄さんは、きっと幸せだよ？　なぜならアタシは強い。そして長命種(エルフ)ゆえの豊富な学習実践機会を有する分、アンタら人間よりも完全な経済性を会得している存在だ。

だからね、お兄さんは、もう無茶(むちゃ)しなくていい、頑張らなくていい、考えなくていい、アタシの命令に従って、できる事だけやってればいいよ。そしたら、たまに……いや、毎晩可愛(かわい)がってあげる」

それが家畜(おまえ)の幸福なのだと、続く言葉は当然の様に告げてくる。

「アンタら人間は、アタシたちエルフの敷く資本主義によって管理されるべきなんだ。

それが、お兄さんたちの国で言うところの――法と正義(ロウ・アンド・ジャスティス)ってやつだよ」

その言葉を聞いて、俺は、心積もりを決めた。

隣にいるクロニカの指を、小さく握る。交わした視線で思惑を伝える。

頷(うなず)く様に、か細く握り返してくれた少女の体温に勇気づけられながら、俺は深く息を吸って、身体(からだ)に張り付いた恐怖を落としていく。

フラン。コイツは強い。が、銀行勤めにしては、人を見る目が無い。

幸せだと？　そんなもの、俺が求めていると思うのだろうか。そして何より。

「法と正義、か……生憎だが俺に、そんなもんを守る気はさらさらなくてよ」

懐から出したマッチを擦って、湿気ったタバコに強がりの火を点ける。

「そういや自己紹介、まだだったよな……俺の名は、ライナス＝クルーガー」

目を丸くしたフランの前で、以前受け取った名刺を見せつける。

それからついでの様に、火をつけて燃やしてやった。

「職業は――詐欺師だ」

彼女の不興を、敵意を、悪意を、少しでも多く俺自身に引き付けるために。

果たして、それは成功したのか。

「そっか。ざーんねん、フラれちゃったか、アタシ。

じゃ、死ねよ」

軽い調子のデコピンが、俺の額に照準を合わして、
そこで、俺は因子を解放した。

「〈夜行影牙〉」

「はい？」

噛まれた時、流し込まれていた。イヴリーンの貴血因子の一部、一回限りの使い捨て。

彼女にどういう意図があったのか、結局聞きそびれてしまったが、まあどうでもいいだろう。貰ったものは何でも使う。

影を介した瞬間移動。その対象は二人。

俺とクロニカは瞬時に位置を入れ替えた。

そして、瞠目(どうもく)したフランの瞳へ、開眼した左の紫水晶(アメジスト)が突き刺さる。

「〈真理の義眼(アイオブザプロヴィデンス)〉第二眼(セカンドアイ)っ!!」

完全に入ったと、俺は確信した。硬直した二人の視線は絡み合い、こうなればもう、暴力の差など関係ない。貴族でもないフランには、クロニカの左眼(ひだりめ)から逃れる術(すべ)はない、はず、だった。

「なに……これっ！　この情報量、はっ……!?」

「ぐあぁ、がっ、ががががっ!!　こぉの、クソガキがぁ……!!」

バキバキという異音は、あろうことか、視線を繋(つな)げた二人の間の、空気以外は何もないはずの空間から聞こえてくる様だった。

「――樹界(ネットワーク)に!!　入ってくるんじゃねえっ！」

喝破とともに、クロニカの身体(からだ)が後ろへ弾(はじ)かれる。

閉じた左眼から血を流す少女を咄嗟(とっさ)に受け止めて、俺は何度目かの絶句をした。

嘘(うそ)だろ？　まさか、あの左眼が無効化された？

「クロニカ！　おい、一体何が」

「っ、魂の質量が、大きすぎて動かせない！　干渉を、無理矢理(むりやり)弾かれたの……彼女は、単独(ひとり)じゃない、何か別の世界が、魂(こころ)の中にあるっ！」

「そうだよ、クソガキが」

舌打ちとともに両眼を押さえた、フランが言った。

「樹界（ネットワーク）。アタシらエルフ種族が常時接続している集合共通意識聖域。無断で踏み入ったのは……歴史上テメエが初めてだぞ、クソガキが。あーくそ、こりゃ始末書もんだな。つーか、それよか、頭痛ぇえ……何だよその左眼（ひだりめ）、危険だなオイ」

息を吐いて告げられる内容が、一体どういうことなのか、俺には理解できなかったが。

それよりも、よほど重大なのは。

「……さて、よくもやってくれたな」

もう打つ手がないという、動かざる事実が、俺たちの前に立ちはだかった事だった。

「ライナス……」

俺の手を握ったクロニカが、声ならぬ視線でこう告げてきた。

ごめんなさい。

「――違うっ！」

言うな。まだあるはずだ。冷静になれば見つかるんだ。見つからなきゃいけない。

打つ手が、行くべき道が、必ず、どこかに。

だって、そうでなければ、俺はまた、姉さんの時の様に……。

「奇跡を期待してるのかい？　悪いが、そんなもんは有史以来品切れだ」

ひらひらと袖を振って、フランが嘲（あざけ）った。

「鬼籍は起きない、だから奇跡も起こらない。世界のルールってのはそういうもんだ。

「まあ、よくやった方だと思うよ、お兄さんは」

よってお前はもう死んでいいぞと、この世の頂点から、翠(みどり)の瞳が告げていた。

けれど、どうしても、諦めきれない一瞬に。

「――」

死人の様な男が、俺の横を通り過ぎた。

11

その男は、何もかもを無視して、荒れ果てた船上を通り過ぎた。

まるでもう、自分がこの世に属してはいない様に。

「誰だよ、オッサン。なんか死にかけだけど……大丈夫？」

しかし、立ち上がったアナヒトは悲痛に叫んだ。

「待って、待ちなさい、ロストム!!　……っ、お父さんっ！」

制止するクロニカを振り切って、アナヒトは覚束(おぼつか)ない足取りで、音だけを頼りに転びながら駆けていく。

「そいつを殺せえ！　銀行員！」

沈黙を保っていたラグナダーンが、叫ぶ。

フランは釈然としない様に、気軽な調子で片足をあげ、ロストムの顔面へ放たれた蹴り足は、しかし寸前で停止した。

姿勢を戻し、やれやれと肩をすくめて見せた。

「興味深い。……この男、既に死んでおります。心臓は止まっている。しかし、どういう訳か流れるはずのない血液が速度を保って体を動かしている。いやはや死体を殺せとはなんとも哲学的な要請ですね。そういうわけで、こちらも従いかねます、ラグナダーン様」

「ふ、ふざけるなよ……な、ならば片付けろ。その不愉快な死体を動かぬよう処分しろ！

これなら——」

「お断りいたします。あなた様の現在の資産状況を鑑みるにこれ以上の返済は不能。よってこれ以降、私に対しての新たな命令権のお貸し付けはできかねます。ご了承下さい」

そこで、フランは思いついた様に、瓦礫の中に落ちていた拳銃を拾って。

「不愉快ならば、ご自分で片づけられたらどうです？」

ラグナダーンに、放り渡した。

「——やめてっ!!」

そして構えられた銃口の音と気配を感じ取ったのか、アナヒトが泣きながら叫ぶ。

「もう十分でしょう……だから、もう、これ以上、私たちから奪わないでっ！」

「嫌に決まってる！」

ラグナダーンは、まるで不当な要求をされたかの様に退けた。

「ミシュラは、僕の妻であるはずだった！　お前は、僕の娘であるはずだった！

一番……人生を奪われたのは、この僕だろうがっっ!!」

引鉄を引く。銃声が木霊し。

しかし、甲高く響いた音は、銃弾を斬り落とした片刃曲剣のひらめきで。

その場の誰の驚嘆よりも先に、ロストムは動いていた。

呼吸を止めたという肉体が、あまりにも俊敏に間合いを踏み込み。

そして二人の決着は、とても呆気ないものだった。

斬り裂かれた胴から赤い飛沫を上げて、ラグナダーンが倒れ伏す。

「どう、して……僕じゃ、ダメだったんだ」

血を吐きながら響く声は、誰へ向けてでもなく、運命そのものへの問いだと思わせた。

「ミシュラは、僕を、愛して、くれなかったんだ……？」

答えぬまま、糸が切れた様に動かないロストムへ、アナヒトが駆け寄った。

「いや……だめ、何を勝手に死んでるんですか、許しませんよ。やっと、本当に会えたのにっ……今度はちゃんと、死ぬほど苦いコーヒー、ご馳走してあげますからぁ」

頼むから死なないでと泣きじゃくる娘を撫でて、ゆっくりと、最後の一息を吐きながら、ロストムは役目を終えた様に膝から崩れ落ちていく。

そんな、二人の父娘の間にある見えない何かに、焦がれる様に手を伸ばして、ラグナダーンもまた息絶えた。

目を閉じぬまま、眠りについたロストムの顔は穏やかで。主を失くした片刃曲剣が、傾いた甲板をからからと滑って、俺の足元に転がった。

一連の流れを見届けて、つまらなそうにフランが手を叩(たた)く。

「ふーん。まあまあの見世物かな。仕事のついでにしては面白かったよ。そんじゃ、アタシらもそろそろ終わらせようか。さよならだ、お兄さん」

そこで、俺は気付いた。

「八極式金融武法——壱(アイン)」

クロニカが、泣いている。

けれど、その涙は、今現在の絶望へ向けられたものではない様に感じて。

目を合わせて、俺はその理由を知ったのだ。

12

束(つか)の間(ま)、視線を介して繋(つな)がった時間の狭間(はざま)で、俺は少女と向かい合っていた。

あの時の様に、俯瞰(ふかん)した世界の上で、時の止まった意識を交わす。

「ロストムの記憶……？」

一縷(いちる)の望みはそこにある。そう、クロニカはこくりと頷(うなず)いた。

しかし、それは同時に、俺にとって一つの結末を意味すると、少女は伝えてきた。

「俺は、死ぬのか」

再び、ややぎこちなく頷いた少女に、俺は言った。

「……まあ、この際それでもいいさ。頼む」

「やだ……絶対に、いやよ」

「けどこのままじゃ、全員、死ぬぞ」

「でも、だって、それじゃ、あなたが……それに、約束、したじゃない……。ずっと、一緒にいてくれるって」

なのに、どうしてなの、と。

「嘘つき」

泣きながら、あまりにも今更にすぎる非難をぶつけられる。

しかし、特に最近の俺は、約束を守る努力をしている方だ。だとすれば、悪いのは俺ではなく、畳みかけてくる理不尽の方だろう。

「屁理屈、こねないでっ……！」

朝露の様な涙を溜めたクロニカに、腹の辺りを何度も叩かれた。

ともかく。活路はある。そうと決まった以上、俺はどうにか駄々をこねる少女を丸め込んで、その記憶を転写してもらわなければならない。

しかし、常に意識を介して心を読まれているこの状況では、方便など通じるはずもなく。

とどのつまり、素直に頭を下げるしかやりようはなかった。

「なあ、クロニカ」

「っ……なによ」

いつの間にか、胸元のシャツに縋(すが)りついていた紅雪(あかゆき)の少女が、顔を上げる。

その頭を、俺はそっと撫(な)でながら。

「自慢じゃないがよ、俺は今までメシ代だろうが手数料だろうが税金だろうが、払えって言われて素直に払ったことなんて、一度もないんだぜ」

きわめて、不審そうにこちらを見上げる少女の瞳に、俺は楽観的に断言した。

「だから、大丈夫だ。今回も、踏み倒してくるさ」

その剣が、俺に命を要求するのならば。

「騙(だま)されたと思って、信じてくれ」

根拠はない。だから、理屈も策も何もない。ただ、俺が、どうしようもない詐欺師(おれ)であるという一点だけを、信じてくれとさらけ出す。

果たして、少女は言った。

「……その代わり。こんどこそ、約束して」

「なんだよ」

「アイスクリーム、また食べたいの。だから、もう一回連れて行って。それと……今度はゆっくり、お魚の市場とか見て回りたいし、ちゃんと釣れる所で釣りもしたい。あと、あの水着は、すごく恥ずかしかったけど……また、あなたとみんなで海水浴、したい」

「……」

「全部じゃ、なくていいから。だから、せめて、どれか一つくらい……お願い」

守ってよ、と告げた少女は、俺の返答を待たず。

流し込まれた見知らぬ記憶を持って、意識は現実へと復帰した。


――状況を、整理する。

フランの拳には、勝てない。

一体どういうデタラメか、あの拳は世界そのものに等しい質量打撃ゆえに、たとえ貴族だろうと誰だろうと敵(かな)わない。それが、彼女曰(いわ)くの、絶対の理(ルール)なのだ。

よって、俺はいつもの通り、指先に、見えない仮面を形作る。

ロストムの、ザール＝ハフトの、まさに今、俺に転写された人生を顔に張り付ける。

そして、それに触ったことすらない俺の手が、体の一部の様に剣を執る。

「弐(ツヴァイ)」

繰り返すが、戦艦を揺るがし、嵐を巻き起こして迫り来る参歩決殺に、勝てる道理などこの世の何処(どこ)にもありはしない。

けれど、それでも、そんな常識への退路を斬り捨て、活路を開くならば。

達成すべき条件は、三つ。

心技体の一つずつを、俺はロストムの記憶をなぞりながら、刹那の内に突破していく。

一つ目、心を燃やし尽くして空にする。

意思を理性を感情を、思い悩み煩い、熱を上げたその果てに、この瞬間だけ消し尽くす。

苦労はしない。この極限の状況下で、そもそも、保持できる思考などたかが知れている。

しかし、けれど、この状況でありながら、まだ形を保っている後悔こそ、最も根深く、消し難い、その人間の真実に違いない。

だから俺には、コインの音が、聞こえるのだ。

――ずっと、私の側にいて。

いつか拒んでしまったクロニカの声が、苦痛とともに何度も何度も反響する。

少女と一緒にいると、この音が鳴り止まない。

姉さんを殺した俺が、姉さんを幸せにできなかった俺が、俺自身を許せない。

その罪悪感が、コインを鳴らし続けるのだ。

俺は、幸せになってはいけないのだと。

けれど……ああ、俺は一つだけ、ずっと気付かないふりをしてきていた。

なぜ、クロニカといる時だけ、コインの音が聞こえるのだろうか。

なぜならば、それは……それは。

「クロニカ」

俺はお前と旅をして、一緒の時間を過ごして、そして、側にいてほしいと伝えられた時。

どうしようもなく。

「――嬉しかったんだ」

忘れられない姉さんへの後悔を、思い出にしてしまえそうなほど。

お前に惹かれ、焦がれた。俺の幸せは、この旅の側なのだと分かってしまったから。

罪悪感というコインの音で耳を塞いで、苦痛ばかりに目を凝らして。

お前との旅は、俺にとって幸せなんかじゃないと思い込もうとした。けれど、

……ごめんなさい、姉さん。

俺はあなたとの思い出を、忘れてしまうかもしれない。

今まで、詐欺師の仮面で偽らなければ、片時たりとも呼吸さえできなかったこの胸の痛みを、クロニカとの思い出で、癒してしまうかもしれない。

あの日、結果として姉さんを殺してしまった、自分を許してしまうかもしれない。

ごめん。本当にごめんなさい、姉さん。

それでも、俺は、あいつと一緒に、

「……生きたい」

生きて。

「一緒に、旅をしたい」

真実は、人の数だけ存在する。

俺にとってのたった一つは、ようやく自覚した瞬間に熱へと変わった。

そして、俺ではない記憶が極めた技量が導くままに、地摺りの切っ先へ全てを込める。

心と技は出揃った。残る条件は、あと一つ。

よって、あともう一回だけ。

力を貸してくれ、姉さん（イヴリーン）。

「〈夜行影牙（シャドウテイカー）〉――真影解放（ペルソナドライヴ）」

首筋から流し込まれた彼女の影は、憎悪と表裏一体の二重影。

先に使った黒影と同時に、もう一つ、その裏側に残っていた真紅の影が俺の血中で、憎悪のカタチを顕在化する。

だがしかし、全（すべ）てを殺し尽くすと叫ぶ弟（アイザック）の残留思念を、他人の俺が制御など出来る訳がないから、目論見（もくろみ）通りの結果が現れた。

体内で実体化した赤い憎悪は、即座に全身を焦がしながら俺の心臓へ達し、貫いた。

至極、当たり前に……俺は死ぬ。

これで、いい。たとえ、これ以上クロニカと歩けなくても。俺の救いは、彼女の傍（そば）にあったのだと確信できた、それだけで、十分だから。

約束は、やはり破ってしまった。だが、仕方ない。

詐欺師を信じたあいつが、悪いのだ。

そして、ここに心技体はそろい踏み。

条件は、達成された。

一つの人生が、まさに命を終えた肉体から、蒸気となって解き放たれる。

生の軛（くびき）を振り切った、その一撃には迅さもなく、剛（つよ）さもない。

かつて蒸気の国の、一人の男の傷だらけの人生が、辿り着いた一線を。

もう一度だけ、詐欺師の仮面で再演する。

「参」

ついに放たれるのは、音を超え、拳を越えた参歩決殺。

しかし、そんな一撃必殺が、そもそも起こるよりも早く。

道理をすり抜け、世の果ての外から、因果すら煙に巻いた一刀が。

「――は？」

フランを真っ向から斬り捨てた。

Epilogue

そして、俺は死んだ。

死んだ人間がどこへ行くのかなど知らないが、俺に関しては多分、安息など保証されないのだろう。けれど、もしも許されるのならば……。

暗闇の中、彼女の顔が一目でも見えないか、祈る様に目を凝らす。

その瞬間、俺は自分の瞼(まぶた)が動くことに気付き、次いで、自分の体の存在に気付いて。

目を開けた先は、果たして、死後ではなかった。

よって、そこにいたのは姉さんではなく、

「クロ、ニカ……」

「私の血を、飲ませたの」

紅雪(あかゆき)の髪を垂らし、泣き腫らした異色虹彩(オッドアイ)の少女だった。

「あなた……心臓が止まってた。でも、私が移した〈王〉の記憶で、肉体が貴族寄りに変質してるから……急いで、血を飲ませれば、どうにか、なるんじゃないかって……」

後頭部に当たるスカート越しの膝の感触。礼を言おうとしたその時。

ぐしゃぐしゃに崩れたすまし顔が、涙と言葉を熱くふりかけてきた。

「ばかぁ……くず、ごみ、嘘(うそ)つきぃ……死なないって、言ったくせに」

「死んでないだろ。結果的に」

「……だからっ、死ぬところだったじゃない！」

どうしたものかと、とりあえずむくりと、体を起こす。そして真っ赤な夕焼けに晒された、斜めに傾いだ黒鉄の甲板は、まるで幼児が暴れた砂場の様だった。

「──生きていらっしゃったのですね。ライナスさん」

ふと背後から現れた、花嫁衣装のままのアナヒトが、差し出してきた水を受け取る。

起き上がった俺の隣には、イヴリーンとパトリツィアも倒れていた。胸が上下しているのを見るに、どうやら無事らしい。そして、さらにその隣に寝かされていたのは。

「……あんた、これから、どうするんだ」

「さあ、分かりません。会社は滅茶苦茶になるでしょう。後ろ盾を失くした私も、これからどうなることやら」

でも、とアナヒトは、穏やかに眠る父の額を慈しむ様に撫でた。

「約束させられたので、それを楽しみに生きてみます。……ね、クロニカ」

アナヒトの言葉に、振り向いた少女が涙を拭って微笑んだ。

──その、時だった。

「やっほ。しんみりしてるとこ悪いけど、アタシも混ぜてよ」

こつりと、横合いから現れた靴音に、俺の心臓は今度こそ止まりかける。

その黒衣の胸から脇腹にかけて、確かに斬り裂いた傷はある、が。

ピンピンした様子で、恐るべきエルフは朗らかに佇んでいた。

「いやー、アタシもついさっき目覚めたトコなんだけどね。ふふ、やるじゃん、お兄さん。まさか、このアタシが人間にやられるとはねえ……安心しなよ。もう、殺す気はねえさ」

気まぐれな猫の様なその声を、信じられる理由など何処にもない。

俺とクロニカは、恐らく無意識に、強張った手を握り合っていた。

そんな俺たちを嘲笑う様に、愛でるように、深緑の瞳がにやりと細くなる。

「ホントだよ。だってラグナダーンとの契約なんざ、奴が死んだ今となっては意味もない。どちらにせよ、経営者のいなくなったこの会社を貰えりゃ、アタシらとしては十分だ。それよりも、樹界に干渉できる貴族と、このアタシを倒した詐欺師。ふふ、ふふふ、ははは……面白い、すげえ面白い。だから、決めたよ」

そして、フランの袖から取り出されたのは、二枚の名刺。

「改めまして、私は超国家銀行アンシーン㈱、四十四番行員、フランと申します」

両手でそれを差し出す、丁寧に繕った声と営業じみた笑顔に、俺はふと思い出した。

ああ、そう言えば、そもそも俺は。

クロニカを助ける、この旅の協力者を、求めていたのではなかったか。

「突然ですがお二方――当行との契約に、ご興味はございませんか？」

あとがき

おはようございます。読者の皆様におかれましては一巻以来でしょうか。滝浪(たきなみ)酒利(さとし)です。

最初にこの場をお借りして、引き続き出版までお世話になりますMF文庫J編集部様と、過分なお心遣いを頂いた担当編集様、そして素晴らしきイラスト担当のRoitz様にお礼を申し上げます。

並びに両親はじめ親類一同、かつて弓を並べた五名の親友と、そして酒を並べた五名の第19回新人賞同期へ感謝を捧(ささ)げます。

今回は一巻よりも、ラブコメ要素が多いです（当社比）。クロニカ、パトリツィアやその他が今後どの様にライナスの人生を滅茶苦茶(めちゃくちゃ)に……いえ、賑(にぎ)やかにしていくのか、私と一緒に、お読み頂いている方にも楽しんでいただければ幸いです。

さておき皆様、Roitz様による表紙はご覧になりましたでしょうか？　今回も神の如(ごと)きクオリティの神カバーイラストです。初めて拝見した際、称(たた)える言葉が口から出せず、一時間ほどオットセイの鳴き真似(まね)をしていました。

それでは引き続き、三枚目のカバーイラストを頂くために、読者の皆様のお力添えを賜りますよう、どうかよろしくお願い申し上げます。

令和六年　二月ぐらい　滝浪　酒利

MF文庫J

マスカレード・コンフィデンス 2
詐欺師は少女と仮面仕掛けの旅をする

2024 年 2 月 25 日 初版発行

著者 滝浪酒利

発行者 山下直久

発行 株式会社 KADOKAWA
〒 102-8177 東京都千代田区富士見 2-13-3
0570-002-301（ナビダイヤル）

印刷 株式会社広済堂ネクスト

製本 株式会社広済堂ネクスト

Printed in Japan ISBN 978-4-04-683348-8 C0193

●お問い合わせ
https://www.kadokawa.co.jp/（「お問い合わせ」へお進みください）
※内容によっては、お答えできない場合があります。
※サポートは日本国内のみとさせていただきます。
※Japanese text only

◇◇◇

【 ファンレター、作品のご感想をお待ちしています 】
〒102-0071 東京都千代田区富士見2-13-12
株式会社KADOKAWA　MF文庫J編集部気付「滝浪酒利先生」係「Roitz先生」係

MF文庫
J